U0088763

古典文學研究輯刊

二一編

曾永義 主編

第3冊

中古文學觀念研究

王芳 著

國家圖書館出版品預行編目資料

中古文學觀念研究／王芳 著 — 初版 — 新北市：花木蘭文化事業有限公司，2020〔民109〕

目 2+206 面；19×26 公分

（古典文學研究輯刊 二一編；第3冊）

ISBN 978-986-518-050-8（精裝）

1. 中國文學 2. 中古文學史 3. 文學評論

820.8 109000505

ISBN-978-986-518-050-8

古典文學研究輯刊

二一編 第三冊 ISBN：978-986-518-050-8

中古文學觀念研究

作　者 王 芳

主　編 曾永義

總編輯 杜潔祥

副總編輯 楊嘉樂

編　輯 許郁翎、張雅淋 美術編輯 陳逸婷

出　版 花木蘭文化事業有限公司

發行人 高小娟

聯絡地址 235 新北市中和區中安街七二號十三樓

電話：02-2923-1455／傳眞：02-2923-1452

網　址 http://www.huamulan.tw 信箱 hml 810518@gmail.com

印　刷 普羅文化出版廣告事業

初　版 2020年3月

全書字數 182039字

定　價 二一編16冊（精裝）新台幣35,000元

中古文學觀念研究

王芳 著

作者簡介

王芳（本名王芳尊），1974 年 9 月 11 日生於江西省南昌市。自幼在外祖父——書法金石家許亦農先生的教養下，嗜好讀書。長大卻學業草草，不得不工作謀生。2005 年意外考取江西師範大學古代文學碩士，師從胡耀震教授研習魏晉南北朝文學三年，2008 年以碩士論文《千載賞詩 猶未厭足——鮑照詩歌情境分析》畢業。此後又跟從江西師範大學陶水平教授攻讀古代文學理論博士學位四年，2013 年以博士論文《文化詩學視域下前四史文學觀念研究》畢業。畢業後身體較差，未進入高校教書，在中國國電公司檔案室供職。筆者生平無所道哉，學術興趣倒有三變：青少年時期愛好詩詞歌賦、文學創作；研究生階段由文藝轉向儒學，服膺孔孟，在家開設義學；爲人母之後卻萌發了對科學的濃厚興趣，猶如小學生般從頭學習生物、天文，樂此不疲。

提　要

本文從文化詩學的視角，以《史記》、《漢書》、《後漢書》、《三國志》中兩漢三國時期的史料爲研究線索，對廣義界定下的前四史中文學觀念的形成和演變進行了歷史文化意義上的追溯和分析。兩漢三國屬於我們通常意義上的中國中古時期，其文學觀念的形成和演變對整個中古及後世文學活動的影響深遠。

《史記》、《漢書》、《三國志》是兩漢三國時人所著，其史家的文學觀念和史書中歷史人物的文學觀念具有同時性，與其所處的時代亦有內在的同步性。而《後漢書》雖非時人修史，但作爲東漢時期現存的、較爲豐富可靠的歷史材料，也能夠提供東漢文學觀念形成的歷史文化場景。

本文發現前四史中呈現的文學觀念，是以儒學爲根基建立起來的，並且具有相當的積極意義。儒學對於中國早期文學觀念的形成和發展，提供了義理和現實上的原動力。

依據《史記》和《漢書》的材料，我們可以看到在實用原則影響下的西漢初年諸學混雜的文學觀念，在西漢中葉收束爲具有實際政治力量和廣泛社會感染力的儒學文學觀念。西漢中葉及其後儒學獨尊的社會意識形態和話語系統中，存在著曾經被我們在狹義界定的文學觀念研究中所忽略的文學生長力：由儒學傳習所帶來的學術自由辯論之風；在儒學學術義理薰陶下西漢士人表現出依經立義、直言極諫的精神獨立品格；依歸於儒家宗旨的文章之藝開啓西漢社會的重文之風。

而《後漢書》的史料則展示了儒學學術內部生長力推動東漢文學觀念由獨守一經向博通眾學轉化的文化發展趨勢，導致今文經學與古文經學匯通、儒家五經之學與黃老、刑名諸學兼通、學術與文章之義貫通，使東漢文章呈現出宗旨義理化和篇章典雅化的整體趨勢。然而探究東漢博通文學觀念形成的深層原因時，本文發現以儒學爲中心兼通眾學的文學觀念進展，並非一個自然而然的演化過程，是東漢士人的私門教授保障了儒學學術發展的相對自主性，以及儒學自主發展形成的士林自由輿論所帶來的士人文學權的彰顯。

《三國志》及裴松之的補注展現了曹魏時期儒學專業學術規模內縮，而兩漢儒學培養的具有獨立精神的士人群體，將文學觀念擴容爲學術與文章並立的泛化狀態。一方面五經之學成爲士人的基本學養，士人持守儒家義理，據義而行，使兩漢以來士人的群體性獨立精神向名士高行分散，以士人的尊嚴，逸出了君臣等級體制的精神籠罩，產生出個體自守道義的獨立精神；另一方面士人由於經學規模內縮而有餘裕將興趣擴展至老易玄談，使士人群體性的獨立精神亦向超脫塵世的理想發展，從而逸出儒家以天下爲己任的經世致用思想，進而產生個體超逸於俗世的獨立精神。此即劉咸炘先生所言「儒者狷而醇，道者狂而肆」的自由品貌。曹魏時期廣義界定下文學觀念的擴容，正是士人獨立精神自我選擇的體現。比如曹丕、曹植及建安諸子截然不同的文學取向便彰示了曹魏時期士人將文學之業泛用到自己好尚中的傾向。

所以廣義界定下兩漢三國文學觀念的發展變化，是儒學道統支持下學術相對自主、士人精神獨立的結果。而且兩漢三國文學觀念對整個中古文學觀念多元化發展有重要的奠基作用，並對整個中國古代文學觀念的演變提供了基本範式。

目次

緒　論

我們通常認爲兩漢魏晉南北朝是中國的中古時期，王運熙先生曾說「關於中古時期的時間界限，目前學術界尚沒有一致看法。比較流行的看法有兩種，一是漢魏兩晉南北朝，一是指從漢魏下訖唐五代」〔註 1〕。兩漢三國作爲中國中古時期的開端，在華夏文化演進歷程中，是繼夏商周以來王官文化之後新的歷史階段——以學術、人格爲標準的儒家士君子，替代了三代世襲貴族的文化領導地位。綿亙二千年的華夏重文之風，便奠基在兩漢三國。從這個意義上講，兩漢三國文學觀念的衍化成形可以說是華夏文化的表徵之一。

而且由兩漢三國所開端的中國中古時期，其文學創作的繁榮、文學觀念的多元化至今令人矚目，是狹義文學界定下的純文學觀念研究的重點時域。然而孕育了此後文學盛況的兩漢三國文學觀念，卻由於被認爲是純文學觀念的初創階段，往往被人忽略。因此本文引入文化詩學的視域，從廣義文學界定的文化形態角度，研究兩漢三國儒家文化奠基時期文學觀念的形成。廣義界定下的文學研究與文化詩學寬廣的歷史文化視域更具有配適性。

廣義文學界定的概念，可見 1943 年羅根澤先生在《中國文學批評史》中將中國古代文學區分爲廣義、狹義、折中義所形成的界說。「廣義的文學——包括一切的文學」；「狹義的文學——包括詩、小說、戲劇及美文」；「折中義的文學——包括詩、小說、戲劇及傳記、書札、遊記、史論等散文」，分別以章太炎先生的「文學者，以有文字著於竹帛」、蕭子顯的「文章者，蓋情性之風標，神明之律呂」、宋祁的「唐有天下三百年，文章無慮三變」〔註 2〕爲廣

〔註 1〕王運熙，《中古文論要義十講》，復旦大學出版社，2004 年版，2 頁。

〔註 2〕羅根澤，《中國文學批評史》，上海書店出版社，2003 年版，3 頁（後引重複書籍只標書名、作者和頁碼）。

義、狹義、折中義文學觀念的代表主張。自此以後，廣義、狹義、折中義的文學界定被人們廣泛地運用在中國古代文學研究中。其中廣義文學界定因包含一切口頭或書面語言和作品，更能彰顯其時代文化形態的整體效應。

爲透視兩漢三國文學觀念的形成與當時歷史文化的關聯，本文將主要從記載了兩漢三國歷史文化狀況的前四史——《史記》、《漢書》、《後漢書》、《三國志》的史料中去接近那四百多年中人們的文化生活場景。

一、晚清民國以來對兩漢三國文學觀念研究的紛紜狀態

兩漢三國文學觀念的研究自晚清民國伊始。晚清政府在世界格局中的孱弱，迫使國人開始吸納西方文化，並對自身進行文化反思。尤其在五四新文化運動之後，中國原有的文學理念開始發生翻天覆地的變化。由於研究者自身的文學理念會直接影響其研究角度、取材範圍和立論的邏輯起點，所以晚清至民國時期秉持「獨立之精神，自由之思想」而開風氣之先的學者們，對兩漢三國文學觀念進行了各自不同的研究，大致可分爲傳統學者對兩漢三國廣義文學觀念的闡釋、新派學者對兩漢三國狹義文學觀念的闡釋，以及融通二者之學的三大類型。

1、傳統學者對兩漢三國廣義文學觀念的闡釋

章太炎先生認爲：「文學者，以有文字著於竹帛，故謂之文。論其法式，謂之文學。凡文理、文字、文辭，皆稱文」，與審美的純文學觀有範圍寬窄之異，故而 1943 年羅根澤先生《中國文學批評史》進行文學界說時，區分廣義、狹義、折中義的文學，便將章太炎先生的文學觀念作了廣義的代表。實則章太炎先生的文學觀念承繼著中國幾千年來的文化傳統，寬泛之中亦有主旨：一、重經籍大義，即章太炎先生所說「鴻儒之文，有經、傳、解故、諸子，彼方目以上第，非若後人擯此於文學外，沾沾焉惟華辭之守〔註 3〕」；二、重文教效用，如《國故論衡》所言「無慈惠廉愛，則民爲虎狼也；無文學，則士爲牛馬也。有虎狼之民、牛馬之士，國雖治，政雖理，其民不人。……人之求智慧辯察者，情性也。文學之業可絕邪？〔註 4〕」從中國傳統的文化視角來看，經籍大義和文德教化既可稱之爲學術，亦可稱之爲文學。故章太炎先生不取詩文爲主體的狹義文學觀，更強調學術與文章二者的兼綜，反對「議

〔註 3〕 章太炎，《國故論衡》，上海古籍出版社，2003 年版，50 頁。
〔註 4〕 章太炎，《國故論衡》，115 頁。

文史而自拒文史於道外，則文史亦不成其爲文史矣」〔註 5〕。

因此章太炎先生以廣義的文學界定，對兩漢三國文學觀念主要從學術的變遷角度來分析，如針對西漢學術碎義逃難、苟得利祿的弊病，伸揚雄《法言》平樸剴易之文式；貶東漢讖緯深晦，揚王充《論衡》學術辨理明晰之變；漢末之衰，刑賞無章，學風變以名法之術；曹魏之末，士厭苛碎，學風變以自然蕩佚。在章太炎先生看來，兩漢三國文學觀念並沒有遠離文德教化的匡世大義，如稱讚漢末三國時期文風雜有法家、名家的邏輯條理，故而文章切中事要。章太炎先生的兩漢三國文學觀念研究以其寬泛的文學界定和經籍文教主旨爲理論基礎，因此學術、政治、世風、文風統於一體，可以說是一種較早的整體文化剖析。

蜀地龔道耕先生在 1925 年編寫的《中國文學史略論》中直言：「勿以近世所謂文學相格」，將華夏文化傳統中的文學與新文化運動所倡文學分劃開來，亦如章太炎先生一般，把兩漢三國文學觀念變遷植根於學術變化之中，提出兩漢「今古文之盛衰，緣於文學之優劣」：因爲東漢古文經學家「兼通群經，雅達廣覽」，而與其同時的今文博士「局趣一經，墨守章句」，兩種不同的學術品格體現在行文篇章中的風流格韻自是迥異。孔門文學所謂「辭達而已」，然相較而言，博通比拘守更富「辭達」的效果。學術的傳承和發揚，靠的是心同此理的理性感染力，在龔道耕先生看來，文學即是此種感染力的體現。因此，龔道耕先生注重分析兩漢三國文學裏文體變遷的興起緣由。在華夏文化傳統中，詩文篇章有文體體例之別，但其源自六經的根本性質皆一，即龔道耕先生所說「詩格雖有變遷，詩旨未有不原風雅者也」。

此外，從晚清民國以來編撰的中國文學史中，也可以看到承繼華夏文化傳統的學者對兩漢三國文學觀念的研究闡述。事實上，最早的中國文學史（1904 年左右）都是由這類學者編寫，如京師大學堂的林傳甲先生、東吳大學黃人先生、海寧中學堂來裕恂先生等。其人所言之文學，皆含納在學術文教之中，論述則以集部文體變化爲緯，並且都注意到兩漢三國時期文學觀念發生了明顯的變化。林傳甲先生對於兩漢三國文學觀念的轉變有一個概要：「古以治化爲文，今以詞章爲文」，「自漢以後，於是治化詞章遂判而爲二」，即兩漢三國文學觀念自兩漢以來漸從孔門文學發揚先聖文明教化之德，以經籍傳道，流衍爲文章辭藻之盛。來裕恂先生亦言：「漢以後，文不復古」，「三

〔註 5〕章太炎，《姑孰夏課甲編小引》。

國時代，蓋學術之精義全失，惟存此華而不實之詞章耳」，「夫建安之作者，徒有氣象，而按之於道，俱未能不詭也。蓋縟采有餘，氣體不振，已爲六朝之萌芽。」〔註 6〕

要之，晚清民國時期承繼華夏文化傳統的老一輩學者，雖論述起兩漢三國文學之變遷和文學觀念的演變各有擅場，但其人所謂文學皆在廣義文學界定的文化學術之內。在其看來，中國古代文學所蘊涵的藝術價值，雖歷代吟賞不已，但並非一種值得獨立的價值，將藝術價值從整體文化中抽離出來，形成狹義文學界定下的純「文學獨立」觀念，恰恰會喪失中國文學的核心價值——先王之道、文明之德。缺乏核心價值的文學藝術反而會失去自己的獨立性，即士人堅守了千年的自有文學權。黃人先生在《中國文學史》中說：「三古以上，政治權、宗教權、教育權皆兼握於君主」，「能統一文學之權而兼行政權者，文王也。僅有文學權，而不能假行政權以展布者，素王也。其支配文學直與分國辨土同功。」「故欲以文學權凌政治權，必先以師權抗君權。近則託之三王二帝，遠則溯至無懷葛天。而簡策口舌之力，卒能使君相聽其驅遣，時局爲之轉移，是則非戰國之能造此文學，實文學之能造此戰國也」〔註 7〕。

兩漢以來，受戰國遊士講學、辯論、擇主、縱橫諸多成就的薰染，受教傳學的士君子們開啓了兩漢三國時期文學權的自有傳統。依靠文學權的自有傳統，士人們可以與君權相抗衡、互合作——士人從師門傳授的先王之道獲得文明的精神力量，以定國之文化核心；並據此文化傳統與君權合作得到職務而獲取權勢力量，以濟萬民；同時士林對政事、人物的自由評議、辯論形成強大的輿論力量，以感染人心。

文學自有權的上述力量正是在兩漢三國時期開始形成的。自兩漢時起，大儒、名士、隱者的精神力量和士林的輿論力量往往超過國君、將相的權勢力量。同時，文學權向一切人開放，一定程度上可以消解世襲壟斷、僵化變質之弊，即劉咸炘先生所說「文字之事止有學與不學之階級，而無貴族、平民之階級，紈絝或不識字，農家間出文豪」。

共同承繼、分享先王之道精神力量的士人們，只有能力、機遇的不同，即儒臣、儒將與名士、隱士之別，其文明之德對人世間欲望泛濫的節制、權

〔註 6〕來裕恂，《蕭山來氏中國文學史稿》，嶽麓書社，2008 年版，82 頁。
〔註 7〕黃人，《黃人評傳》，中國文史出版社，1998 年版，51 頁。

力橫暴的約束是一致的。因此文學權對行政統治權的抗衡與合作，從兩漢三國開始便是華夏族走向文明之路的保障，故而保持文學權的歷史文化重度和自主傳承對於華夏民族的良性生存至關重要——這便是憂國憂民的章太炎、龔道耕、林傳甲、黃人等老一輩學者對兩漢三國廣義文學觀念的認可、堅守的根本原因。然而上述這些文學理念和兩漢三國文學觀念研究隨著中國的現代化以及文化傳統的摧滅，已漸漸被世人遺忘。

繼之而起的民國學者秉持文化自新精神，通過更化西學，以開闊的海外視角重新研究兩漢三國文學觀念，藉此爲文學構建新的核心價值——藝術審美，並試圖更新華夏文化，爲國人重新找到一條文明之途。

2、新派學者對兩漢三國狹義文學觀念的闡釋

晚清以來，雖國勢頹圮，然中國學人在開闊海外視野、與時俱進方面收穫頗豐。至民國時期，學貫中西的名師輩出，皆爲現代中國各門類學術的奠基者。在兩漢三國文學觀念研究方面，民國初年廣泛而深刻地影響了學術界的新文化運動，使許多激進的新派學者們徹底拋開華夏傳統文化的束縛，轉而推崇西方近世文學藝術理論所宣導的純文學觀念，並在波譎雲詭的動盪年代裏熱情地禮頌革命性的平民文學觀念，以之作爲文化更新的主體力量，從而以全新的視角重新闡釋兩漢三國純文學觀念的產生。這種重新闡釋首先表現在中國文學史和中國文學批評史的編撰上。

1932 年胡雲翼先生《新著中國文學史》，是運用狹義界定下純文學觀念來編撰中國文學史的代表作。他認爲章太炎先生所說的廣義文學「乃是古人對學術文化分類不清時的說法，已不能適用於現代。至狹義的文學乃是專指訴之於情緒而能引起美感的作品，這才是現代的進化的正確的文學觀念……我們認定只有詩歌、辭賦、詞曲、小說及一部分美的散文和遊記，才是純粹的文學。〔註 8〕」由於以更化西方近世文學藝術理論作爲文學的根基，胡雲翼先生徹底否定了傳統學術之於文學的價值，把兩漢三國的文學觀念界定在純文學作品的興起上：「漢代是儒教的學術思想最盛行的時代，文學一科也被籠罩在儒教的思想之下，埋沒了獨立的正確的文學觀念，故文學得不到健全的發展」，「直至漢末，始有一班忠實而獻身於文學的文人起來，始造成文學的黃金時代。」

〔註 8〕 胡雲翼，《新著中國文學史》，北新書局，1932 年版，5 頁。

由此胡雲翼先生斷定：「在魏晉以前，一般文人對於文學並沒有明瞭的觀念，他們以爲文學只是載道或致用的工具，並不瞭解文學本身的價值。至魏曹丕作《典論．論文》，始發關於文學的議論，才講明文學的本身亦有莫大的價值。」

類似的還有 1935 年劉經庵先生的《中國純文學史》〔註 9〕，其文體品擇純淨到連文章都沒有了，「本編所注重的是中國的純文學，除詩歌、詞、曲及小說外，其他概付闕如。——辭賦，除了漢朝及六朝的幾篇，有文學價值者很少；至於散文——所謂古文——有傳統的載道的思想，多失去文學的眞面目，故均略而不論。」

民國時期以純文學的藝術價值作爲兩漢三國文學觀念主旨的文學史論述，將兩漢以來六經及其闡衍之文學，貶低爲對純文學的束縛。對於以先王典籍爲根基的華夏文化傳統及其兩漢三國文學觀念研究，實爲毀滅性打擊。而更具革命色彩的平民文學觀念則在先王之道、禮樂教化被排斥出文學理論之後，爲純文學價值提供了新的一個動力和方向。

1927 年胡適先生在《白話文學史》中提出——文學的根基和生命力在民間。當文人作品走向墮落的時候，文學必須重新吸收民間作品的形式與精神，才能走向復興與輝煌。這個横空出世的文學價值方向，較好地幫助人們擺脫傳統學術束縛，大膽地走向純文學與民間文學。即以純文學爲形式，民間文學爲主導力量，來更化二千年華夏文化中先王之道、孔孟之學、師士傳承的形式與力量。因此胡適先生大力提倡古代白話文學的價值，「中國文學史的一個自然的趨勢，就是白話文學的衝動。這種衝動是壓不住的」，「這一千多年中國文學史是古文文學的末路史，是白話文學的發達史」。由於此說契合了近現代政治宣傳運動，所以盛行多年。

以平民文學觀念來引領純文學藝術，是五四之後中華文化自我更新的表現之一。西方近世之文學藝術觀念實從其宗教文化中衍化裂變而來，與華夏文化源自三代王官之學、衍自孔孟之教的品貌截然不同。然而晚清民國時期文化更新伊始，爲應對近代西方文化的衝擊，具有革命熱情的學者高倡平民文學，來替換舊有的士君子文學確有相當的合理性。

〔註 9〕劉經庵，《中國純文學史》，鳳凰出版傳媒集團江蘇文藝出版社重排，2008 年版。

相對而言，在中國文學批評史的編撰中，兩漢三國文學觀念研究則更貼近歷史文化。雖然民國時期中國文學批評史也是以更化西學的審美藝術爲基本觀念，但較之中國文學史事實上含納著經史子集諸多作品的龐雜狀況，以文論爲研究對象的中國文學批評史顯得更有依準，從而更加細密。

1927 年陳鍾凡先生撰寫了中國第一部《中國文學批評史》。對於中古文學觀念，陳鍾凡先生認爲「中國論文之有專著也，始於魏晉。時人論文，既知區分體制爲比較分析的研尋；又能注重才程。蓋彼等確認文章有獨立之價値，故能盡掃陳言，獨標眞諦，故謂中國文論起於建安以後可也。」〔註 10〕由此將魏晉文論與西方藝術理論直接對應。

1934 年郭紹虞先生《中國文學批評史》上冊問世，認爲純文學觀念通過歷史演進，在魏晉南朝確立下來。由周秦至南北朝是文學觀念演進期，隋唐到北宋爲文學觀念復古期。與胡雲翼先生一樣，郭紹虞先生將魏晉南北朝作爲文學觀念正確的一個核心時代，之前是文學觀念逐漸正確的過程，之後則是背離這個正確觀念的走勢，因此提出兩漢三國文學觀念**漸變說**。郭紹虞先生分析了兩漢三國時期史書中「文學」、「文」、「文章」等一組詞含義的變化，用來說明兩漢三國時期純文學觀念的逐漸產生：「漢時所謂『文學』雖仍含有學術的意義，但所謂『文』或『文章』，便專指詞章而言，頗與近人所稱『文學』之意義相近了。漢時有『文學』、『文章』之分，實是文學觀念進程中承前啓後的一個重要關鍵」，此後則「較兩漢更進一步，別文學於其他學術之外，於是『文學』一名之含義，始與近人所用者相同」〔註 11〕。對於此前周秦時期孔門的文學觀，郭紹虞先生認爲有尙文和尙用兩個重要的特點，特別孔子論詩的部分「較合於文學之意義」。到兩漢經學時代「尙用輕文、重道輕藝，而文學遂喪失其獨立性了」。直到三國曹魏時開始出現專重在純文學的論文之作，「蓋已進至自覺的時期」。

羅根澤先生在同年出版的《中國文學批評史》中，提出兩漢三國文學觀念的**突變說**，認爲先秦並無狹義文學觀，至漢代純文學觀始現端倪。由於漢末大亂對人情的激刺、曹氏父子在政治上對純文學的提倡、經學的衰微使文華大興、佛經東漸對音韻學的促進，導致魏晉發生了文學觀念的突變，即淨化文學含義，將載道、宗經排斥出去，從而「才造成文學的自覺時代」。

〔註 10〕陳鍾凡，《中國文學批評史》，江蘇文藝出版社，2008 年版，29 頁。
〔註 11〕郭紹虞，《中國文學批評史》，百花文藝出版社，5 頁。

「魏晉文學自覺說」出自1927年7月魯迅先生一篇《魏晉風度及文章與藥及酒之關係》的演講稿。魯迅先生那次演講的整體風格很活泛。演講中提到了劉師培先生的《中國中古文學史講義》，「倘若劉先生的書裏已詳的，我就略一點；反之，劉先生所略的，我就較詳一點。」劉師培先生詳於文體變遷的探究，故此魯迅先生在演講中主要針對士人風氣而談。直面學生演講，細究文體問題確實可能會稍嫌枯燥，而魏晉風流則可能讓大家聽得興趣盎然。其文基本以曹操、曹丕、何晏、嵇阮、陶潛爲士風代表，來闡發魯迅先生的意見。提到曹氏父子的尙通脫，魯迅先生說「後來有一般人很不以他的見解爲然。他說詩賦不必寓教訓，反對當時那些寓訓勉於詩賦的見解，用近代的文學眼光看來，曹丕的一個時代可說是『文學的自覺時代』，或如近代所說是爲藝術而藝術（Art for Art's Sake）的一派。」

所謂文學自覺時代，對於魯迅先生的演講語境而言，是種活躍氣氛的牽附比擬手法，沒有料到後來被全然坐實了下來。就魯迅先生的原意而言，未必認同中古文學觀念即是純文學的自覺。魯迅先生雖然強烈反對傳統文化，激進到要徹底拋棄漢字的程度，因爲「漢字和大眾，是勢不兩立的〔註12〕」，但並不以今制古。對於嵇康、阮籍的非毀禮教，魯迅先生揣測得很透：「魏晉時代，崇奉禮教的看來似乎很不錯，而實在是毀壞禮教，不信禮教的……是用以自利」，「於是老實人以爲如此利用，褻瀆了禮教，不平之極，無計可施，激而變爲不談禮教，不信禮教，甚至於反對禮教。——但其實不過是態度，至於他們的本心，恐怕倒是相信禮教，當作寶貝，比曹操司馬懿們要迂執得多。」魯迅先生此說並沒有違背嵇康、阮籍的原意去貶損禮教。

特別在演講的最後，魯迅先生實際上推翻了自己前面所說的「中古文學自覺」和「爲藝術而藝術」——「據我的意思，即使是從前的人，那詩文完全超於政治的所謂田園詩人，山林詩人，是沒有的。完全超出於人間世的，也是沒有的。」即不認同中古有所謂審美的純文學觀念。因此魯迅先生說「陶潛正因爲並非『渾身是靜穆，所以他偉大』。現在之所以往往被尊爲『靜穆』，是因爲他被選文家和摘句家所縮小，淩遲了〔註13〕」。

然而時代忽略了這些細節，徑直地把兩漢三國文學觀念定義爲純文學的自覺過程，使之成爲普遍的學術共識。當然，兩漢三國文學觀念研究向西方

〔註12〕魯迅，《魏晉風度及其他》，上海古籍出版社，2000年版，502頁。
〔註13〕魯迅，《魏晉風度及其他》，239頁。

近世文學藝術理論的更化，是華夏文明自我更新的成果之一。由此拓寬了傳統文化中的文學觀念，獲得了更加廣闊的現代視野，學者們的開創之功不容抹煞。問題在於民國學者的個人開創，是以傳統文化中自有文學權的餘緒爲時代氛圍。而當今文學的生存和拓展，顯然缺乏如兩漢三國時期士林之精神力量、輿論力量那樣的強力支持，這是不能不令人反思的。

1949 年後，基於狹義界定的兩漢三國文學觀念即「純文學自覺說」的擴展論著層出不窮。其中被譽爲一代美學宗師的宗白華先生的論述特別引人注目，其力主魏晉士人心靈上的自由解放，以審美作爲兩漢三國及整個中古純文學藝術的主要品格。八十年代，李澤厚先生承繼宗白華先生的學術路向，亦從美學之個人心靈角度，禮讚魏晉風度之藝術含蘊，並明確地提出了魏晉「人的覺醒」來支持魏晉「文的自覺」。遍覽當下涉及兩漢三國文學觀念的著作、篇章，大多以文學自覺、人性覺醒爲行文的邏輯起點，形成高度趨同的認識狀態。

3、融通中西文化的兩漢三國文學觀念闡釋

晚清民國是繼戰國諸子之後，又一個思想激蕩的文化時代。在文學觀念上既有持守華夏文化傳統者，益多更化西方近世文學藝術觀念的學人，且有如劉永濟先生（1887～1966）之融通中西觀念的學者。劉永濟先生的文學觀念自成一體，廣泛吸收西學之條理與各門類知識，與其本身深厚的國學素養融爲一體，既有開新，又有持守，堪稱大家。劉永濟先生較早從文化角度來研究文學，充分注意到了中西文化差異，亦如章太炎先生一般站在國家民族存亡的高度來展開研討。與章先生不同在於，劉永濟先生更加注重中西文化的融合，眞正做到中西之文學觀念的有效溝通，並保持住華夏本身的文化學術根基。

面對中西文化差異，溝通的第一步是解決國學與西學之文學觀念，在哪一點上匯合的問題。西學重個體，國學重群體，於是群體中之個體是中西文化的溝通點。從個人之情感興發切入，劉永濟先生將西方美學與孔門詩教相糅合，使其中西對接自然而親切。「因文學以能了悟一切人情物態，而復具判斷之力者，爲最完滿也；以能增高情感，納於溫柔敦厚之中者，爲最優美也。〔註 14〕」西人的理性判斷與華夏的文德教化因此可攜手同行。

〔註 14〕劉永濟，《文學論・默識錄》，中華書局 2010 年版，7 頁。

劉永濟先生對文學的定義亦用西學詞語，灌注華夏學術，「文學者，乃作者具先覺之才，慨然於人類之幸福有所供獻，而以精妙之法表現之，使人類自入於溫柔敦厚之域之事。〔註 15〕」先覺之作者即國人信仰中之聖賢。劉永濟先生概言人類，看似視野廣闊，核心仍是禮樂教化的傳統。

對於兩漢三國文學觀念，劉永濟先生首先肯定孔子刪述五經對兩漢三國文學的重大影響，「六藝之教，其益諸學之神者乎？五經之文，其樹眾製之骨者乎」〔註 16〕。因此劉永濟先生對兩漢三國文學觀念的闡釋，根於詩教風化，並集中於辭賦、樂府、詩體、史書等文體的成形探討。

劉永濟先生對兩漢三國文學觀念的研究，異於完全更化西學者的根本之處在於二者對待古代歷史文化的不同態度——前者採取了尊重古代歷史文化，同時接納西方文藝理論，使之融通合美的學術研究方式；後者則以古代歷史文化爲研究、運用的素材，將西方文藝理論立爲闡釋的構架體系，形成以西釋中的研究方式。劉永濟先生中西融合的研究闡釋方式，實際上蘊涵著一種包容性極強的文學觀念，一方面將藝術審美包容進來；另一方面，以先王之道、孔孟之教所傳承的詩教爲文學的根基。其實這種文學觀念與兩漢三國文學變遷狀況是一致的：從兩漢六藝獨尊的文學觀發展到三國道文分離、篇章大興的擴展性文學觀念。

然而劉永濟先生這種允正地深入本國歷史文化，融通西方現代學術的探索路向，在民國之後沒能延續下去。

二、從文化詩學視域研究分析廣義界定下的兩漢三國文學觀念

回顧晚清民國學者紛繁各異的兩漢三國文學觀念闡釋，對比今日狹義文學界定下高度趨同的文學自覺觀念定論，首先讓人思考的是：生於今世，是否有必要重新從廣義文學界定來審視兩漢三國文學觀念問題？其次，怎樣重新觀察、理解廣義文學界定下兩漢三國文學觀念的歷史文化意義？

1、重回廣義界定下的兩漢三國文學觀念研究的必要性

百年之後的今天，人們普遍接受了以藝術審美價值爲核心的狹義文學界定和「純文學自覺」的兩漢三國文學觀念基調。重視藝術審美價值，就普泛意義而言，是符合現代文明精神的人文成果，而且以藝術審美價值爲根基的

〔註 15〕劉永濟，《文學論·默識錄》，20 頁。
〔註 16〕劉永濟，《十四朝文學要略》中華書局，2007 年版，45 頁。

兩漢三國文學觀念研究，在學術上亦論著豐富、影響廣泛。

然而華夏文化傳統在五四新文化運動之後被倉促地摧滅。我們的文學觀念先是經歷了民國學者自由的西化，再是建國後政黨主導的趨同一致的蘇化，以及文革浩劫後爲恢復人性的多樣化而進行的美學重建，使得兩漢三國文學觀念研究至今存在著以純文學理論爲根基的單向度缺陷，從而長期滯留於「純文學自覺」一說。

伊格爾頓對於已然根深蒂固的文學理論，曾經用理查・羅蒂樸實的告誡來揶揄：「不癢的地方就不要撓」。就今日中國文學及文學觀念的現狀來看，純文學理論確實不是緊要的痛癢之處。當今以審美構築心靈的純文學觀念，雖然理論上受到足夠的重視，但在人們社會生活的實踐上卻被廣泛地忽視和異化了。即薩義德所說「所有這些問題四下裏堆積起來，幾乎驅散了任何純真無邪或心醉神迷的審美關注狀態」〔註 17〕。

如今一切藝術形式或娛樂化或邊緣化，即使沒有眞正完成政治、文化現代化的中國人，也不得不與審美的後現代性狹路相逢：「後現代將主體唯美化，這只不過是以另一種方式否認了主體是一種多向度的能動形式和實踐形式，將主體還原爲一種非中心化的欲望存在」〔註 18〕，以形成後現代語言審美的遊戲風景，從而失去了感染人心、匡正世俗的精神力量。

從文化角度來看，造成當今文學和文學觀念乏力的原因，一方面由於晚清民國以來，狹義文學界定下的純文學觀念所蘊涵的西方藝術審美價值裏，事實上存在著西方世界千年流傳的宗教情懷，國人在百年之中難以驟接，從而造成藝術審美價值在實際社會生活中的落空甚至異化、俗化；另一方面華夏文化傳統中的廣義文學的核心：先王之道、孔孟之教被驟然掃清，原本深入民族魂靈中的文化價值標準遭到湮沒掩抑，未能發揮其二千年來教化人心的普遍效用。

因此在某種程度上，正是由於今世狹義界定下純文學觀念，對社會生活以及人心的疏離、文化價值的式微，導致文學無力應對政治上官方一統的制約和文化上娛樂至死的放蕩。

今人關於兩漢三國文學觀念的「純文學自覺」說即建立在狹義的文學界

〔註 17〕薩義德，《人文主義與民主批評》，新星出版社，51 頁。

〔註 18〕斯・貝斯特、道・凱爾納，《後現代理論》，中央編譯出版社，1999 年 2 月版，328 頁。

定上。五四新文化運動之後，以純文學的藝術審美價值爲學術核心與視角的民國新派學者往往亦精通華夏文化傳統，因此在學術闡釋中能夠自如地以華夏傳統文化爲論證材料，這種以西方近世純文學觀念爲核心，中國古代文化傳統爲材料的配合方式在民國時期較爲常見，相較而言也能更快地發揮文化更新的效用。羅根澤先生在《中國文學批評史》中採取的折中義文學觀念，便是這種配合方式的典型，故而影響至今，成爲學術界的經典之作。

然而從今日國人生存的角度來看，在五四新文化運動的影響下，中國二千年之文化淪爲應用材料而非國民精神的主幹，並非可喜之事。余英時先生指出西方的「文藝復興是在從容不迫的狀態下穩步發展起來的，而五四則是在惶惶不可終日的處境中突然發生的」〔註 19〕，所以五四新文化運動雖然具有文化自覺的偉大意義，但其最根本的錯誤在於「太忽略對自己的瞭解」，「中西文化接觸的四百年來，我們對西方文化的認識越來越正確，而我們對於中西文化如何求配合這一點卻越來越陷入錯誤的深淵中。追源溯始，這實在是由於不瞭解自己所致」〔註 20〕。晚清民國時期，五四新文化運動所影響的兩漢三國文學觀念研究，的確是在越來越瞭解西方文化和疏遠本國傳統文化的基礎上展開的。

回到歷史文化語境來看，狹義界定下的兩漢三國「純文學自覺」說作爲民國時期特殊文化氛圍的產物，不能完全代表兩漢三國文學觀念的原貌。因爲任何一種對歷史觀念的闡釋，都不能找到一種完美的理論而完全客觀地再現歷史實況，人的視域永遠是由其現實處境構成的，亦即伊格爾頓所說「如果我們能夠置身文化之外來觀望，我們能看見的東西的本身將由我們的文化來決定」。

爲了進一步研究探討作爲古代文化圖景之一的兩漢三國文學觀念，有必要重新對已邊緣化的廣義文學界定角度予以考量和重估。

事實上，僅對記載兩漢三國歷史概況的前四史進行查閱，便可發現在當時人們普遍的觀念中，重文的社會風尚是以儒家經典的闡釋、運用爲中心，從而擴展到涉及社會生活各個方面的諸多文體，如詩賦碑銘誄弔論記表策等。如果以兩漢三國的文化狀況爲歷史背景，當今狹義文學界定下的純文學

〔註 19〕余英時，《文化評論與中國情懷（上）》，廣西師範大學出版社，2006 年版，159 頁。

〔註 20〕余英時，《文化評論與中國情懷（上）》，156 頁。

觀念反而要隱退到廣義界定下的儒家學術文學觀念裏面。

兩漢三國文學觀念研究中本末倒置的這個實際困境，與五四新文化運動之後，特別是建國後蘇化的官方理論對儒家文化的拒斥態度有直接關聯。然而在思想解放、多元並存的今天，兩漢三國以儒家典籍爲文學之核心、文明之德爲文學之價值的文學觀念，作爲中國古代文化的特點，可以予以理解和尊重。因此從探索文學根基和力量的文化立場出發，確有重新從廣義界定來審視兩漢三國文學觀念問題的必要性。

2、文化詩學視域和前四史的文學史料

廣義文學界定包括今天所謂文學、政治、哲學、歷史、宗教等一般文化形態，所有的著作都含納其中。韋勒克曾經說過「文學研究不僅與文明史的研究密切相關，而且實在和它就是一回事。在他們看來，只要研究的內容是印刷或手抄的材料，是大部分歷史主要依據的材料，那麼，這種研究就是文學研究」。

今日在歐美諸國興起的新歷史主義文化詩學也在對文學的歷史文化進行重新理解。文化詩學將文學藝術的發生演變放置回活生生的原初語境，從文本批評的微觀視域中解放出來，從而投向更廣闊的生活場景，探索文學與人的生命活動在深層次上的聯繫，這種多視角的人文探索，既是學界文化轉向後的一種整體趨勢，又對於當今純文學社會影響力的式微，無不補裨作用。

因此文化詩學研究方法的歷史維度，與本文以前四史爲主要分析材料的廣義文學觀念研究，具有內在的契合性與學理上的自洽性。眾所周知，歷史語境中的文學觀念不僅存在於古代文論的文本中，其實更普遍地存在於該時代人們的共同意識，以及與時事交織在一起的行文綴篇之中。從文本的審美結構層面分析進展到文本的歷史文化層面考察，可以把文本的內與外、文與時的紐帶關係重新納入我們的視野，以豐富文學觀念的蘊涵，深入文學審美精神的社會關注領域。

當然，在新歷史主義文化詩學之前，中國古典史學和西方近代史學都對文學觀念進行了歷史維度的闡釋。中國古典史學對於文章經世致用的一面予以了長期的、壓倒性的關注，將文學觀念統攝於以皇權政治力量爲主導的整體意識形態之中，從而遮蔽了文學觀念中審美精神的生長以及推動文學觀念形成的眞正力量。比如范曄對東漢儒學的興盛更強調其維護皇權政治穩定性的一面，「跡衰敝之所由致，而能多歷年所者，斯豈非學之效乎」，忽略了東漢儒學興盛的根本在於民間學術力量的強大，使其士人「高可敷玩墳典，起發聖意；下則抗論當世，消弭時災」，從而形成東漢士人自主推動文學觀念多元化擴容的中堅力量。

在新文化運動之後，中國學者引進西方近代純文學審美理念，重新發掘了兩漢三國及其後文學觀念中審美意識孕育和繁茂的歷程，對中國當下文學觀念的核心——審美精神提供了古代文本支持。

但是在新文化運動之後，中國學者受西方近代史學線性發展觀的籠罩，對文學觀念的歷史文化成因，往往作出相當模式化、粗略化的闡釋，一方面沒有把被中國古典史學所遮蔽的兩漢三國及其後文學觀念發展的眞正動因全面地揭示出來；另一方面在中國古代文學觀念研究中也形成了較爲僵化的線性發展觀，對於古代文學觀念形成、演變的歷史文化原貌反而造成了雙重遮蔽。像范文瀾先生在《中國通史》中把漢靈帝當作文學藝術的改革派，就是這種線性發展觀的典型論調：「一七八年，漢靈帝立鴻都門學，這個皇帝親自創辦的太學裏，講究辭賦、小說、繪畫、書法，意在用文學藝術來對抗腐朽的經學」。這種論調和因漢末大亂、人命忽微而造成人性覺醒的魏晉文學自覺說的緣起一樣，忽略了中古士人本身的文化精神面貌。從歷史情境的細節看，漢靈帝是想將其個人喜好強加給學術上相當自主的士林。鬻爵的皇帝和儒學名士究竟誰是腐朽的一方，很難用藝術立場來判定。

新歷史主義文化詩學則注重探索被歷史成見所遮蔽、壓抑，因而碎片化、零散化的文學樣貌，並以此發掘文學現象的複雜性和多樣性。比如格林布拉特對莎士比亞的研究便使用了在藝術審美與社會政治之間進行「話語振擺」的多元跨越，從而揭示出文學經典與歷史文化之間，相互衝突又相互聯繫的矛盾共生關係。

中國古代文學觀念也同樣具有與政治、學術、文化共生的複雜關係，所以兩漢三國文學觀念的歷史形態，在廣義文學界定的包容性中，蘊涵著與「純文學自覺說」頗爲不同的闡釋空間。從新歷史主義文化詩學的角度看，任何理解闡釋都不能超越歷史的鴻溝而尋求所謂的原意。任何文本的闡釋都是融合了不同時代、不同心靈的對話和文本意義的重釋，一切歷史意識的呈現，都是當代闡釋的結果。而不同的闡釋可以並存交織在人們對歷史文化的理解之中。

因此本文將採用新歷史主義文化詩學的方法，對記載兩漢三國歷史人物與事件的前四史進行研究分析，以發掘當今文化語境下，兩漢三國文學觀念的形態和歷史意義。

記載兩漢三國史事的《史記》、《漢書》、《後漢書》、《三國志》便是中國二十四正史中，相當受人尊敬的歷史描述。由於其他描述的缺位，捨此人們無以觀察瞭解西元前206年到西元265年之間四百多年的歷史面貌。

其中《史記》作於西漢中葉，記載了漢初高祖、惠帝和呂后、文帝、景帝以及部分武帝時期的歷史事件與人物。而且司馬遷及其父太史公司馬談對漢初之事有耳聞目睹的貼近性。因此本文對廣義界定下漢初文學觀念形成的考察，便以其爲主要分析材料。

《漢書》編撰於東漢初年，對整個西漢史事進行了全面的載記。同時班固家族興起於西漢中葉，特別在元、成之後接近皇室中心，熟稔人物和政事，故而能夠較爲可靠地傳達出廣義界定下的西漢中葉及其後人們對文學的理解和運用，爲本文提供這一時期文學觀念研究的豐厚歷史材料。

成書於南朝劉宋時期的《後漢書》與以上二史編撰者的親歷性不同，范曄所處的時代與東漢之間有魏晉之隔，時間差距起碼超過二百年。然而《後漢書》對於東漢史事記載詳贍，能夠有效傳達東漢社會各個方面的時代觀念。而且范曄對東漢文學之業的把握，相當符合歷史文化的原境。比如范曄之前西晉時期編撰《三國志》的陳壽、以及此後齊梁時期編撰《宋書》的沈約，都沒有設儒林和文苑的類傳。可是范曄依據東漢經學博通兼併的情況，把以教授學業爲主的儒者和有學能文之士分開立類傳，傳達出東漢以儒學爲核心，且重視篇章的時代風貌。所以本文對廣義界定下的東漢文學觀念的研究主要依據《後漢書》的史料。

《三國志》編撰於西晉時期，然而陳壽本爲三國時期蜀漢之人，親歷了三國鼎立的歷史文化場景，屬於時人修史。其書是三國時期社會風貌較爲切近的呈現。此外南朝劉宋時期，裴松之爲《三國志》作了資料詳盡的注釋補充，徵引大量三國前後時期的各類著述，豐富了《三國志》的史料含量。所以陳壽的《三國志》與裴松之的注，共同爲本文研究廣義界定下三國時期文學觀念的形成，提供了有效的歷史材料。

兩漢三國文學觀念正是在前四史所載記的那個歷史空間裏，出現在各個歷史人物的頭腦中以及體現在他們的言行、文章之中。

從客觀上講，編撰史書的史家本人的文學觀念會滲透到傳記、書志之中，影響史書中該時代整體文學觀念的體現。因爲史家自己的文學觀念直接影響史書的取材、取捨——即直接影響史書對人物文學觀念的涵納。文學觀念好尚質實的史家或略於文采辭藻的載錄，崇尚篇章的史家則多以文爲事。前四史編撰中的個人偏尚，對於本文以史書爲主要分析材料的客觀研究難免造成一定誤差〔註 21〕。然而由於史家的基本素質中往往有著超越常人的對文化傳統和時代風氣的整體把握，一般來說能夠使史書中主觀偏尚誤差控制在可接受範圍之內。

而且前四史中，司馬遷、班固、陳壽都與父輩或師長經歷了自己所描述的那個時代，他們本人的文學觀念即受其所描述時代的影響，是那個時代文學觀念的體現。比如司馬遷受漢初實用主義影響，對各種文學都相容並納；而班固在西漢獨尊儒術文學觀念的影響下，以先王典籍爲文學的核心；陳壽既受東漢重學觀念的影響，又身染曹魏將儒學學術泛化爲文章之藝的整體風氣，所以《三國志》中載錄了大量的士人才藻文章，且又時常流露出東漢經學博通文學觀念的評價標準。

只有范曄是南朝學術和文學觀念多元化時代的人物，所以《後漢書》中確實帶有南朝之風的影響，比如范曄對歷史人物的評價，往往摻雜老莊之學，與眞正的東漢時人班固更爲儒學化的觀念有所不同。由於《後漢書》所載史料是今人瞭解東漢社會歷史文化情形的主要來源，本文不能捨此而另求，所以對於范曄帶有南朝人思想特點的評議予以忽略，而范曄在行文敘事中對東漢文學現象的深刻理解，則可以採納。

然而前四史都有宏大的敘述篇幅，《史記》涉及漢初史事的部分有七十五卷、《漢書》一百卷、《後漢書》九十卷加補志三十卷、《三國志》六十五卷，是今人瞭解兩漢三國時事與人物的主要依據。其材料和涉及面亦汗漫多端，爲使研究過程中線索清晰、論述集中，本文沿襲郭紹虞和羅根澤先生在《中國文學批評史》裏對兩漢文學觀念變遷採用的詞語含義跟蹤法，將前四史裏「文學」、「文章」、「文辭」、「屬文」、「綴文」等詞的含義變遷爲研究線索，展開分析論述。這種詞語含義跟蹤法受語用學影響，通過跟蹤分析，把詞語的意義與歷史語境關聯起來。因爲詞語的運用與歷史形態、人物心態直接相關。詞語含義的擴大、縮小、轉變都與時代的變化有關係。特別是「文學」

〔註 21〕此爲人文學科中難以避免的「測不准定律」，即對事件進行的描述本身包含著對事件理解的偏差。

一詞較之「文章」、「文辭」、「屬文」、「綴文」等詞，其含義變化更有隨時代變遷的明顯變化。

比如今日「文學」一詞含義的確定，與中國近現代史的文化歷程亦爲同步關係。一方面受日本翻譯用詞的影響，另一方面由於新文化運動對新文學的推崇，使得中國人普遍接受的「文學」一詞的含義隨之更新。而新中國建立以後，給人物定性的政治手段以及當時的文學觀念，使得許多古代士人被標注上「文學家」的稱呼。這一亙古未有的稱謂，未必能夠準確標明古代士人的身份，然而可以據此觀察創造出「文學家」稱謂的那個時代觀念。

中國歷史上「文學」、「文章」、「文辭」、「屬文」、「綴文」等這一組詞的含義並不像當今世人認爲的那樣在二千年歷史中一直以語言審美藝術爲主旨，以小說、詩歌、散文、戲曲爲主要體裁。事實上，中國「文學」組詞的含義本身經歷了古代文化開端、成形、更新等漫長歷史時期的演化變遷。追索中古前四史中「文學」組詞含義的變遷，一方面可以獲得中國古代文化演進的具體細節，另一方面有助今人反思重構中國本土文學觀念。在考察中國歷史文化的過程中，流傳千年的史書作爲一種較可靠的信息載體，其所蘊含的「文學」之義無疑具有相當的代表性。所以對史書中「文學」組詞含義的追蹤，是有效進入歷史文化原境的研究方法之一。爲此本文將通過追蹤前四史中「文學」組詞的含義及其史書中的相關材料，來分析研究兩漢三國文學觀念的形成與歷史文化意義。

3、前四史中「文學」組詞含義的嬗變

表徵兩漢三國時期文學觀念的「文學」、「文章」、「文辭」、「屬文」、「綴文」等一組詞，都是從「文」的涵義中演化出來的。

錢基博先生在《中國文學史》中辨析了文的三種原始涵義：其一爲非單調的複雜之義，如《易・繫辭傳》「物相雜，故曰文」；其二爲有條理的組織之義，如《禮記・樂記》「五色成文而不亂」；其三爲令人愉悅的美麗之義，如《釋名・釋言語》「文者，會集眾彩以成錦繡；會集眾字以成辭義，如文繡然」。

「物相雜，故曰文」而引申出與結繩記事相異的文字構形；「五色成文」的條理組織則引申出與軍事武力相異的禮樂制度；「會集眾彩」亦引申出與質素相異的文華修飾。

文字之義無疑是「文」的諸多涵義中最基本也是最廣泛的，同時也是廣

義文學觀念的基礎。由於上古缺乏私學的存在基礎，文字和學問統歸王官之學，所以春秋時孔子及其門人所稱之「文」主要指先王遺文。孔子曰：「行有餘力則以學文」，馬融注曰「文者，古之遺文」，以及「博學於文，約之以禮」，疏曰「言君子若博學於先王之遺文，復用禮以自檢約」。

首見於《論語》的孔門「文學」一詞即指對先王遺文典籍的研習，如孔門弟子四科，文學爲子游、子夏，范甯注曰「文學謂善先王典文」。春秋戰國時期，上古貴族的王官之學解體，「文」作爲文字的社會運用更加廣泛，社會生活中出現的一切文本都稱之「文」。到漢代，重文之風彌漫於朝野上下，時人對各種文字文本的撰著就被稱爲「屬文」、「綴文」，即將文字連屬綿綴成完整篇章的意思。

「文章」的原始涵義出於「文」的色彩錯雜即花紋之義，如《楚辭・九章・橘頌》：「青黃雜糅，文章爛兮」。而且「文章」涵義的引申與「文」在泛指文本和禮樂制度兩個方向上重合。《史記》中公孫弘上書漢武帝，言「臣謹案詔書律令下者，明天人分際，通古今之義，文章爾雅，訓辭深厚，恩施甚美」，將「文章」用於指稱詔書的文本。而《論語》中孔子曰：「大哉！堯之爲君也。巍巍乎！唯天爲大，唯堯則之。蕩蕩乎！民無能名焉。巍巍乎其有成功也，煥乎其有文章」〔註 22〕，則指上古有別於野蠻狀態的禮樂法度。

「文辭」也作「文詞」，來自「文」的文字涵義與「會集眾彩」的雙義迭加，既可泛稱文本，如司馬遷言「孔子序列古之仁聖賢人，如吳太伯、伯夷之倫詳矣。余以所聞由、光義至高，其文辭不少概見，何哉」，司馬遷用「文辭」表示關於許由、務光的文本記載；同時「文辭」又偏指有藻繪魅力的文字言語，如《左傳・襄公二十五年》「仲尼曰：《志》有之，言之無文，行之不遠。晉爲伯，鄭入陳，非文辭不爲功，愼辭哉」〔註 23〕，讚頌鄭國子產辭順而能闡發王命之義，令晉人悅服。

然而「文」一詞本身在史書文本中用法過於寬泛，反而不便於追蹤其涵義的變遷。比如「文」可以用於指稱各種文本，《史記》稱「然《尚書》獨載堯以來，而百家言黃帝，其文不雅馴，薦紳先生難言之」，「其文」概稱諸子百家述古事的文本；《漢書・五行傳》「經以見者爲文，故記退蜚」，「文」指

〔註 22〕司馬遷，《史記》，中華書局 1992 年二十四史簡體字本，2372 頁（以下《漢書》、《後漢書》、《三國志》皆同一版本）。

〔註 23〕《春秋左傳注疏》，北京大學出版社，1999 年版，1024 頁。

《春秋》的行文；《後漢書》和帝向群臣下手書言竇太后，「朕奉事十年，深惟大義，禮，臣子無貶尊上之文」，「文」指張酺、劉方諸大臣所上貶竇太后尊號的奏書；《三國志》裴注載曹操令「昔趙奢、竇嬰之爲將也，受賜千金，一朝散之，故能濟成大功，永世流聲。吾讀其文，未嘗不慕其爲人也」，其文大概指載記其事的史書，如《史記・廉頗藺相如列傳》、《史記・魏其武安侯列傳》。

「文」亦指與武相對的文治狀態，如《史記》張良問劉邦「今陛下能偃武行文，不復用兵乎」；《漢書・刑法志》所言「夫文之所加者深，則武之所服者大」；《後漢書》有司上章帝廟號言其「文加殊俗，武暢方表」；《三國志》裴注傳幹諫曹操伐吳曰：「治天下之大具有二，文與武也；用武則先威，用文則先德，威德足以相濟，而後王道備矣」。

「文」還用於指稱文法刑律，《史記》「吏之言文刻深，欲務聲名者，輒斥去之」；《漢書》「周、秦之敝，罔密文峻，而姦軌不勝」；《後漢書》「耐罪亡命，吏以文除之」；《三國志・吳志》「宜定科文，示以大辟」等。

此外在前四史的語境中，「文」還有文字、花紋以及文飾等基本涵義。因此本文對兩漢三國文學觀念的追蹤集中於「文學」、「文章」、「文辭」、「屬文」、「綴文」等一組詞的語義和語用的變遷。

《史記》中西漢初年「文學」組詞，主要是「文學」一詞，用來雜稱學術，無學術者被稱爲無「文學」。漢初學術比較顯明是律法刑名、縱橫游說以及孔門五經之學，都被視爲「文學」。因爲漢初君臣崇信清靜養生的黃老之術，處於整體上質樸無學的狀態，亦因此對民間諸學的私門教授，不像秦世以嚴刑峻法進行干涉、扼殺，反而以實用原則予以混用。

《漢書》中，西漢中葉及其後「文學」組詞的含義主要指向儒學學術及其相關的篇章。「文章」包含五經和典章制度，「文辭」則泛指學業篇章，「屬文」爲有學通經者的行文才能，「綴文」更是用於董仲舒、劉向諸人的儒學著述。特別是「文學」一詞完全從漢初諸學雜稱的狀態，收束到儒學一業。尤其在漢武帝之後，西漢人所稱「文學」是指研究、闡釋六經的學問，文學之士是精通孔門所傳六經，並能傳授或者運用的儒生。

經過戰國各諸侯的利益紛爭、諸子學術的各抒己見、秦世的學術專制之後，儒家學術成爲人們一種較普遍的選擇。早在漢武帝執行獨尊儒術的國家政策之前，儒學已在民間自主自願地傳承，造育人才，漢武帝亦受這種傳承、造育的影響而好文學儒術。而且西漢的經學融合了諸子百家之長，所以似乎西漢的「文學」諸詞的含義較之先秦漢初有所收束，然在西漢社會的實際運用領域則大爲擴充：其一，朝政上將依據先王之道的文學用於國家政策的制定、祭祀大典的擬就、外交準則的確定、司法判獄的義理準則、選拔行政官員的要求等；其二，社會生活上以六經禮義爲準；其三，篇章行文上以六經的文、義爲根本，因此人們將詩賦比附爲六經中最爲抒情達意的《詩經》的流衍。

《後漢書》中「文學」組詞亦以儒學學術爲核心。然而東漢受王莽以經學學術名義篡漢的失敗教訓影響，學術思辨愈深愈廣：摻雜陰陽方術、善說微言大義的今文經學，不得不與實考古文、古制的古文經學分庭抗禮。東漢末年今文經學的優益之處多被古文經學吸納，學者以博通爲尚。因此東漢人所稱「文學」，是指以六經所載先王之道爲根基的博通的學問。《後漢書》中載錄的篇章較《史記》、《漢書》大爲繁盛。東漢末年靈帝立鴻都門文學遭士人非議抵制之事，可以看出東漢士人文學概念的邊界。鴻都門文學以辭賦、書畫等技藝拔士，體現著靈帝個人的喜好，而楊賜、蔡邕諸人雖然自己亦篇章精彩、推崇文士，但都強烈反對給予脫離先王之道、六經之本的文字技藝以較高的社會地位。

《三國志》中曹魏時期「文學」組詞的含義既延續東漢經學博通之義，又開始發生重大的轉變。比如「文章」一詞在統稱著述的含義上出現了經籍學術與辭藻篇章的並立。由於士人的好尚，東漢末年古文經學漸漸代替今文經學成爲學術的主體，而遍注群經的鄭玄、王肅之學較之兩漢繁冗的五經章句更爲簡明，且匯聚今、古文之說，便於學者研習，使士人在通經之餘亦能進行《老》、《易》玄談，從而創造出更加寬鬆的文學氛圍。而且漢末以來，五經之學已經普遍成爲士人自幼接受的基本教育，士人們可以自如地將其經學素養發揮在行文篇章上，比如曹氏父子喜好的「文學」即將經學學術用於生活樂趣上，因此曹魏時期的文學觀念是對經學的漸趨泛化。

前四史中「文學」組詞含義的嬗變，是本文研究廣義界定下兩漢三國文學觀念形成的可靠線索。以此線索去追蹤分析前四史中的文學史料，庶幾可以接近兩漢三國文學觀念形成的歷史文化原境。

第一章　中古文學觀念的序幕：《史記》中漢初諸學混雜的文學觀念

陳平原先生在《蕭山來氏中國文學史稿》的序言中，引用杜牧的名句「折戟沉沙鐵未銷，自將磨洗認前朝」來表達對以往學術消泯的深沉喟歎。從史書中探尋中國中古文學觀念的原貌，也像磨洗古物一般，欲透過斑駁的歷史印痕，去回溯往昔的流光溢彩。然而人們視角、觀點的不同往往導致古物磨洗出來的面貌迥異。

中國中古文學觀念的研究歷經百年，有時候呈現出清晰的簡單，比如劉經庵先生以狹義的純文學界定來取擇兩漢詩、樂，胡雲翼先生推崇狹義的純粹文學來指責漢代儒教思想埋沒「獨立的正確的文學觀念」。他們做出了很大的努力，在一個缺乏純文學觀念的時代尋找和褒頌純文學作品。

然而當學者進入中古士人的思想世界，文學觀念問題又變得複雜多維，難以斷論，比如羅根澤先生在分析漢代文學觀念時把《詩》的崇高和汩沒並列，且指出漢賦中有「愛美」和「尚用」的衝突和融合。人們不得不看著歷史上這些相反卻相成的因素混雜在文學觀念之中。

童慶炳先生說「文學觀念就是對文學的看法，是對『文學是什麼』的回答」，而「文學觀念屬於歷史的範疇，它是流動著的、變化著的，世界上沒有一種文學觀念是永恆不變的」〔註1〕。在中古文學觀念研究中，「文學是什麼」這個問題雖然已經明確地提出來了，但卻永恆地存在著一個由研究者代爲回答的困境。比如自民國時起的中古純文學觀念的狹義文學界定，就是一種由

〔註1〕《童慶炳談文學觀念》，河南大學出版社，2008年版，1頁。

研究者預先設定邏輯起點的代答模式。而採用「一切著作皆文學」〔註2〕的廣義界定來考察中古文學觀念的流動變遷，則會使我們原本清晰的共識，變得模糊而難於把握，給我們重新帶來思考判斷的困境，即陳平原先生所說的「隨著五四新文化運動的興起，學科邊界日漸明晰，史家轉而從審美角度來討論中國文學，像來著那樣『蕪雜』的『文學史』，因此逐漸被淘汰出局。不過，完全套用西方『純文學』思路，以今律古，同樣不無流弊。所謂『經國之大業，不朽之盛事』，本就不是單純的『審美』。談論古代中國的詩文，如何在『文學史』與『學術史』之間，保持必要的張力，對於研究者來說，其實是一個不小的挑戰。」〔註3〕

第一節　戰國諸子之學與漢初實用原則對《史記》文學涵義多元並存的影響

司馬遷在《史記》中，實際上也遇到了文學涵義的界定問題。然而與現代學者不同之處在於，司馬遷對於多種並存的文學涵義採取了任其自然的寬泛態度。

通過檢索《史記》全文，發現司馬遷及其補撰者記載〔註4〕和使用了「文學」、「文章」、「文辭」等幾個詞語。其中「文章」一詞既指器物上的花紋，「刻鏤文章，所以養目也」；亦指完整成篇的文本，如公孫弘向漢武帝上書所言「文章爾雅，訓辭深厚，恩施甚美」。「文辭」則專指行文表達，如「七十子之徒口受其傳指，爲有所刺譏褒諱挹損之文辭不可以書見也」的《春秋》經解，及「擇郡國吏木詘於文辭」的律法文書。因此《史記》中「文章」、「文辭」的含義較爲固定，即使後來褚少孫補寫的部分，所用的涵義亦與之相同。

「文學」一詞則不然，與其他詞相較：一則涵義較爲豐富；二則有明顯的歷史變遷痕跡。《史記》中「文學」一詞經歷了好幾個歷史時期的變化：第一，春秋末年稱孔門先王典籍爲文學，如「文學：子游，子夏」〔註5〕；第二，戰國時稱諸子各自學業爲文學，如「宣王喜文學游說之士」〔註6〕的齊稷下學者；

〔註2〕《胡雲翼重寫文學史》，5頁。

〔註3〕《蕭山來氏中國文學史稿》，11頁。

〔註4〕即史書載錄的人物言、文所使用的「文學」組詞。

〔註5〕司馬遷，《史記》，中華書局，2000年，二十四史簡體字本，1735頁。

〔註6〕司馬遷，《史記・田敬仲完世家》，1530頁。

第三，秦世稱御用之學爲文學，如秦始皇「悉召文學方術士甚眾，欲以興太平」〔註 7〕；第四，漢初稱刑名、縱橫、儒學諸家學術爲文學。這些顯然不同且各成體系的文學涵義，在《史記》中自然而然地並存著。而分析造成《史記》中文學涵義多元化的原因，本文認爲司馬遷對待文學觀念的寬泛態度一方面是受戰國各自發揮的諸子之學影響；另一方面則受漢初實用主義原則影響。

一、戰國各自發揮的諸子之學對《史記》中文學涵義多元化的影響

在《史記》中，戰國諸子的學術亦稱文學。《史記・田敬仲完世家》載「宣王喜文學游說之士，自如騶衍、淳于髡、田駢、接予、慎到、環淵之徒七十六人，皆賜列第，爲上大夫，不治而議論。是以齊稷下學士復盛，且數百千人。」〔註 8〕稷下先生如騶衍、騶奭爲陰陽家；慎子爲法家；接子、環淵、田駢爲道家；荀子爲儒家。其人皆各有著述之文，《史記》載騶衍作《終始》、《大聖》之篇十餘萬言；慎到著十二論；環淵著上下篇；騶奭則「頗採騶衍之術以紀文」；荀子「序列著數萬言」，餘者亦「各著書言治亂之事，以干世主，豈可勝道哉」〔註 9〕。

此外其他戰國諸子的學術和著述，《史記》也多有論及，如孟子「退而與萬章之徒序詩書，述仲尼之意，作《孟子》七篇」〔註 10〕；「吾讀管氏《牧民》、《山高》、《乘馬》、《輕重》、《九府》，及《晏子春秋》，詳哉其言之也」〔註 11〕；莊子著書十餘萬言〔註 12〕；申子著書二篇〔註 13〕；韓非子作《孤憤》、《五蠹》、《內外儲》、《說林》、《說難》十餘萬言〔註 14〕；司馬穰苴、孫子、吳起兵法〔註 15〕；商君開塞耕戰書〔註 16〕等。因此金德建先生在《司馬遷所見書考》中認爲司馬遷把他讀過的書都記在《史記》中了，「這些書名彙集起來，無疑是一篇《史記》的《藝文志》」〔註 17〕。

〔註 7〕《史記・秦始皇本紀》，183 頁。
〔註 8〕《史記・田敬仲完世家》，1530 頁。
〔註 9〕《史記》，1841 頁。
〔註 10〕《史記》，1839 頁。
〔註 11〕《史記》，1698 頁。
〔註 12〕《史記》，1704 頁。
〔註 13〕《史記》，1706 頁。
〔註 14〕《史記》，1707 頁。
〔註 15〕《史記》1724 頁。
〔註 16〕《史記》，1770 頁。
〔註 17〕金德建，《司馬遷所見書考》，上海人民出版社，1963 年版，2 頁。

然而司馬遷究竟沒有列《藝文志》，因爲在司馬遷看來，諸子著述「世多有其書」，沒有必要列一個權威書目給天下學者。由此可見漢初的學者尚無整理群籍的願望，諸子之學在漢初多處於任其自然的狀態，從而間接說明漢初學術自由傳播的特點。但是司馬遷散見於《史記》中對諸子文學著述的評議和感觸，卻與《漢書・藝文志》辨彰學術、考鏡源流的客觀嚴謹態度以及獨尊儒術的觀念取向有著不同的氣息。司馬遷對諸子的文學著述採取了各安其用、相容並存的態度，這種態度事實上又受了諸子之學自由發揮精神的影響，所以從司馬遷的評述中可以感受到各種學說的深切影響，和不專定於一說的靈活機變。

其一，司馬遷對戰國諸子文學著述各安其用的評價。

《史記》評價管仲既提及「孔子小之」的儒家態度，又依據其行事和著述，褒贊管仲「將順其美，匡救其惡，故上下能相親也」的功績。其實孔子本人在《論語》中也體現出這種評價人物的靈活性。管仲在禮義上被孔子譏爲器小而不知禮〔註 18〕，但在實際功業方面孔子卻誠懇地說「民到於今受其賜」〔註 19〕。司馬遷熟讀《論語》，應該能夠體會孔子評議的開放性。然而司馬遷這種對管仲本人及其著述的開放性評價，卻導致後世在書籍歸目整理中的混亂：據《史記正義》，劉歆《七略》云「管子十八篇在法家」；《漢書・藝文志》則列於道家；《隋書・經籍志》又復列爲法家。而司馬遷將管仲與晏嬰〔註 20〕同傳，並不介懷管仲的諸子歸屬問題。管仲之書「論卑而易行」，強調治國的基本規則，與晏嬰皆有國家大用。

不過司馬遷並非只重治國之術，像莊子之文「其言洸洋自恣以適己」，不能用於治國，司馬遷則強調莊子「善屬書離辭，指事類情，用剽剝儒、墨，雖當世宿學不能自解免也」，指出莊子的著述在學理上成就甚高。西晉郭象也曾言莊子「無經國體致，眞所謂無用之談也」〔註 21〕，但在辯名析理方面獨勝一籌，能夠吸引人才。而且司馬遷亦欣賞莊文中精神自由的狀態，故變莊文「曳尾塗中」的寓言爲郊祭犧牛之事。

對於法家諸子申、商、韓非，司馬遷亦各因其用而論其文。「申子卑卑，

〔註 18〕《論語・八佾第三》。
〔註 19〕《論語・憲問第十四》。
〔註 20〕劉歆《七略》將《晏子春秋》列入儒家。
〔註 21〕《莊子・天下篇注》。

施之於名實」，言其著述有國治兵強的實用之效；而商鞅的開塞耕戰書，與其人嚴刑少恩、刻薄譎詐的行事相類，故司馬遷稱商鞅「卒受惡名於秦，有以也夫」；司馬遷對韓非著述的態度則較爲複雜，既明言其務實治世的優長——「韓子引繩墨，切事情，明是非」，又指出其用法慘急而鞠礉少恩的缺陷，同時還深深地同情韓非雖著有《說難》一文而終以直言被誅。

以上《史記》對諸子著述的評價都深入到其學說各自發揮的領域，沒有只用一個標準來格套，而是任其學說各安其用，顯現出司馬遷身上所存留的相當濃厚的戰國人精神。

其二，司馬遷對戰國諸子文學著述相容並存的態度。

班彪指責司馬遷「先黃、老而後六經」，是以獨尊儒術的一學標準來審視《史記》的價值取向。然而司馬遷並非不崇信、禮敬儒學〔註 22〕，只是《史記》在「世之學老子者則絀儒學，儒學亦絀老子。『道不同不相爲謀』，豈謂是邪？」的學術競爭的氛圍中採取了相容並存的態度。司馬遷對戰國諸子文學著述各安其用的評價便是各以其道爲之謀用。

而且從司馬遷無書不讀的狀況來看，必然好尚博學廣識。戰國諸子亦多有博學者，如莊子「其學無所不窺」，「然其要本歸於老子之言」，故《莊子・天下篇》有「百家往而不反，必不合矣」的歎息，責墨子以不愛人不愛己，譏宋銒、尹文上下見厭而強見，笑田駢、慎到乃死人之理，惜惠施善辯之才駘蕩不得，顯示出戰國時期學術上激烈的競爭互斥。《荀子・非十二子篇》甚至斥責包括子思、孟軻在內的「飾邪說，文奸言」的十二位知名學者。《韓非子・顯學》對於儒墨學派分立，「取捨相反不同」，無法定世之學也表示了蔑視，認爲明主因此可以不聽學者之言。太史公司馬談亦指謫陰陽、儒、墨、名、法之失。

〔註 22〕司馬遷在《史記》中用孔子之言讚譽文帝之仁德；《三王世表》從孔子弗論次其年月；引孔子稱吳太伯之至德；同孔子歎魯道之衰；褒宋以孔子「殷有三仁」說；因孔子喜《易》而嘉陳完；以孔子罕稱命慨外戚之變；取孔子失子羽之誡目張良；幸伯夷得孔子之序而名彰；以孔子小管仲助霸之道；因孔子問禮老子而贊其自隱；用孔子所謂「聞」譏呂不韋；以孔子「君子欲訥於言而敏於行」贊無文學之石奮、醇謹之衛綰、刑名之張歐；以孔子不忘國政美學黃老、正魯王之田叔；以孔子《春秋》隱顯筆法暗譏武帝伐匈奴之失；引孔子「導之以政，齊之以刑，民免而無恥」責酷吏及任刑之治；引孔子「六藝於治一也」爲談言微中的滑稽者立義；以子貢揚孔子之名見富厚之益；並以孔子作《春秋》爲自己修史的典則。

司馬遷則無排擯任何學派之言，可見其對諸子之學的吸納有著「尺有所短，寸有所長」、當用則用的靈活原則。太史公讀老子五千言贊其「無為自化，清靜自正」，「老子深遠矣」，但在《貨殖列傳》中卻笑老子小國寡民的不可操作，「必用此為務，輓近世塗民耳目，則幾無行矣」〔註23〕。

孔子言「攻乎異端，斯害也已」，司馬遷在漢初較為自由的學術氛圍中，必定反思了秦欲統一天下學術於朝廷官吏之手的極端愚蠢的政策，因此在《秦始皇本紀》和《李斯列傳》中兩次收錄了李斯禁私學、以吏為師的建言。在司馬遷看來諸子「各著書言治亂之事」，都有自己的作用。如騶衍「深觀陰陽消息而作怪迂之變」之學也能令王公大人「懼然顧化」，只是不能持久起作用而已。孟子歷遊諸國，被視為「迂遠而闊於事情」，但其所述唐虞三代之德卻逐漸為司馬遷所處時代的優秀人才所接受。

因此司馬遷對戰國諸子文學著述相容並存的態度，雖源自諸子自由發揮學說的精神，又超出了學派門戶之見，從一學一旨而憂「道術將為天下裂」〔註24〕，變換為心胸更加寬廣的實用主義原則。

二、漢初實用主義原則對《史記》中文學涵義多元並存的影響

顯然我們今天在《史記》中看到的涵義多元並存的「文學」一詞，來自司馬遷對文學觀念的寬泛態度。這種寬泛態度主要受漢初政治和社會生活上實用主義原則的影響。

司馬遷本人既有其父太史公司馬談黃老之學的家學背景，又從學於伏生、孔安國諸儒，因此兼備諸說；而且司馬遷青年時期遊歷南北各地，見識豐富，之後參與朝事，與漢初士林廣泛接觸，所受教益既多，又通明故事，因此與之後補寫《史記》的褚少孫專持儒家五經文學之義有所不同。司馬遷對孔子及其弟子的欽慕、戰國諸子學說成就的肯定、秦始皇李斯的客觀評價、黃老厚重長者的稱頌並存於《史記》之中，所以班彪以純儒的態度指責司馬遷「是非頗繆於聖人，論大道而先黃、老而後六經，序遊俠則退處士而進奸雄，述貨殖則崇勢利而羞賤貧」〔註25〕。

事實上，司馬遷將刑名、縱橫、儒學並稱為文學，且對各家的學說和價

〔註23〕《史記》，2461頁。
〔註24〕《莊子・天下篇》。
〔註25〕《漢書》，2070頁。

值皆有所肯定，並非無原則的相容。司馬遷的主要原則是漢初人普遍的務實精神。

學者壺遂與司馬遷探討編修《史記》的意義時，司馬遷引用孔子的話「我欲載之空言，不如見之於行事之深切著明也」來說明史書以及學術的實用價值。司馬遷對遭到困厄而發憤著書的前賢，亦著眼於其人其學長遠的實用功效。

甚至在分析先秦學術口傳的不利影響時，司馬遷仍然從實用角度論述了其畏勢避禍的積極作用，「七十子之徒口受其傳指，爲有所刺譏褒諱挹損之文辭不可以書見也」〔註26〕。倘若將《春秋》「上明三王之道，下辨人事之紀，別嫌疑，明是非，定猶豫，善善惡惡，賢賢賤不肖，存亡國，繼絕世」的評斷標準行諸於文，必然觸忤權勢，招致身亡文滅的災難。故而司馬遷認同先儒以「詩書隱約」的務實態度，來遂其志。不像班固只從學術角度遺憾地看待戰國「末世口說流行」，導致「《春秋》分爲五，《詩》分爲四，《易》有數家之傳」〔註27〕的後世分歧。

漢初政治和社會生活上實用主義原則從文學觀念上看，主要表現在當時所有學術不僅混稱「文學」，而且混用於實際事務之中，從而反映出漢初所有學術都必須面對有功能才能存活這一現實。黑格爾在《哲學史講演錄》的開講辭中說「時代的艱苦使人對於日常生活中平凡的瑣屑興趣予以太大的重視，現實上很高的利益和爲了這些利益而作的鬥爭，曾經大大地佔據精神上一切的能力和力量以及外在的手段」，「因爲世界精神太忙碌於現實，所以它不能轉向內心，回復到自身」〔註28〕，這種不得已的實用態度也同樣體現在西漢初年人們對文學的混稱、混用方面。

其一，漢初的禮制，源於劉邦對群臣無朝儀的厭煩，出於維護尊卑秩序的實用目的。因此劉邦委託叔孫通制定朝儀時特別叮囑「令易知，度吾所能行爲之」，表達了劉邦並不在乎禮樂古制與文化精神的態度，以實用爲尚。叔孫通作爲有投機之風的儒家學者，也以實用爲第一目的，採古禮與秦儀雜就而成，既令劉邦有皇帝之貴的尊嚴，又合乎劉邦簡便易行的要求。當時堅持禮樂要積功德百年才能興起的魯兩生，被叔孫通嘲笑爲不知時變的鄙儒。從

〔註26〕《史記·十二諸侯年表》，365頁。
〔註27〕《漢書·藝文志》，1351頁。
〔註28〕德·黑格爾，《哲學史講演錄第一卷》，商務印書館，1頁。

司馬遷的評價看，既有諷刺叔孫通希世阿諛的微言，又有對「大直若詘，道固委蛇」現實的接受。

其二，漢初的法令，亦由蕭何改易秦法而來。雖然整個漢初五世都推崇黃老清靜之術，但對治理爲患社會的豪強，並不姑息隱忍。司馬遷說當時「吏治若救火揚沸，非武健嚴酷，惡能勝其任而愉快乎！言道德者，溺其職矣」〔註 29〕。漢初戰亂之後，休養生息的黃老之術只能作爲政治總體原則，抑制當權者興事擾民的衝動，即「上無爲而下有爲」。如丞相曹參輩可以不咎細過，任用厚重長者，但在具體維持治安方面，還是持刑刻深的法家之術有立竿見影的實效。倘若此處空言道德，便爲失職。曹參的丞相府不用刻深之吏，是對德與法的平衡作用，貫穿的仍然是實用精神。

其三，漢初朝廷對人才的起用，相當地不拘一格。劉邦雖不好文學，身邊亦有張良、陳平化黃老之術爲陰謀奇計的策劃之士，以及儒說相雜的酈食其、陸賈等人。此後曹參爲齊相，先向諸儒詢問治國要領，再問守黃老之術的蓋公，然後定清靜之道。蒯通作爲曾被劉邦通緝的縱橫游說者，最終亦入曹參門下。文景之世，以軍功盤踞高位的武夫功臣集團勢力稍歇，賈誼由受學李斯的吳公推薦，而爲文帝更定律令、政策；晁錯以申韓之術舉爲賢良文學，進爲御史大夫；田叔以寬厚長者受景帝重用。漢初的實用主義使得各類人才的舉用惟問功效，不問派別。

在《三松堂自序》中馮友蘭先生說：「實用主義的特點在於它的眞理論。它的眞理論實際是一種不可知論。它認爲，認識來源於經驗，人們所能認識的，只限於經驗。至於經驗的背後還有什麼東西，那是不可知的，也不必問這個問題。這個問題是沒有意義的。因爲無論怎麼說，人們總是不能走出經驗範圍之外而有什麼認識。要解決這個問題，還得靠經驗。所謂眞理，無非就是對於經驗的一種解釋，對於複雜的經驗解釋得通。如果解釋得通，它就是眞理，是對於我們有用。有用就是眞理。」〔註 30〕

馮友蘭先生此說確實切中了漢初實用主義的關鍵所在：人們以本諸經驗的平常心對待所有學說。雖然太史公司馬談認爲應該由道家統帥諸子之學，但漢初政治和社會生活對文學學術領域的各取所需的實用態度，使漢初之人並沒有達成要把諸子思想統一起來的共識。這一點鮮明地體現在司馬遷「錯

〔註 29〕《史記》，2379 頁。
〔註 30〕馮友蘭，《三松堂自序》。

綜群言」的《史記》之中。

第二節　漢初黃老之術與無「文學」的狀態

漢業以武力奠基，漢高祖及惠帝、呂后之朝還是武人集團的功臣政治：「武夫勃興，憲令寬賒」〔註31〕，君臣皆無「文學」，乏於治國之術。蕭何襲用秦法，除其苛弊而已，而曹參之屬因循守舊，用蓋公所言「治道貴清靜而民自定」之黃老術。曹參代蕭何執政三年，純然因襲、毫無建樹，連寬仁的惠帝亦「怪相國不治事，以爲豈少朕與」〔註32〕。

蕭、曹所以能夠得到百姓的頌歌稱讚〔註33〕，一方面由於黃老清靜之術確實使經歷了戰國七雄爭霸、秦末大亂、楚漢相爭諸多戰亂的民生得以休息生長；另一方面則由於漢初黃老之術得到朝廷及功臣集團的普遍認可，使得編寫於此後不久的《史記》受其影響，在載事紀人的敘述中一定程度地摻用了黃老道術的評判標準，故此，班固雖將司馬遷《史記》中漢初的敘述稍加修整而全部納入《漢書》，卻沿用其父對司馬遷的指責「是非頗繆於聖人，論大道則先黃老而後六經」〔註34〕。

漢初所謂無「文學」即無諸子所傳任何一家之學術。隨劉邦馬上征伐天下群雄者，除原六國世家張良，儒生說客酈食其、隨何、陸賈等人外，大多起於草野，殿上置酒則大笑爲樂〔註35〕，爭功醉呼則拔劍擊柱〔註36〕，見疑恐誅則坐沙共語〔註37〕。劉邦本人亦無學術，故多有鄙語，眾人擁戴爲帝曰：「諸君必以爲便，便國家」〔註38〕；上壽太公曰：「今某之業所就孰與仲多？」〔註39〕因此太史公評價：「文之弊，小人以僿，故救僿莫若以忠」〔註40〕，借夏商周三王之道的循環，極爲含蓄地表示漢高祖之無文。因此《史記》往往

〔註31〕《後漢書・黨錮列傳》，1476頁。
〔註32〕《史記・曹相國世家》，1623頁。
〔註33〕「蕭何爲法，顜若畫一；曹參代之，守而勿失。載其清淨，民以寧一」。
〔註34〕《漢書・司馬遷傳》，2070頁。
〔註35〕《史記・高祖本紀》，272頁。
〔註36〕《史記・劉敬叔孫通列傳》，2101頁。
〔註37〕《史記・留侯世家》，1631頁。
〔註38〕《史記・高祖本紀》，267頁。
〔註39〕《史記・高祖本紀》，272頁。
〔註40〕《史記・高祖本紀》，277頁。

用「文學」一詞指稱西漢初年無學術和有學術兩類人。

西漢的建立以軍功爲基，劉邦先追隨楚懷王和項梁抗秦，秦滅後被立爲漢王，與項羽爭霸，故可傲然對陸賈、酈食其諸儒詈言「乃公居馬上而得之」〔註41〕。

劉邦所信任的大將周勃亦與劉邦同氣，「勃不好文學，每召諸生說士，東鄉坐而責之：『趣爲我語。』其椎少文如此。」〔註42〕

周勃初年吹蕭給喪爲生，後以中涓侍者身份跟隨劉邦，屢立戰功，得封絳侯，被劉邦視爲「可屬大事」。在漢文帝時期周勃爲右丞相，與之議事的諸生說士言事多引經據典、譬喻聯翩，周勃責其直言。周勃所召諸生說士未必一家學派，然而在周勃看來，皆是一類拖泥帶水、枝枝蔓蔓。

然而主政者若無學術學理，遇有典制大事，則無義理可據、無成事可依，難以讓人心服口服。早在迎立文帝時，周勃無文學學術之弊便有顯現。迎立之際，周勃欲向文帝私下言事，宋昌斥之爲不合公義。周勃無言以對，急切之間，便在渭橋途中上天子璽符，不合三公雍容之態，爲文帝婉拒〔註43〕。

後文帝「益明習國家事」，在朝堂上問右丞相周勃決獄、錢穀之事。周勃因不明宰相理陰陽、順四時之任，欲對而不能，竟愧至汗出沾背〔註44〕。

被景帝譽爲萬石君的石奮亦無文學學術，「其官至孝文時，積功勞至大中大夫。無文學，恭謹無與比。」〔註45〕石奮初爲小吏，高祖任其爲中涓，即「主通書謁出入命也」〔註46〕，文帝時任命爲太子太傅。石奮無文學學術而歷任重要的文職，實漢初政業質樸的特色。

司馬遷對石奮評價甚高，「萬石君家以孝謹聞乎郡國，雖齊魯諸儒質行，皆自以爲不及也」〔註47〕，並以孔子之言贊許「君子欲訥於言而敏於行」，「然斯可謂篤行君子矣！」〔註48〕。無學而孝謹篤行屬於質樸之天性，甚爲難得；處富貴權勢之中而能保持此質樸之天性，更爲難得。石奮二子石建、石慶受

〔註41〕《史記・酈生陸賈列傳》，2084頁。

〔註42〕《史記・絳侯周勃世家》，1649頁。

〔註43〕「太尉勃進曰：『願請間言。』宋昌曰：『所言公，公言之。所言私，王者不受私。』太尉乃跪上天子璽符。代王謝曰：『至代邸而議之。』」

〔註44〕《史記・陳丞相世家》，1643頁。

〔註45〕《史記・萬石張叔列傳》，2129頁。

〔註46〕《史記・萬石張叔列傳》，2129頁，如淳注。

〔註47〕《史記・萬石張叔列傳》，2130頁。

〔註48〕《史記・萬石張叔列傳》，2136頁。

此言傳身教，亦能保持謹慎。石慶之後，「孝謹益衰矣」〔註49〕。無文學之學術義理的砥礪，家族及個人皆難以長期保持審慎與明智，此漸爲漢人之共識。

漢初無文學而修身不謹，導致覆亡的以灌夫爲首，「灌夫不喜文學，好任俠，已然諾。諸所與交通，無非豪桀大猾。」〔註50〕灌夫乃家臣武人出身，未受文學學術之引導、砥礪，好勇少謀，任性直行。太史公曰：「夏之政忠。忠之敝，小人以野。」〔註51〕灌夫即多次觸犯律法：「上以夫爲中郎將。數月，坐法去」；「徙爲燕相。數歲，坐法去官」〔註52〕；「丞相言灌夫家在潁川，橫甚，民苦之。請案」〔註53〕。後醉罵丞相田蚡，導致魏其侯竇嬰與之俱「棄市謂城」，故太史公言其「無術而不遜」〔註54〕。可見漢初之無文學學術義理的狀態，漸不能持續。

漢初無文學學術即使在貴冑子弟也是比較普遍的現象。文帝尙在代地之時，也無甚文學。誅除諸呂后，陳平、周勃使人迎代王。代王卜之龜，占詞爲「大橫庚庚，余爲天王，夏啓以光。」文帝訝異，認爲自己已然是諸侯王了，「又何王？」卜人說：「所謂天王者乃天子。」〔註55〕當時的漢文帝顯然沒有讀過《春秋》諸傳。

漢初權貴無文學的狀態，一方面源自其人及子弟起自軍功，多勇力而少學問；另一方面與好醇篤、善養生的黃老之術缺乏向學之志有關。漢初學黃老之士，一則多表現出厚重質樸之態；二則重養生長保的實際功能。無論質樸者還是養生者，都沒有把深思學問作爲追求的對象。

《史記》評述漢初好黃老的醇篤之士仍承襲了道家好清靜的評價標準，表現出對厚重長者品行的企慕之情：「學黃老術於樂巨公所」的田叔「切直廉平」，文帝稱之爲「長者」，曾勸持法刻深的漢景帝，勿追究梁孝王殺袁盎之事，以安太后之心，並輔助魯恭王行善民間〔註56〕；直不疑「學老子言」，「不好立名，稱爲長者」，曾買金償疑者，爲人所稱讚〔註57〕；「善爲黃老言」的處士王生，

〔註49〕《史記·萬石張叔列傳》，2132頁。
〔註50〕《史記·魏其武安侯列傳》，2184頁。
〔註51〕《史記·高祖本紀》，277頁。
〔註52〕《史記·魏其武安侯列傳》，2184頁。
〔註53〕《史記·魏其武安侯列傳》，2185頁。
〔註54〕《史記·魏其武安侯列傳》，2190頁。
〔註55〕《史記·孝文本紀》，292頁。
〔註56〕《史記·田叔列傳》，2137～2139頁。
〔註57〕《史記·萬石張叔列傳》，2134頁。

廷辱張釋之以顯張厚德，「諸公聞之，賢王生而重張廷尉」〔註 58〕；「好黃老之言」的鄭當時，「其慕長者如恐不見」，能推賢引善，爲眾人所稱〔註 59〕；「學黃老之言」的名臣汲黯內行修潔、好直諫，屢屢面折武帝，直言「陛下內多欲而外施仁義，奈何欲效唐虞之治乎」。

汲黯與前之長者相較更爲好學，因此《史記》列傳中所錄汲黯言論較前者爲多。其人不僅治官理民好清靜，且言之有物，往往能深刻地指出漢武帝、廷尉張湯、丞相公孫弘諸人的文飾之過。只是汲黯的好學與儒者的專學尚有差距，故武帝譏汲黯「人果不可以無學，觀黯之言也日益甚」〔註 60〕。

漢初尚黃老之術的有學之士無疑首推太史公司馬談，其《論六家之要指》〔註 61〕是漢初獨崇道家的重要篇籍，評議戰國以來陰陽、儒、墨、名、法、道德諸家顯學的短長：

> 「嘗竊觀陰陽之術，大祥而眾忌諱，使人拘而多所畏；然其序四時之大順，不可失也。儒者博而寡要，勞而少功，是以其事難盡從；然其序君臣父子之禮，列夫婦長幼之別，不可易也。墨者儉而難遵，是以其事不可遍循；然其強本節用，不可廢也。法家嚴而少恩；然其正君臣上下之分，不可改矣。名家使人儉而善失眞；然其正名實，不可不察也。道家使人精神專一，動合無形，贍足萬物。其爲術也，因陰陽之大順，採儒墨之善，撮名法之要，與時遷移，應物變化，立俗施事，無所不宜，指約而易操，事少而功多。儒者則不然。以爲人主天下之儀表也，主倡而臣和，主先而臣隨。如此則主勞而臣逸。至於大道之要，去健羨，絀聰明，釋此而任術。夫神大用則竭，形大勞則敝。形神騷動，欲與天地長久，非所聞也。」

太史公司馬談「學天官於唐都，受《易》於楊何，習道論於黃子」〔註 62〕，陰陽、儒道皆有所承，因此察其意並非勸當時學者黜退陰陽、儒、墨、名、法之學，而欲以道家爲學術之本，守神明之清靜，因時爲業、因物爲制，然後方可「因陰陽之大順，採儒墨之善，撮名法之要」，綜用諸子。

太史公司馬談宗道的觀念是漢初黃老之術普遍受重視的直接體現。作爲

〔註 58〕《史記・張釋之馮唐列傳》，2124 頁。
〔註 59〕《史記・汲鄭列傳》，2365～2366 頁。
〔註 60〕《史記・汲鄭列傳》，2364 頁。
〔註 61〕《史記・太史公自序》，2485 頁。
〔註 62〕《史記・太史公自序》，2485 頁。

掌天官的專業學者，司馬談之論能通辨其理，顯然是漢初崇黃老之學的佼佼者。司馬談之子司馬遷存錄其父之論於《史記・太史公自序》中，卻並沒有獨崇黃老。整部《史記》罕言道家，盛稱孔門文學，爲孔子立世家、爲仲尼弟子立列傳，爲漢初傳孔門文學者立儒林列傳，以衷心崇敬之情禮讚孔子，目之爲至聖。司馬談、司馬遷父子兩代的差異令人約略可窺見漢初黃老之術漸不能吸引一流的好學人才，從而漸趨式微。

以黃老術爲養生長保之道者，漢初有張良。張良「嘗學禮淮陽」，下邳老父傳其《太公兵法》，以「善畫計策」助劉邦成大業。定都關中之後，張良「即道引不食穀，杜門不出歲餘」〔註 63〕。立蕭何爲相國後，張良稱「願棄人間事，欲從赤松子遊耳」，「乃學道，欲輕舉」〔註 64〕。

張良學道養生由此全身而退的善終，在韓信、黥布、彭越依次被誅的背景下，對漢初君臣的取捨影響甚深，即司馬遷所言「假令韓信學道謙讓，不伐己功，不矜其能，則庶幾哉」〔註 65〕，因此蕭何益封，召平反言「禍自此始矣」，「願君讓封勿受」〔註 66〕。亦好黃老之術的陳平多奇計，「以榮名終」，不似張良養生退保，不免悔而自言「我多陰謀，道家之所禁」〔註 67〕。

漢初品行不及汲黯厚重、胸懷不及張良超脫、學識不及司馬談深遠者，對於黃老之術，往往更重其保身的淺近功能。「學黃老之術」，「厚自奉養生，無所不至」，而終以薄葬的楊王孫便認爲「夫厚葬誠無益於死者」，徒然耗費財物，終究「死者不知，生者不得」〔註 68〕。

景帝之母竇太后亦「好黃帝、老子言，景帝及諸竇不得不讀老子尊其術」〔註 69〕，曾召治《齊詩》的儒者轅固生問老子書。轅固生鄙夷老子書，「此是家人言耳」，導致竇太后勃然大怒，詈罵儒學爲「司空城旦書」。

轅固生並非沽名釣譽或黨同伐異之人，其人廉直，有義理，曾與黃生爭論湯武革命誅暴桀之大義，駁斥黃生的君臣上下之分，具有孔門文學傳承的獨立性，爲景帝所敬。後來武帝興學徵儒時，轅固生已九十餘歲，尚正色告

〔註 63〕《史記・留侯世家》，1632 頁。
〔註 64〕《漢書・張陳王周傳》，1577 頁。
〔註 65〕《史記・淮陰侯列傳》，2038 頁。
〔註 66〕《史記・蕭相國世家》，1614 頁。
〔註 67〕《史記・陳丞相世家》，1644 頁。
〔註 68〕《漢書・楊胡朱梅雲傳》，2191 頁。
〔註 69〕《漢書・外戚傳》，2905 頁。

誡公孫弘「公孫子，務正學以言，無曲學以阿世」。可見轅固生確實由於不滿世俗對黃老的淺薄理解和應用，才直接批評竇太后的尊老。

《史記・索隱》案：「老子《道德篇》近而觀之，理國理身而已，故言此家人之言也」〔註 70〕。因此章太炎先生《論諸子學》言「老子非特不敢爲帝王，亦不敢爲教主」，主張「善爲道者，非以明民，將以愚之」〔註 71〕的諱學之風。

所以黃老之學在漢初雖影響廣泛，但理論建樹不足，且好黃老者鮮有著述傳世，故而未能實現太史公司馬談所構想的以道家爲本、綜用諸子的學術理想，因此到西漢中葉，黃老之學的優長之處爲儒學所吸納，逐漸淡出人們的視野。

然而漢初朝野好黃老清靜、無文學學術的狀態，較之秦世焚禁私學的苛法嚴制，遠爲寬鬆，從戰國殘存下來的諸家學術能夠得到一定的發展空間。

第三節　諸學混雜的漢初文學觀念

在漢初君臣無「文學」而尚黃老的朝廷氛圍下，從秦火中殘存，綿延至漢興的諸子私門之學被混稱爲文學。其中儒家五經之學、律法刑名之學、縱橫游說之學是較爲顯著的漢初「文學」。

一、漢初儒家五經之學——學派的成形

漢初無官學，雖有博士，顧問而已。劉邦用叔孫通作朝儀，實因厭煩武夫群臣妄行妄呼，而「秦時以文學徵，待詔博士」的叔孫通又歷來善於希世逢迎，從主所好，有戰國縱橫家投機之風，乏儒家節操，令司馬遷自嘲「大直若詘，道固委蛇」。秦二世曾召諸博士儒生問陳勝之事，惟叔孫通阿諛，言「明主在其上，法令具於下，使人人奉職，四方輻輳，安敢有反者！此特群盜鼠竊狗盜耳，何足置之齒牙間」，致使諸生譏其「先生何言之諛也」。之後歷仕項梁、楚懷王、項王、漢王，因劉邦憎惡儒服，「乃變其服，服短衣，楚制」，以討好出自楚地的劉邦。劉邦與之商議制定朝儀時，叔孫通不惜屈學以順主意，以「古禮與秦儀雜就之」，從而滿足劉邦對朝儀簡易、悅己的要求—

〔註 70〕《史記・儒林列傳》，2374 頁。
〔註 71〕《章太炎演講集》，章太炎，上海人民出版社，2011 年版，40 頁。

—「令易知，度吾所能行爲之」。魯兩生爲之不齒「公往矣，無污我」。前文曾提及轅固生與黃生爭論湯武革命誅暴桀之大義，當時景帝在場，宣布「言學者無言湯武受命」，使得「是後學者莫敢明受命放殺者」。景帝對儒者的要求與高祖劉邦相似——有用且順己，此爲漢初官方領域對孔門文學的限制。

然而漢初之勢已不同於秦人禁民間私學、焚諸子先王之書、妄圖通過軍事執政力量消滅異己思想、回歸王官之學的一統狀態。民間私門講授承襲戰國以來各地自有傳統以教授子弟，其人或顯或隱，並不爲官方所制。

當時文化重鎮孔孟之鄉、齊魯之地在楚漢相爭的戰火中「尚講誦習禮樂，絃歌之音不絕」，因此司馬遷慨歎「夫齊魯之閒於文學，自古以來，其天性也」〔註 72〕。從《史記·儒林列傳》的記載來看漢初傳授孔門文學者實多出於齊魯之地〔註 73〕。

漢初儒家五經之學有私門教授和形成篇章兩個新舊不同的面貌。私門教授是自孔子以來直到戰國，儒師們一直延續的傳學方式；而形成釋經篇章則是漢初儒家對焚書坑儒之後的五經典籍，由承繼衣缽型的學術搶救，轉向踵事增華型的學術發展歷程的體現。

1、儒家私門自由傳授

暴秦短世，從秦始皇統一全國到漢高祖劉邦稱帝（西元前 221——206 年），僅僅十五年，爲秦所欲摧絕的儒家學術雖蟄伏，但不至於斷絕。秦時博士儒生或如叔孫通宛轉於勢家，或烈如孔鮒諸儒持禮器奔陳勝而與之俱亡，或如伏生藏書待時教授，並未因一坑而束心絕跡。然而暴秦焚書之舉及嚴酷的挾書令，確實打斷了儒家自孔子授徒開始的私門自由教授。劉邦少弟劉交少時學《詩》，便因秦焚書禁學，與同學諸生別師而去，未能完成學業。

漢初劉邦及其武夫功臣集團無秦世法家欲「別黑白而定一尊」之志，曹參、申屠嘉諸丞相執政者本無文學，且信用清靜保身的黃老之術，因此順人情，「省法令妨吏民者，除挾書律」〔註 74〕。

秦時藏書待時之故老，由此可以重新公開教授子孫及門徒，從此形成兩

〔註 72〕《史記·儒林列傳》，2370 頁。

〔註 73〕《詩》有齊人浮丘伯、魯人申公、齊人轅固生、燕人韓生、趙人毛公；《尚書》則濟南伏生；《禮》有魯人高堂生、徐生；《易》則齊人田何；《春秋》有廣川董仲舒、齊人胡毋生、瑕丘江生。

〔註 74〕《漢書·惠帝紀》，67 頁，張晏注：「秦律敢有挾書者族」。

漢三國儒家文學之業傳授的基礎和體系。《史記》爲此特立儒林列傳以記載儒家文學之業的本始和傳授情況。

劉交授《詩》之師——荀子門人浮丘伯便於呂后時期在長安重新授業，已封楚王的劉交因好《詩》，遣嫡子劉郢客及其昔日同學申公，往浮丘伯處完成《詩》學。申公在楚元王子孫敗德之後，回鄉居家教授，「弟子自遠方至受業者百餘人」〔註 75〕，此爲《魯詩》之祖；《齊詩》轅固生曾爲景帝博士及清河王太傅〔註 76〕，其後亦歸家教授，「齊言詩皆本轅固生也。諸齊人以詩顯貴，皆固之弟子也」〔註 77〕；燕人韓嬰爲文帝博士、常山王太傅〔註 78〕，而燕趙間《詩》皆由韓嬰所傳；《尚書》伏生則於漢定後「教於齊魯之間」；《公羊春秋》董仲舒景帝時爲博士，「下帷講誦，弟子傳以久次相受業」；胡毋生亦爲景帝博士，以老歸家教授，「齊之言春秋者多受胡毋生」〔註 79〕。

與漢初受官方青睞的黃老之學相較，孔門文學自由教授所造育的人才在數量與品質上都使之難以望其項背。申公居家教授的眾多弟子爲博士者十餘人，其人不僅好學，而且「治官民皆有廉節」，屬於國之棟樑。後來深深影響漢武帝好學慕儒的王臧、趙綰都曾從申公學《詩》。其他傳經大師亦是如此。

儒家在西漢初年繼續孔門私人教授的學說傳播方式，產生了兩個重大的意義：其一，構建了儒家源頭獨立的學術之本；其二，在黃老無學的朝野氛圍下開闢了西漢的好學之風。

由於西漢初年諸儒居家教授的重大影響，私門講學始終沒有併入由京師太學、郡縣之學組成的官學體系，因此形成了私學、官學並行不悖的多元學術傳承之途。京師太學雖然在兩漢大部分時期代表了當時學術的最高水準，但其學術講授往往受制於時局。而漢初以來在民間根深柢固的私人居家教授，一方面是官學建立的根基——即官學本於民間私學，代表學術最高水準的太學博士皆出於私門培養，以民間私學的普遍選擇、士人共識爲主要導向；另一方面從孔子私門授徒以來，民間自由講學一直是華夏文化學術傳承獨立性的保障。秦時李斯敵視私學，言「人善其所私學，以非上所建立」，建議「禁

〔註 75〕《史記・儒林列傳》，2373 頁。
〔註 76〕清河王，景帝之子劉乘，謚哀王。
〔註 77〕《史記・儒林列傳》，2375 頁。
〔註 78〕常山王，景帝少子劉舜，謚憲王。
〔註 79〕《史記・儒林列傳》，2377 頁。

之便」〔註 80〕，實爲深知學術獨立性與專制一體性的絕然不容，非扼殺學術傳承的獨立性不足以建成專制。漢初諸儒重建的私人居家教授逐漸廣泛普及於民間各地，使後之權勢欲扼而難以盡扼。

此外，漢初儒家的私門傳授開啓了整個漢代、甚至整個兩漢三國的好學之風。從教授鄉里的諸儒門下脫穎而出的，皆是好學之賢才。雖諸儒之親子親孫，倘天資不足或不能勤學者，自然湮沒於眾人。如伏生之孫，雖以治《尚書》被朝廷徵召，卻不能通曉其學，不如爲人作傭的兒寬日夜誦習而通經，受人尊敬，位至三公。

私門教授不僅使諸儒可以自由講學，諸生亦可以個人好尙自由擇業。景帝時梁孝王將軍丁寬曾爲項生從者，項生在杜陵田何門下習《易》，丁寬「讀易精敏，材過項生」，田何便以丁寬爲門生。學成之後，丁寬至雒陽，又跟從田何另一門生周王孫「受古義」。

2、經學篇章漸興

西漢初年，儒家的典籍經傳漸從口傳或殘散狀態開始被儒生們收集整理、寫定成篇，以便於保存和傳播。同時儒生們以個人所學之不同，也開始撰寫具有學派意義的釋經篇章。

秦世焚書，對於孔門先王典籍的傳承乃一慘烈之人禍。然而民間在殘酷的挾書令的威脅下，還是保存了部分先秦典籍。秦時焚書，故秦博士伏生壁藏《尚書》，秦滅後收集整理，已亡失數十篇，餘二十九篇，伏生便以此教授學者。

景帝之子河間獻王劉德修學好古，向民間徵集古文先秦舊書，《周官》、《尚書》、《禮》、《禮記》、《孟子》、《老子》等經傳說記，孔子七十子之徒所論，逐漸恢復起來。但經秦火之後，書籍的殘損相當大。河間獻王收集的《周官》缺《冬官》部分，重金徵集也沒有得到，最後不得不用《考工記》補充。因此西漢直到漢成帝還在收集民間的先秦遺書。

此外，自孔子時起，《詩經》、《春秋》等典籍的傳授便多口頭講解，漢初才寫定成文。鄭玄《詩譜》：「魯人大毛公爲《訓詁傳》於其家，河間獻王得而獻之，以小毛公爲博士」，陸璣《毛詩草木蟲魚疏》：「孔子刪詩授卜商，商爲序以授魯人曾申，申授魏人李克，克授魯人孟仲子，仲子授根牟子，根牟

〔註 80〕《史記・李斯列傳》，1982 頁。

子授趙人荀卿，荀卿授儒國毛亨，毛亨作《訓詁傳》以授趙國毛萇。時人謂亨爲大毛公，萇爲小毛公」〔註 81〕，可見《毛詩》的釋解在孔子至荀子的傳授階段多爲口傳講授，至漢初方由大毛公毛亨著諸篇章，傳於今日。《春秋公羊傳》在漢初亦由孔門口傳而著於竹帛，「子夏口授公羊高，高五世相授，至漢景帝時，公羊壽共弟子胡毋生乃著竹帛」〔註 82〕。

西漢初年學者，最早如傳《魯詩》的申公「獨以《詩經》爲訓故以教，亡傳，疑者則闕弗傳」〔註 83〕，仍然延續先秦儒師的口傳風格，無後人可憑學之篇章〔註 84〕。其後私門教授蔚然成風，六藝講習漸突破口傳，學者需要總結傳經所得，形成篇章，以佐後學傳習，行之於世。於是受學於秦末漢初儒師的弟子們開始各自撰寫釋經篇章。

漢初申公同學楚元王劉交即「次之詩傳，號曰元王詩，世或有之」，顏師古注：「凡言傳者，謂爲之解說，若今詩毛氏傳也。次謂綴集之」〔註 85〕。劉交令諸子皆讀《詩》，故綴集詩解，便於子孫傳學，亦或流廣至世間學子之手。

韓嬰在燕趙之地傳學，「推詩人之意，而作《內外傳》數萬言」，令後之學者有訓解之文可依。

漢初傳《易》之田何授王同、周王孫、丁寬、服生，四人「皆著《易傳》數篇」：《漢書・藝文志》載「《易傳周氏》二篇。字王孫也」；「服氏二篇」，顏師古注：「劉向《別錄》云，服氏，齊人，號服光」；「王氏二篇。名同」；「丁氏八篇。名寬，字子襄，梁人也」〔註 86〕。《漢書・儒林傳》言周王孫在雒陽授易之古義，號《周氏傳》；丁寬「作《易說》三萬言，訓故舉大誼而已，今小章句是也」〔註 87〕。

〔註 81〕據四庫全書總目毛詩正義提要。

〔註 82〕《春秋公羊傳注疏》，北京大學出版社，1999 年 12 月版，5 頁，徐彥引戴宏序答問。

〔註 83〕《史記索隱》：「謂申公不作詩傳，但教授，有疑則闕耳」，顏師古注《漢書》：「口說其指，不爲解說之傳」。

〔註 84〕《漢書・藝文志》1355 頁「詩經二十八卷，魯、齊、韓三家」。應劭注「申公作魯詩，后蒼作齊詩，韓嬰作韓詩」。1356 頁「漢興，魯申公爲《詩》訓故，而齊轅固、燕韓生皆爲之傳」。本文推測申公之書應爲門徒後人撰集寫定。

〔註 85〕《漢書・楚元王傳》，1496 頁。

〔註 86〕《漢書・藝文志》，1352 頁。

〔註 87〕《漢書・儒林傳》，2669 頁。

無論口傳抑或撰集成篇，漢初諸儒傳學皆有孔門師授所本。漢初諸儒通過傳承孔門文學，事實上承襲了孔子發揮先聖文明之德的精神氣脈和文化道統。因此漢初釋經篇章的漸興，一方面打破了口傳訓解的時空限制，使漢初朝野上下由普遍無學術無文學的狀態，開始向重學貴文的整體觀念演變；另一方面釋經篇章的出現和流傳，也同時強化了自孔子以來闡釋先王典籍的承繼性和自主性，既使守師學章句者有所本，又開啓了隨時世變遷而深入闡釋先王典籍的哲思之風。

經歷秦火與戰亂之後，漢初諸儒的孔門文學傳授實爲一種微弱的延續之力，所賴民間講學的生生不息與世代造育子弟的必需，讓孔門先王典籍之學留存並繁衍下來。漢初儒學不像黃老之術得到朝廷的認可，缺乏權勢力量的支持，因此漢武帝之前儒學的漸興正可見民間人心的自由選擇。漢初學術漸聚焦於孔門文學，既是夏商周以來華夏文化傳統的復興，又是好學之英才、社會之大眾自由選擇的結果，其深遠的影響力不僅匯聚成千古流傳的兩漢經學，而且奠定了兩漢三國文學觀念的基本核心。

二、漢初刑名律法之學——治世實用，別於秦世苛法

刑名律法爲治國所必需，故漢初之人沿襲秦法，革其顯弊（如惠帝除挾書令），以之爲文學學術之一種。刑名律法從秦世籠罩整個社會生活的專一吏治吏學狀態，退回漢代刑獄司法領域。即司馬遷所說「法令者治之具也，而非制治清濁之源也」，刑名律法只是治世的一種工具，不能僭越代替其他學說的功能。

《史記・蒙恬列傳》載「恬嘗書獄典文學」即《索隱》「謂恬嘗學獄法，遂作獄官，典文學」〔註 88〕，此處「文學」一詞的含義爲律法條文、典則。秦世以御用之術爲文學，其文學博士顧問於國家典儀制度、各地神異故事、詩文草擬等，而律法典則與武力征伐相較，亦屬秦人的御用文治之術。

漢初的律法刑名之術即源自戰國名法之學和秦世獄典制度。爲劉邦次律令的文官蕭何是原沛縣秦吏，以「文無害」稱，韋昭云「爲有文理，無傷害也」〔註 89〕，即蕭何精通秦獄典法，故行事有則，爲吏稱職，當地考課第一。

〔註 88〕《史記・蒙恬列傳》，1995 頁。
〔註 89〕《史記・蕭相國世家》，1611 頁。

秦人敗降，劉邦進入咸陽，「諸將皆爭走金帛財物之府分之，何獨先入收秦丞相御史律令圖書藏之」〔註 90〕。可見蕭何對於通過沿用秦制來創立漢初律令已經有所準備。

楚漢相持階段，蕭何守關中，即「爲法令約束，立宗廟社稷宮室縣邑」。滅項羽、平天下後，群臣爭功，武夫們斥蕭何「徒持文墨議論」，是漢初武夫軍功集團以律令典則爲學術的極粗淺質樸的文學觀念。

司馬遷承繼漢初之質樸，又身逢武帝時期孔門文學興勃之始，在《史記》中往往表現出相容折衷的態度。因此一方面不無輕蔑地評價「蕭相國何於秦時爲刀筆吏，碌碌未有奇節」；另一方面肯定蕭何改進的秦法漢律在漢初具有相當大的作用「因民之疾秦法，順流與之更始」，最終置蕭何於孔門文學稱頌的賢人「閎夭、散宜生」之列。司馬遷對蕭何次律令的評價與秦世獄典文學專制御用的批評顯然不同，讚頌蕭何「聲施後世」而斥李斯「嚴威酷刑」〔註 91〕。

李源澄先生曾評論漢代好刑名苛法與善儒家教化綏撫者的根本區別並不在所學異途，而是性格使然。如文景時御史大夫張歐，「雖治刑名家，其人長者」，治獄過程中，能寬鬆省減的儘量爲之，若不得以，則泣涕相對，並不以崇君主、嚴刑名爲準則〔註 92〕。所謂性格使然，實爲人情自然的分化、自我的選擇。暴秦以吏爲師、焚書坑儒，剝奪了從學之人的自我選擇權，貌似回歸夏商周的王官之學，實逆忤人情，故不爲眾心所服。

劉邦諸人懲於暴秦之失，且漢初武夫功臣集團大多本「無文學」，因此對文學學術並沒有過多的干涉，僅僅不重視、不理會而已。民間的私門教授雖然得不到漢廷的直接支持，反倒處於各從所好，各憑際遇的自由狀態。

律法刑名作爲漢初文學學術之一，與無文學者相較，自然是專業有學。協助蕭相國掌管郡國統計、審計事務的故秦御史張蒼「好書，無所不觀，無所不通，而尤善律曆」，司馬遷稱張蒼「<u>文學</u>律曆，爲漢名相」〔註 93〕。然張蒼之文學尚爲秦學。文帝時群臣議漢土德宜改服易制，張蒼作爲丞相堅持「秦之顓頊曆」，「絀賈生、公孫臣等言正朔服色事而不遵」。

〔註 90〕《史記·蕭相國世家》，1612 頁。

〔註 91〕《史記·李斯列傳》，1993 頁。

〔註 92〕「上具獄事，有可卻，卻之；不可者，不得已，爲涕泣面對而封之。其愛人如此」。

〔註 93〕《史記·張丞相列傳》，2075 頁。

鼂錯之律法刑名則爲戰國諸子之學。其先「學申商刑名於軹張恢先所，與雒陽宋孟及劉禮同師。以文學爲太常掌故」〔註 94〕，後爲太常所遣，至濟南伏生所受《尚書》。鼂錯善辯、能文，景帝時「法令多所更定」，但不以《尚書》稱。《史記正義》注引衛宏《詔定古文尚書序》云：「徵之，老不能行，遣太常掌故鼂錯往讀之。年九十餘，不能正言，言不可曉，使其女傳言教錯。齊人語多與潁川異，錯所不知者凡十二三，略以其意屬讀而已也」〔註 95〕，可見鼂錯未能傳伏生《尚書》，故《史記．儒林列傳》載「伏生教濟南張生及歐陽生」〔註 96〕，未提及鼂錯。

與鼂錯受學申商刑名於張恢的劉禮是劉邦少帝楚元王之子。楚元王劉交「少時嘗與魯穆生、白生、申公俱受《詩》於浮丘伯。伯者，孫卿門人也。及秦焚書，各別去〔註 97〕」。劉交封楚王之後，尚遣子劉郢客及申公往長安卒學於浮丘伯，其家傳《詩》，楚元王諸子皆讀詩。因此劉禮既學詩，又習申商刑名，被任命爲漢室宗正。景帝平吳楚之亂後，封劉禮爲楚文王。鼂錯與劉禮俱兼律法刑名和先王典籍，雖自有所長，在漢初皆以文學稱，可見漢初文學觀念的寬泛。

然律法刑名究竟以其有學有典而列爲文學之一，有律法精神的袁盎雖「善傳會」、「常引大體忼慨」，痛斥宦官趙同參乘，引愼夫人卻坐，合乎刑名之術，《史記》贊爲「引義慷慨」，卻不得不承認袁盎「不好學」〔註 98〕，自不能列名文學。

掌刑獄者如杜周言「前主所是著爲律，後主所是疏爲令，當時爲是，何古之法乎」〔註 99〕雖合乎法家之道，以其無學問終不能稱爲文學。於是司馬遷便將具有法家苛刻精神的刑獄之吏列入《酷吏列傳》。

三、漢初縱横游說之學——文學的事功之業及儒說相雜

《論語．先進第十一》分孔門四科爲德行、言語、政事、文學，范甯注「言語謂賓主相對之辭也」，此爲春秋時期言語之用，如《春秋公羊傳》載宣

〔註 94〕《史記．袁盎鼂錯列傳》，2118 頁。
〔註 95〕《史記．袁盎鼂錯列傳》，2119 頁。
〔註 96〕《史記．儒林列傳》，2375 頁。
〔註 97〕《漢書》，1495 頁。
〔註 98〕《史記．袁盎鼂錯列傳》，2120 頁。
〔註 99〕《史記．酷吏列傳》，2393 頁。

公十二年鄭伯降於楚莊王，鄭卑楚謙之辭〔註 100〕；《春秋左傳》載文公十二年魯襄仲與秦西乞術賓主禮讓之言〔註 101〕。

春秋末年子貢說田常、吳王、越王、晉君以移齊侵魯之禍〔註 102〕，乃變言語爲游說之術，即章太炎先生所說「非獨外交專對之事也」。

子貢以「利口巧辭」貴顯於列國之間，得「家累千金」，能以「結駟連騎」之威儀去拜訪衣冠敝破的同門原憲。原憲固能守「先師有遺訓，憂道不憂貧」的儒家精神令子貢羞慚，然而子貢以來縱橫游說者在時世中的作用和地位，仍是人所共見。司馬遷便評議蘇秦「起閭閻，連六國從親，此其智有過人者」〔註 103〕，班固亦言縱橫家「當權事制宜，受命而不受辭，此其所長也」〔註 104〕

秦末漢初，活躍於諸雄之側的能文學士，多爲縱橫游說者。其人延續戰國說士的功效，奔於道途完成使命，且侍於人主參與定策，成爲戰亂之中，地位最顯赫的有學之人。然而漢初以來的游說者與戰國縱橫末流之弊「上詐諼而棄其信」〔註 105〕的「傾危之士」〔註 106〕有所不同，開始雜儒學而尚信義。

1、游說者能以功效動世

爲世所重，必有功於世。黃老之術以清靜保身爲長，刑律名法以治民理事爲要，孔門儒學教化育德，皆世不可缺。然而一旦世亂，則武力謀略爲上。武力多憑對野蠻之氣的駕馭，謀略則必須多識善言。

漢初五世乃由戰亂漸入於平治的階段：《史記》、《漢書》皆以秦王子嬰降於軹道爲漢高祖元年（西元前 206 年），其時項羽尙爲西楚霸王，劉邦僅王巴、蜀、關中；高祖五年方集諸侯滅項羽，「略定楚地」；十月燕王臧荼反；其秋，項氏之將利幾反；七年韓王信反，劉邦被匈奴困於平城；八年劉邦擊韓王信餘寇；十年趙相國陳豨反；十一年春淮陰侯韓信反、夏梁王彭越反、秋淮南王黥布反。文帝十四年、後六年匈奴入寇、景帝三年吳、楚、趙、膠西、濟南、菑川、膠東七國反。

在漢初諸戰亂之中心，儒生避地教授尙不可得，而縱橫游說之術則藉此

〔註 100〕《春秋公羊傳注疏》，北京大學出版社，1999 年版，350 頁。
〔註 101〕《春秋左傳正義》，北京大學出版社，1999 年版，539 頁。
〔註 102〕《史記・仲尼弟子列傳》，1743 頁。
〔註 103〕《史記・蘇秦列傳》，1796 頁。
〔註 104〕《漢書・藝文志》，1374 頁。
〔註 105〕《漢書・藝文志》，1374 頁。
〔註 106〕《史記・張儀列傳》，1814 頁。

建功，與之異然。

狂生酈食其便不同於劉邦所鄙視而溲溺其冠的「豎儒」，往往一言擊中要害，指出劉邦的倨傲之態實爲助秦攻諸侯，焉能成大事，令劉邦改容相向後即以六國縱橫之計聳動其意。酈食其首功便勸降陳留守軍，爲劉邦的大丈夫之業〔註107〕提供了起步的實力，後「常爲說客，馳使諸侯」。

酈食其最輝煌的功業是在楚漢相持、天下觀望之時成功游說齊王田廣歸爲漢之東藩，即蒯通所言「伏軾掉三寸之舌，下齊七十餘城」〔註108〕，從而改變了楚漢在諸侯分立形勢下力量和威望的對比，並且在客觀上導致齊「罷備漢守禦」，令淮陰侯韓信偷襲成功，一舉攻下齊都臨淄。

謁者隨何亦爲劉邦存漢滅楚立下重大的游說之功。漢高祖三年（西元前204年）劉邦擊楚，大敗於彭城，死者二十餘萬人，睢水爲之不流。在此危急存亡之際，隨何攜二十人出使淮南，說服項羽所封九江王黥布背楚從漢，扭轉了漢之頹勢。因此漢定之後，隨何理直氣壯地質問劉邦，若非其人出使，「陛下發步卒五萬人，騎五千，能以取淮南乎」。劉邦曰「不能」，承認隨何功勞顯赫，任命其爲護軍中尉。

如酈食其、隨何輩者還有說劉邦在滎陽相持階段引項羽南走的袁生〔註109〕，爲劉邦與項羽定約以歸太公、呂后的侯公，劉邦「以其善說，能平和邦國」〔註110〕，封侯公爲平國君。

陸賈作爲「有口辯士」，亦常出使諸侯。侯公之前，漢曾遣陸賈游說項羽歸還太公，未能成功。漢定後陸賈出使南越，說服自立爲王的尉他「稱臣奉漢約」〔註111〕，以之拜爲太中大夫。

漢初縱橫游說之士以功效爲世人所重之程度，可見於韓信以千金求生得李左車，及劉邦詔捕蒯通之事。

楚漢曾在滎陽相持數年，漢軍彭城大敗，使原本隨漢抗楚的齊王田廣、趙王歇、魏王豹反漢與楚約和。大將軍韓信滅魏擊趙，李左車佐趙相成安君

〔註107〕《史記・高祖本紀》243頁，載劉邦嘗觀秦始皇，喟然太息曰：「嗟乎，大丈夫當如此也！」。

〔註108〕《史記・淮陰侯列傳》，2032頁。

〔註109〕《史記・高祖本紀》263頁，《漢書》30頁作轅生，文穎注：「轅姓，生謂諸生」。

〔註110〕《漢書・高祖紀》34頁，顏師古注。

〔註111〕《史記・酈生陸賈列傳》，2084頁。

陳餘抗於井陘口。

李左車說陳餘以奇兵絕韓信輜重，堅營勿戰。陳餘不用其詐謀奇計，反被韓信奇兵大敗亡身。韓信在軍中下令，毋殺李左車，生得者賞千金。李左車以敗亡之虜辭謝韓信的師禮求教〔註112〕。韓信謙恭以對：「誠令成安君聽足下計，若信者亦已爲禽矣。以不用足下，故信得侍耳」。因此李左車爲韓信計劃了鎮撫趙人、北首嚇燕、迫齊從風而服的奇策，使韓信滅趙的軍事勝利獲得了最大的整體效益。

而李左車的計策亦顯示了戰國以來游說之士的本色——千方百計說動人心以得利：「遣辯士奉咫尺之書，暴其所長於燕，燕必不敢不聽從。燕已從，使喧言者東告齊，齊必從風而服，雖有智者，亦不知爲齊計矣。如是，則天下事皆可圖也。兵固有先聲而後實者，此之謂也」〔註113〕。由此亦見韓信對李左車作爲縱橫游說之士不可多得的價值早有充分的認識。

與以上辯士相較，因其游說的潛在功效而被劉邦詔捕的蒯通，更具有戰國縱橫家特色。

其一，蒯通通曉戰國縱橫家之術。蒯通「論戰國時說士權變，亦自序其說，凡八十一首，號曰《雋永》」〔註114〕，《漢書・藝文志》載「蒯子五篇。名通」〔註115〕。

其二，蒯通精於戰國縱橫家長短說。秦末陳涉入據陳地，令陳人武臣等徇趙地。蒯通游說范陽縣令徐公，弔徐公素行秦苛法，將爲人所復仇；賀徐公得蒯通之說客，可以巧辯之言爲其向武臣投降請命。一弔一賀之詞，令徐公乍憂乍喜，而卒成投降之事。

其三，蒯通如戰國遊士之善伺時機。齊王田廣受酈食其游說之後，不再守備漢界。蒯通乘機激韓信攻齊：「爲將數歲，反不如一豎儒之功乎」〔註116〕，卒使韓信代田廣而爲齊王。當韓信安於齊地之時，蒯通再三以野獸盡獵狗烹、功高震主之危機挑韓信背漢自立。韓信猶豫不忍，然終如蒯通所言，爲蕭何、呂后所夷。

其四，蒯通亦如戰國遊士不羞於朝秦暮楚。韓信臨斬前慨歎「悔不用蒯

〔註112〕《史記・淮陰侯列傳》2030頁「解其縛，東向坐，西向對，師事之」。
〔註113〕《史記・淮陰侯列傳》，2031頁。
〔註114〕《漢書・蒯伍江息夫傳》，1668頁。
〔註115〕《漢書・藝文志》，1374頁。
〔註116〕《史記・淮陰侯列傳》，2032頁。

通之計」。劉邦亦對楚漢相持之際韓信反漢自立的可能性感到深深的後怕，乃詔齊國抓捕蒯通，怒問其「若教淮陰侯反乎」，幾欲烹之。蒯通不認爲在亂世之中各爲其主有何罪過，振振有詞地駁斥劉邦。而劉邦本人亦慕魏信陵君養賢敢爲的戰國之風〔註117〕，以蒯通言之有理，遂釋之。

蒯通後爲曹參門客，僅以其游說之能進齊處士郭先生、梁石君而已。可見，韓信錯失的自立時機，也是蒯通喪失的貴顯機遇，故而蒯通對劉邦亦恨恨言「如彼豎子用臣之計，陛下安得而夷之乎」〔註118〕。

漢定天下的大勢，使蒯通之輩不得不由戰亂中伺機謀富貴之游說者轉變成平治時之僚屬，於是縱橫游說者建功立業的優勢逐漸減弱。

2、漢初之儒、說相雜

司馬遷言「儒者斷其義，馳說者騁其辭」〔註119〕，以此區別儒者和游說騁辭者。事實上，秦末漢初有學能辯之士與戰國縱橫家純然以詭詐智術取勝已有較大的差異。

劉邦身邊的說士酈食其「好讀書」、「冠儒冠」，其說劉邦、齊王之言，皆道義與形勢相雜。漢高祖三年，項羽圍困甚急，劉邦與酈食其謀劃削弱西楚的實力和影響。酈食其以儒家繼絕世、復諸國之說獻策立六國之後，張良駁其泥古不通有八不可，可見辯士酈食其確實雜有濃厚的孔門氣息。

韓信襲齊，齊王田廣以戰國縱橫之風揣度酈食其本行詐術，言：「汝能止漢軍，我活汝；不然，我將亨汝」。倘如蘇秦、張儀之輩必然以詭辯的言辭脫身，酈食其則曰「舉大事不細謹，盛德不辭讓。而公不爲若更言」〔註120〕，不屈節行詐，終爲齊王所烹。

在危急時刻，純以強弱變化之形勢說服淮南王黥布背楚從漢的隨何，亦被劉邦視爲「腐儒」。劉邦嘲詈他：「天下安用腐儒」〔註121〕。

說服南越王尉佗歸屬的陸賈，因時時在劉邦面前稱說《詩》、《書》，被劉邦詈罵，「乃公居馬上得之，安事《詩》、《書》」。陸賈用秦不行仁義而亡天下的前車之鑑，勸說劉邦逆取順守、文武並用，令劉邦「不懌而有慚色」。

〔註117〕《史記·魏公子列傳》1868頁「高祖始微少時，數聞公子賢。及即天子位，每過大梁，常祠公子。高祖十二年，從擊黥布還，爲公子置守冢五家，世世歲以四時奉祠公子」。

〔註118〕《史記·淮陰侯列傳》，2038頁。

〔註119〕《史記·十二諸侯年表》，366頁。

〔註120〕《史記·酈生陸賈列傳》，2082頁。

〔註121〕《史記·黥布列傳》，2021頁。

陸賈因此著《新語》十二篇，「粗述存亡之徵」，劉邦爲之稱善。觀覽《新語》，雖然雜有孔門詩書仁義之說，其根本仍在權術之要。所以司馬遷說：「余讀陸生《新語》書十二篇，固當世之辯士」〔註 122〕，並不把陸賈當做儒生。班固《漢書・藝文志》卻把「陸賈二十三篇」〔註 123〕置於諸子儒家類，並將「《楚漢春秋》九篇，陸賈所記」〔註 124〕置於六經春秋類中。在《漢書・敘傳》中言「賈作行人，百越來賓，從容風議，博我以文」〔註 125〕，體現出與司馬遷不同的文學觀念。

班、馬之別的關要在於：西漢中葉之後，漢儒漸成諸學相容並包之勢。漢初司馬遷尚以所行有異，來區別儒、說，目陸賈爲辯士；至東漢初班固，則以學包縱橫，視陸賈爲儒生。實則陸賈的學術與立身本爲儒、說相雜。

劉邦身邊策士儒、說相雜的特點，實爲劉邦在道義上完全壓倒項羽的緣由之一。劉邦陣營始終以義兵自居，不似項羽自恃實力，號稱西楚霸王。漢軍義兵的論調貫徹始終，甚至連屠狗出身的樊噲亦受影響。在劉邦受降子嬰，入秦宮眩其奢泰而欲留居時，樊噲直諫秦宮的奇物、美人，「此皆秦所以亡天下也」〔註 126〕。

楚漢廣武相持之際，劉邦面數項羽十罪，極言其負約、殺降、害主等不義之舉，以形成「天下所不容」的輿論之勢。因此《漢書・藝文志》將「高祖傳十三篇。高祖與大臣述古語及詔策也」〔註 127〕置於諸子儒家類。

漢定之後的游說之士，更具孔門文學的色彩。漢初劉邦懲於亡秦的教訓，大封同姓諸侯王。讓他們「皆自治民聘賢」，遊士說客多從諸侯門下。然而形勢與戰國秦末或楚漢相爭時期的彼此消滅併吞已有很大不同。

因此，漢初遊士或變戰國縱橫的巧辭動人爲文章磅礴，雖游說以動人主之心的本志相同，方式卻從形勢之長短詭辯，變爲先王典籍的文辭運用；或變戰國縱橫的詐諼謀利爲守正諫邪，雖游說以動人主之心的方式相同，本志卻從鑽營時機苟圖富貴，變爲依據孔門先王典籍之義以履道全濟。

以說客爲文士而著名的，莫過於鄒陽、枚乘。

〔註 122〕《史記・酈生陸賈列傳》，2088 頁。
〔註 123〕《漢書・藝文志》，1366 頁。
〔註 124〕《漢書・藝文志》，1359 頁。
〔註 125〕《漢書・敘傳》，3117 頁。
〔註 126〕《史記・留侯世家》，1628 頁，集解徐廣注。
〔註 127〕《漢書・藝文志》，1366 頁。

漢文帝時，吳王濞門下遊士鄒陽「文辯著名」，以文章諭諫吳王。「淮南連山東之俠，死士盈朝，不能還厲王之西」〔註 128〕，用譬喻闡明漢與諸侯強弱之形勢，勸誡吳王劉濞勿邪謀以亡身。吳王不納其言，於是鄒陽諸士轉投景帝少弟梁孝王門下。

梁孝王劉武爲竇太后寵子，亦所爲恣肆。鄒陽以智略慷慨不容於梁王所親近的羊勝、公孫詭，遭讒入獄。鄒陽從獄中上書，此即著名的《獄中上書自明》。其文盛傳於世，後爲《昭明文選》所編入。梁孝王覽書即釋之，尊鄒陽爲上客。鄒陽的文章譬喻、引用聯翩，先秦典籍裏的故事比比皆是，不盛修文學不足以爲之。

當然鄒陽還是保持了縱橫游說家的本色。在梁孝王派人刺殺袁盎，闖下大禍後，鄒陽受齊人王先生指點，成功游說漢景帝寵妃王美人〔註 129〕的哥哥王長君，利用裙帶關係，爲梁孝王脫罪排憂。因此班固《漢書・藝文志》將「鄒陽七篇」〔註 130〕列入諸子縱橫家類。

枚乘也曾侍從吳王劉濞門下。吳王怨望之初，枚乘即奏書勸諫，言辭甚爲驚悚：

> 「夫以一縷之任係千鈞之重，上懸無極之高，下垂不測之淵，雖甚愚之人猶知哀其將絕也。馬方駭鼓而驚之，係方絕又重鎮之；係絕於天下不可復結，墜入深淵難以復出。其出不出，間不容髮。能聽忠臣之言，百舉必脫。必若所欲爲，危於累卵，難於上天；變所欲爲，易於反掌，安於泰山。今欲極天命之壽，敝無窮之樂，究萬乘之勢，不出反掌之易，以居泰山之安，而欲乘累卵之危，走上天之難，此愚臣之所大惑也。」〔註 131〕

吳王不採納。枚乘與鄒陽果斷離開吳國，改從梁孝王。

景帝即位後，晁錯謀劃削弱諸侯。吳王與六國以誅晁錯、清君側爲名義舉兵謀反。景帝聽從袁盎的話，立斬晁錯以平息諸侯的不滿。枚乘再次寫文章勸說吳王。《上書重諫吳王》言「漢親誅其三公，以謝前過，是大王之威加於天下」，此時應該趕緊退兵回國，否則漢軍「赫然加怒」，「大王雖欲反都，

〔註 128〕《漢書・賈鄒枚路傳》1791 頁，淮南厲王劉長，漢高祖劉邦少子，漢文帝時驕蹇不奉法，廢徙於蜀，道卒。此文亦編入《昭明文選》。

〔註 129〕王美人即漢武帝之母。

〔註 130〕《漢書・藝文志》，1374 頁。

〔註 131〕《漢書・賈鄒枚路傳》，1803 頁。

亦不得已」〔註 132〕。吳王沒有採納枚乘的勸諫，還是把自我毀滅進行到底。然而平定七國之後，枚乘的諫文聞名天下，景帝因此召拜枚乘爲弘農都尉。

枚乘較之鄒陽，更以辭賦擅長。鄒陽之賦今僅存《酒賦》和爲韓安國代作的《幾賦》殘篇〔註 133〕。枚乘之《七發》則開兩漢三國七體之先河，觀覽其文主客問答的結構與汪洋恣肆之說辭，顯然充沛著縱橫游說家的氣勢。

縱橫之氣灌注於辭賦文章中，一以言志，二以悅心，與孔門文學闡發先王典籍以教化人心在手法上有相合之處，故而在文章表達上，有儒、說相雜的特點。

漢初以說客申明公義，而聞名於世的有賈山和公孫玃。

賈山的祖父爲六國時期魏王的博士弟子。賈山受祖父之學，「涉獵書記」。當時，漢文帝承諸呂之亂後，由高祖劉邦的舊臣周勃、陳平諸人定策登基。前後所任用的大臣如灌嬰、申屠嘉，都是昔日劉邦軍功集團的武夫。其人多因循守舊、崇黃老保身之術，乏治才遠見，不能以文德教化輔政。因此賈山上書文帝，「借秦爲諭，言治亂之道」〔註 134〕，勸誡文帝修習先王仁義之學，提拔直諫之士，不要荒於射獵嬉戲三事。

史書中沒有記載文帝是否採納賈山的諫議。然而賈山此篇說辭名爲《至言》，以常情揣測，應該不是賈山自己取的書名。有可能就像陸賈的十二篇文章，由高祖劉邦稱爲《新書》一樣，《至言》或許是因爲漢文帝讚賞，所賜予的書名。

第一事——勸漢文帝修習先王仁義之學。文帝在代地衛諸侯的時候，似乎不以學問著稱。比如前文所提及的文帝不知春秋時天王即天子。然文帝即位之後，慕學求治，第二年所下詔書便以古道大義爲本。如「朕聞古者諸侯建國千餘，各守其地，以時入貢，民不勞苦，上下歡欣，靡有違德」，「朕聞之，天生民，爲之置君以養治之」〔註 135〕。班固《漢書・藝文志》將「孝文傳十一篇。文帝所稱及詔策」〔註 136〕置於諸子儒家類，可視爲對漢文帝修先王仁義之學的肯定。

〔註 132〕《漢書・賈鄒枚路傳》，1807 頁。
〔註 133〕嚴可均，《全漢文》，商務印書館，1999 年 10 月版，198 頁。
〔註 134〕《漢書・賈鄒枚路傳》，1781 頁。
〔註 135〕《漢書・文帝紀》，84 頁。
〔註 136〕《漢書・藝文志》，1366 頁。

第二事——勸漢文帝進納直諫之士。漢文帝可謂以此留芳後世。文帝二年即下詔：「古之治天下，朝有進善之旌，誹謗之木，所以通治道而來諫者」〔註 137〕，自秦世以來首除誹謗妖言之罪。晁錯上書言兵事，文帝賜璽書以答：「書言『狂夫之言，而明主擇焉』。今則不然。言者不狂，而擇者不明，國之大患，故在於此。使夫不明擇於不狂，是以萬聽而萬不當也」〔註 138〕。古今納諫的道理可謂盡於此言。

漢文帝亦有聽取直諫所需的寬容之德。馮唐曾當面直斥文帝「陛下雖有廉頗、李牧，不能用也」。文帝惱怒歸禁中。不久又召馮唐理論：「公眾辱我，獨亡間處乎」〔註 139〕。德行貴在自然，馮唐當眾責窘文帝，人情自然惱怒。所謂寬容貴在能平心論事，不以尊勢扼迫。故《史記》稱「群臣袁盎等諫說雖切，常假借納用焉」。

實則賈山本人便常常諫言激切，漢文帝「終不加罰，所以廣諫爭之路也」〔註 140〕。

第三事——勸漢文帝勿荒於射獵嬉戲。史書記載張釋之曾經擔任謁者僕射，跟從漢文帝遊上林苑。文帝到了上林苑獵場，沒有專心射獵遊玩，還是留心治事，從容地問張釋之秦所以失天下的弊害。文帝出行，輿馬為人所驚，亦能依法處置，不甚擾民。《史記》尤稱文帝節儉，「即位二十三年，宮室、苑囿、車騎、服御無所增益。有不便，輒弛以利民」〔註 141〕，故司馬遷慨歎文帝「德至盛也」，班固言「嗚呼，仁哉」。

因此《至言》所諫三事，雖然史書沒有記載文帝的答覆，但修學、納諫、不荒於嬉戲三件事都落於實處，與後世君主虛禮優詔不同。

賈山以文正君，與戰國縱橫家、漢初軍陣之間的辯客及以文騁意的說士皆有不同，更近於稱引《詩》、《書》奏議勸諫的儒臣。然而班固評價賈山「不能為醇儒」，因為賈山的勸說之辭雜有權謀之術。如諫除鑄錢令：「錢者，亡用器也，而可以易富貴。富貴者，人主之操柄也，令民為之，是與人主共操柄，不可長也」〔註 142〕，還保留有「善指事意」的游說之風。

〔註 137〕《史記・孝文本紀》，298 頁。
〔註 138〕《漢書・袁盎晁錯傳》，1752 頁。
〔註 139〕《漢書・張馮汲鄭傳》，1771 頁。
〔註 140〕《漢書・賈鄒枚路傳》，1788 頁。
〔註 141〕《史記・孝文本紀》，304 頁。
〔註 142〕《漢書・賈鄒枚路傳》，1788 頁。

漢景帝時亦有齊人公孫玃，用《春秋》之義爲濟北王劉志游說梁王，使其免於連坐從死。

漢初七國之亂，參與者之中膠東王劉雄渠、膠西王劉卬、濟南王劉闢廣、菑川王劉賢，這四兄弟都是故齊悼惠王劉肥之子。漢文帝十六年封劉肥六個兒子爲王。六人中除以上叛亂的四王，還有齊孝王劉將閭、濟北王劉志。漢景帝平定七國之亂後，齊孝王劉將閭恐懼，「飲藥自殺」。濟北王劉志在初亂時，也曾與吳楚通謀，只是後來沒有發兵。參與叛亂的四兄弟以謀反伏誅後，連坐之罪令濟北王亦欲自殺，以期待保全妻子。

公孫玃勸濟北王劉志：「臣請試爲大王明說梁王，通意天子，說而不用。死未晚也」，此純說客之態。然而公孫玃游說梁孝王的言辭，是以《春秋公羊傳》爲義理依據。濟北王劉志確實參與了七國之謀，事發後則「城守不行」，未有發兵之跡。當時漢景帝崇尚律法刑名，治獄苛刻。一則始預謀反，二則兄弟連坐，濟北王都難免族誅。

在此不利形勢下，公孫玃引用《春秋》桓公十一年「宋人執鄭祭仲」的事義爲濟北王辯解：《春秋公羊傳》載鄭莊公葬禮畢，鄭大夫祭仲途中爲宋莊公所執，逼迫其放逐原太子鄭昭公忽，而改立宋女所生公子突。祭仲不得已答應宋人的要脅。鄭昭公聞之逃奔衛國，宋女所生公子突被立爲鄭厲公。四年後祭仲迎回鄭昭公，使其復位。

《公羊傳》言「祭仲者何？鄭相也。何以不名，賢也。何賢乎祭仲？以爲知權」，「祭仲不從其言，則君必死，國必亡。從其言，則君可以生易死，國可以存易亡，少遼緩之」〔註143〕。依范甯注疏之意：當時宋強鄭弱，倘祭仲不屈而死，宋莊公必然殺死鄭昭公忽，並乘便滅鄭。祭仲苟且偷生，既可保全鄭昭公忽的生命，又使鄭國沒有滅亡的危險，實爲心懷君主與國家的義行。

公孫玃用祭仲的迫於無奈，向梁孝王說明劉志與之類似的不得已：「向使濟北見情實，示不從之端，則吳必先歷齊畢濟北，招燕、趙而總之」。倘若濟北王先不參與七國之謀，吳王反倒能夠早做準備，直接滅濟北而聯成統一的戰線。「濟北獨底節堅守不下。使吳失與而無助，跬步獨進，瓦解土崩，破敗而不救者，未必非濟北之力也」。公孫玃的結論是：濟北王劉志表面上與謀反者合作，而實際不合作的行爲，就像春秋時祭仲保全鄭國一樣。

梁孝王悅服於公孫玃的義理和巧辯，並傳達給漢景帝，使濟北王劉志沒

〔註143〕《春秋公羊傳注疏》，北京大學出版社，1999年版，96頁。

有受到連坐族誅的懲罰，僅遷徙到淄川爲王。

由枚乘、鄒陽的文士身份，可以看到漢初游說折入辭賦文章的變化。該變化意味著：作爲漢初文學學術之一的縱橫游說之術，漸漸缺失了折衝樽俎、運籌帷幄的現實功效。

游說之學失去現實功效的變化，顯然並非由於漢初縱橫家劣於戰國之人。正如東方朔所言「夫蘇秦、張儀之時，周室大壞，諸侯不朝，力政爭權，相禽以兵，並爲十二國，未有雌雄，得士者強，失士者亡，故談說行焉」，「今則不然。聖帝流德，天下震慴，諸侯賓服，連四海之外以爲帶，安於覆盂，動猶運之掌，賢不肖何以異哉」，「抗之則在青雲之上，抑之則在深泉之下；用之則爲虎，不用則爲鼠」〔註 144〕。此即蒯通之輩只能淪爲門客，而非蘇秦般權相的時世形勢。

由賈山、公孫玃的儒學運用，亦可窺見漢初學術漸漸選擇孔門文學的大致趨勢。

自漢文帝時起，漢人便開始由因循秦制、簡易清靜轉向長治久安之道。漢文帝拔賈誼於諸生之中，爲其改定法令儀制。守舊的功臣武夫周勃、灌嬰等人，以「年少初學，專欲擅權，紛亂諸事」〔註 145〕來讒毀賈誼。被劉邦軍功集團所擁立的漢文帝不得不疏遠年少才高的賈誼，「不用其議」。「屈賈誼於長沙，非無明主」的遺憾，說明學術用於朝政，尚須民間傳學的繁衍強盛、影響普遍，方能自然而然、水到渠成。賈誼作爲漢初深思國策的先行者，由於還缺乏朝野上下的學術積累、文學觀念的聚焦，只能抑鬱屈才、令人抱憾。

然而文景以來，儒家私門講授所造育的人才、遷播出的影響，遠遠超過黃老養生、律法刑名、縱橫游說諸學。因此漢初賈山、公孫玃之類說士，不守縱橫家長短形勢說，轉以孔門文學的義理來斷是非準據，造成深刻的儒、說相雜、相融。

章太炎先生曾言「儒家者流，熱中趨利，故未有不兼縱橫者」〔註 146〕。此言雖有些激憤，但也道出了西漢之前儒者以縱橫之術的功效取富貴的情形，以及西漢之後游說以儒學義理篇章求生存的趨勢。

西漢初年學術的不統一，使文學觀念分散爲各學各用狀態。律法刑名的

〔註 144〕《漢書・東方朔傳》，2161 頁，《答客難》。
〔註 145〕《漢書・賈誼傳》，1707 頁。
〔註 146〕《章太炎演講集》，44 頁。

條文典故、孔門文學的五經訓解、縱橫游說的長短形勢皆雜稱爲「文學」。朱東潤先生在《中國文學批評史大綱》中也承認「武帝以前，學術未統於一家，故論文者，張惶幽眇，各出所見」〔註 147〕。前文已述，對於漢初五世這種分散的文學觀念，司馬遷採取了任其自然的態度，因此是儒學獨尊觀念之前的序幕階段。

〔註 147〕朱東潤，《中國文學批評史大綱》，上海古籍出版社，2001 年版，14 頁。

第二章　中古文學觀念的開端：《漢書》中西漢中葉及其後獨尊儒術的文學觀念

伊格爾頓曾經在調侃完各種文學界定之後，終於肯定地說「文學並不在昆蟲存在的意義上存在著」，「它們最終不僅涉及個人趣味，而且涉及某些社會群體賴以行使和維持其對其他人的統治權力的種種假定」〔註1〕，即文學不能獨立於文化之外。傅斯年先生亦遠同此調，其人雖引領了五四運動，是民國時期新思想的學術領袖，卻仍然認爲「文學不是一件獨立的東西，而是時代中的政治、思想、藝術、生活等一切物事之印跡」〔註2〕，因此在其《中國古代文學史講義》中並沒有把經、史、子從文學中排斥出去。

然而民國以來，狹義界定下的中古文學觀念研究對漢代最重要的文化力量——儒學，基本採取了拒斥的態度。如胡雲翼先生認爲「漢代是儒教的學術思想最盛行的時代，文學一科也被籠罩在儒教的思想之下，埋沒了獨立的正確的文學觀念，故文學得不到健全的發展」〔註3〕。在此之後，學者們幾乎無一例外地將儒學簡單地當作了文學的對立面和絆腳石，就像人們曾經簡單地把歐洲中世紀的宗教精神與文藝復興的人文主義對立起來，從而忘卻了中世紀孕育文藝復興的一面。

聚焦於狹義界定的純文學觀念，而捨棄廣義文學界定，是對漢代儒家文

〔註1〕特雷·伊格爾頓，《二十世紀西方文學理論》，北京大學出版社，2007年版，15頁。

〔註2〕傅斯年，《中國古代文學史講義》，時代文藝出版社，2009年版，7頁。

〔註3〕胡雲翼，《胡雲翼重寫文學史》，華東師範大學出版社，2004年版，25頁。

化的有效排斥。這種排斥在發掘中古文學審美性、藝術性的層面上，有精確定位研究對象，從而開展內部研究的形式主義功效。然而彭亞非先生在《中國正統文學觀念》一書中指出：「廣義文學範疇過於寬泛，因此狹義文學義域的出現，雖然帶來了文學概念上的特指意識，但是卻不足以取消廣義文學範疇原來所涵蓋的全部義域。另外，狹義文學範疇的出現雖然顯示出了文學功能分化的美學力量，但是卻缺乏足以與廣義文學範疇的正統人文內涵相抗衡的人文理念和人文信念依據。所以，爲文治文化系統所統合的狹義文學，永遠無法獨立爲一個可以自圓其說的人文系統，永遠擺脫不了廣義文學乃至廣義之文的制約與內控。」〔註4〕因此廣義文學界定在中古文學研究的歷史文化層面具有更加重要的意義。

由於《史記》展示的漢初諸學混雜的文學觀念尚帶有戰國遺風，所以眞正開始中古文學觀念的是《漢書》中的儒家文化。

從西漢中葉開始，儒家文化從漢初諸學混用的狀態中脫穎而出，成爲最主要的文化力量。儒家文化在政治和社會生活上的影響力，直接導致了漢初諸學混雜的文學觀念向以五經爲根本的孔門文學回歸。班固的《漢書》在傳記書表中呈現出了這種變化的面貌。

班固爲東漢初年的大儒，學理精深，漢代經學基本思想可借《漢書》一窺。《漢書》錄文比之《史記》更加豐富，收錄了西漢大量的詔書、對策、文辭等，展現出西漢中葉漢武帝及其之後文儒大興的文章面貌。尤其《漢書·藝文志》保存了漢哀帝時期劉歆整理秘書的存書狀況。因此本文對西漢中葉及其後「文學」組詞含義的追蹤分析和文學觀念的研究，主要以《漢書》爲線索和依據。

《漢書》中「文章」一詞有三種含義：其一是包括五經在內的西漢各類文體篇章，如先秦諸子百家「至秦患之，乃燔滅文章，以愚黔首」、朝廷詔策「號令文章，煥焉可述」（《武帝紀》）、史書辭賦「文章則司馬遷、相如」等；其二指典章儀制，如「孝武之世，文章爲盛，太初改制，而兒寬、司馬遷等猶從臣、誼之言，服色數度，遂順黃德」、「明年當封禪，式又不習文章」（《卜式傳》）、「劉歆典文章」（《王莽傳》）等；其三指器物的花紋，如「紫壇有文章、彩鏤、黼黻之飾」、「雜五色使有文章」等。

器物的花紋之義是「文章」的古義，其他含義都是從其引申而來。而典

〔註4〕彭亞非，《中國正統文學觀念》，社會科學文獻出版社，2007年版，61頁。

章制度之義使「文章」一詞具有了非常正式和官方化的暗示，即使泛化至各類文字篇章，也不免含有完整而嚴謹的意味。

與「文章」指各種文體篇章含義相類似的還有「文辭」，如泛稱學業篇章：「長好文辭法律」（《哀帝紀》）；指稱詔命：「觀其文辭，方外百蠻，亡思不服」（《王莽傳》）；指稱辭賦：「吳有嚴助、朱買臣，貴顯漢朝，文辭並發」等。然而「辭」與「章」相對而言，一個側重優美悅目，一個側重整飭成篇。

《漢書》中「屬文」指能爲文章，但文體不限，或爲著述、章奏、辭賦等。而且《漢書》中「屬文」者皆有學通經之人，「好學」與「屬文」並稱，如「辟強字少卿，亦好讀《詩》能屬文」（《楚元王傳》）、「桓寬次公治《公羊春秋》舉爲郎，至廬江太守丞，博通善屬文、「歆字子駿，少以通《詩》、《書》能屬文召見成帝等」（《劉歆傳》）等，即龔道耕先生在《中國文學史略論》中所說「其時無僅以文章名家者」〔註5〕。

「綴文」一詞與「屬文」同義，但《漢書》中只出現了一次，「自孔子後，綴文之士眾矣，唯孟軻、孫況、董仲舒、司馬遷、劉向、揚雄，此數公者，皆博物洽聞，通達古今，其言有補於世」。班固用「綴文」一詞來泛指孔子之後與儒家學術相關的著述，其中班固所推崇的著述成就非凡的諸位學者中，只有司馬遷雖有明顯的崇儒傾向，卻不能稱爲純儒。而且班固所用「有補於世」的衡量標準，直接來自儒家經世致用的文學觀念。

以上諸詞的核心用法都與儒學有關，無論著述、詔策還是史書、辭賦，都與儒家五經之學有緊密的關聯。而漢書中「文學」一詞的含義與《史記》漢初五世諸學雜稱的情形發生了較大的變化：「文學」縮小爲其中一學——孔門所傳先王典籍之學，如宣帝詔書屢稱「掖廷令張賀輔道朕躬，修文學經術」〔註6〕，劉向上元帝封事言「陛下開三代之業，招文學之士」〔註7〕。

而且在孔門文學觀念的基礎上，「文學」一詞擴用到選舉之目「賢良文學」和官職「郡文學」、「大鴻臚文學」上。這種「文學」含義所表徵的文學觀念的變化，從《漢書》的材料看，開始於西漢中葉武帝時期，定型於此後昭、宣、元、成、哀數朝。

《漢書》中「文學」一詞專用於儒家五經之學，與編撰者班固的純儒身

〔註5〕龔道耕，《龔道耕儒學論集》，四川大學出版社，2010年版，66頁。
〔註6〕《漢書》，180頁。
〔註7〕《漢書》，1509頁。

份和觀念直接相關。班固家族是漢成帝時外戚，世代通經能文，班固本人的文學界定便以儒家五經之學爲準。在《漢書・敘傳》評論元成時名儒大臣匡衡爲「樂安褎褎，古之文學」〔註 8〕。匡衡師從后蒼習《齊詩》，經學通明，以說詩爲諸儒所稱，元帝末年爲丞相，傳經術而論政，並規勸成帝歸心於聖人六藝，因此班固稱匡衡有上古王官的盛況，亦即班固心中，文學的核心是來自上古王官之學的先王典籍。因此班固承襲劉歆的《七略》，在《漢書・藝文志》中把起於上古的先王典籍及釋經篇章首列爲六藝略，孔子以後的儒家之言置於諸子略中。同時，班固在《宣帝紀》贊中將宣帝大臣分爲「政事、文學、法理之士」，其所指文學之士爲蕭望之、梁丘賀、夏侯勝諸人〔註 9〕，皆傳授五經學術的名師。

同時，班固《漢書》以先王典籍儒家五經爲「文學」組詞的核心含義也是由西漢中葉獨尊儒術的文學觀念所決定的。

第一節　西漢中葉及其後獨尊儒術文學觀念的形成

由於漢初軍功權貴所服膺的黃老之說缺乏鮮明的學說義理、典章故事與沉潛民間、綿延不絕的儒家學說相抗衡，故而在感染人心、經世致用等方面，皆所不及。漢初政治和社會生活安排上的實用主義原則亦因深入到文化的精神領域而瓦解打破。比如司馬遷《史記》在歷史人物評價中還是體現出以儒家義理的判斷標準作結論的明顯傾向。

司馬遷對歷史人物精神層面評判援引孔門義理的學術傾向性，與其父司馬談推崇以道家之學綜統諸子的主張顯然不同。由此可見，漢初以來諸學混稱的文學觀念漸聚焦於儒家六藝、形成獨尊儒術文學觀念的趨勢。

一、儒學感染人心的力量促使西漢中葉獨尊儒術文學觀念的形成

杜威在演講中曾說：「思想學說一經傳佈到人，人有摹仿、崇拜的心理」，

〔註 8〕《漢書》，3127 頁。

〔註 9〕《漢書》1999 頁「孝宣承統，纂修洪業，亦講論六藝，招選茂異，而蕭望之、梁丘賀、夏侯勝、韋玄成、嚴彭祖，尹更始以儒術進，劉向，王褒以文章顯，將相則張安世、趙充國、魏相、丙吉、于定國、杜延年，治民則黃霸、王成、龔遂、鄭弘、召信臣、韓延壽、尹翁歸、趙廣漢、嚴延年、張敞之屬，皆有功跡見述於世」。

而「思想發生以後，第一種功用是把流動的變爲凝固的，暫時的變爲永久的。如有一件變遷不定、一瞥即過的事實，把他抽象的提出來，變了一種學說，便凝固了、永久了」；「第二種功用便是在最危急的時候，可以維持許多人的信仰，去做很重大的事」。儒學從漢初沉潛於民間，到西漢中葉逐漸興起，確實產生了杜威所說的感染力和作用力。

秦禁私學，欲禁錮思想，以愚黔首。秦末大亂，證明禁錮思想的方法並不足以安定天下。其後楚漢相爭以及漢初休養生息階段，統治者都無暇於文教學術。原本自由發揮、各投所用的戰國諸子學說，轉而在與政治權力較爲疏遠的各地進行師門弟子傳授。其中最善於師門傳授、戰亂之後最易於感化人心的，即儒家先王之道。故而伏生以《尚書》教於齊魯之間；申公歸魯，居家授《詩》；田何傳《易》；高堂生傳《禮》。這是儒家師門顯赫、弟子眾多、育才成功者。至於賈誼、董仲舒諸生，《史記》沒有詳載其師承，然其學術必定有師授啓蒙。到文景之時，已有儒生爲朝廷博士。比如忤逆竇太后的轅固生爲漢景帝博士；作《韓詩內外傳》的韓生爲漢文帝博士；董仲舒亦漢景帝博士。

當時在學說義理上，發揮儒學感染力的最傑出代表，莫過於西漢大儒董仲舒。特里林曾經說過：「思想是人皆可得的，而且可以廣泛地擁有，但是一旦涉及到思想對世界的影響力問題，很顯然，特定的權力，或者至少是地位，都只能歸屬於那些首創某種思想的人，或者歸屬於組織思想或宣揚思想的人。掌握思想的人或許可以捷足先登，比掌握金錢的人更早進入與出身顯赫的人平等的地位。十九世紀的歷史舞臺上，伏爾泰、盧梭、狄德羅就像是知性領域裏的王侯將相〔註10〕。」

在西漢時期，董仲舒是自秦末復蘇的儒學學者中當之無愧的靈魂人物，文化領域裏的王侯將相。董仲舒少治《春秋》，下帷講誦其學。對董仲舒精於學業的讚頌有三年不窺園之稱。其人一方面在品德上是當時士人的典範。「進退容止，非禮不行，學士皆師尊之」。連驕縱的宗室權貴江都王、膠西王，對董仲舒的持守禮義都能保持敬重、善待的態度。由於董仲舒爲人廉直、守君子之道，不像公孫弘阿諛於漢武帝，在政治民生方面堅持道義，因此未列身三公。即其《士不遇賦》中所自況：「末俗以辯詐而期通兮，貞士以耿介而自束。雖日三省於吾身兮，繇懷進退之唯谷」。然而董仲舒守義不遇的政治失利，

〔註10〕萊昂內爾・特里林，《知性乃道德職責》，譯林出版社，2011年版，488頁。

更增添了其道德形象的完滿性。致使劉向盛稱董仲舒有「王佐之才，雖伊呂亡以加」，爲其遭遇頗爲不平。

另一方面董仲舒對《公羊春秋》的重新闡釋，影響了整個西漢的文化政局。董仲舒引入《春秋》「災異之變，推陰陽所以錯行」的天人感應說。認爲王者爲天所命，而祥瑞爲受命之符，所以王者應該以天爲法，奉從天意。倘若「國家將有失道之敗，而天乃先出災害以譴告之，不知自省，又出怪異以警懼之，尚不知變，而傷敗乃至。以此見天心之仁愛人君而欲止其亂也」〔註 11〕。陳明先生認爲西漢距上古未遠，「原始宗教的許多觀念對人們的思維意識還具有較大影響力（這是陰陽五行及讖緯所以能夠流行的社會心理和認知方面的原因之一）。董仲舒正是利用天在人們心目中的神聖性，將它道德化（實際是將社會文化價值客觀化、神聖化），又以帝王配之，從而實現了教與政的結合」〔註 12〕。所以司馬遷認爲漢初五世，董仲舒的學說最通達孔子《春秋》之義。馮友蘭先生雖將董仲舒之學視爲陰陽五行家言與儒家的糅合，並且與漢武帝專制的統一思想政策相投，導致春秋以後言論思想極端自由的空氣衰亡、豐富而多元的子學時代的終結，但終究還是承認董仲舒開啓經學時代的重大影響力。「此時之時代精神，此時人之思想，董仲舒可充分代表之」〔註 13〕。即董仲舒所表達的政治理想影響了眾多儒士學者，使之自覺躬行踐履士君子的政治主張和文化目標，從而體現出儒家巨大的社會感染力。

然而在政局上，儒學感染人心作用最典型的體現，發生在具有「卡里斯瑪」〔註 14〕屬性的政治人物漢武帝身上。尤其是漢武帝爲崇儒尚文與謹守黃老之術的竇太后所產生的政治爭端，是西漢中葉儒學感染力表現中最具戲劇性的一幕。

漢武帝好儒，實因秦末以來民間學術自然生長的影響。漢武帝的師承雖不明晰，然其深受儒學感染的情形可從《史記》、《漢書》中略窺一二。漢武帝繼位初，便與勢力深厚的祖母竇太后爲孔、老之擇產生嚴重的政治衝突。

〔註 11〕《漢書》，1901 頁。

〔註 12〕陳明，《儒學的歷史文化功能》，中國社會科學出版社，2005 年版，59 頁。

〔註 13〕馮友蘭，《中國哲學史・下冊》，華東師範大學出版社，2000 年版，9 頁。

〔註 14〕馬克斯・韋伯用卡里斯瑪（crisima——天賜恩寵）來表示超凡的、特殊力量的領袖人物的表率性品質。

竇太后崇信黃老之術。「好《黃帝》、《老子》言，景帝及諸竇不得不讀《老子》尊其術」〔註 15〕。史書沒有記載竇太后黃老之術的何所從漸。《漢書・外戚傳》載周勃、灌嬰忌憚竇后兄弟，謀曰「吾屬不死，命乃且懸此兩人。此兩人所出微，不可不爲擇師傅，又復放呂氏大事也」。於是選有節行的長者與竇氏兄弟居處，二人遂爲退讓君子，不敢以富貴驕人。周勃、灌嬰都是劉邦功臣武夫，無文學者。其人所選長者應爲好黃老的醇篤之士，從而引導竇氏兄弟以清靜退讓爲全身之術。此事或對竇后尊黃老之術有所影響。

此外，竇太后在漢文帝時期已經雙目失明，竟長壽至漢文帝孫劉徹繼位六年後方崩殂，或許有得益於黃老養生之術的地方。即前文所言「漢初好黃老之術或爲厚重長者，或以之爲養生長保之道，不專重於學問」。漢景帝以治《齊詩》的轅固生爲博士，待詔學問。竇太后召來轅固生問《老子》之書。轅固生鄙薄其學。竇太后爲之動怒，險些要了轅固生的性命。可見竇太后崇信之篤，不容異言。

漢武帝與竇太后觀念層面上的衝突即來自於此。「太后好黃、老言，而嬰、蚡、趙綰等務隆推儒術，貶道家言，是以竇太后滋不說」〔註 16〕。漢武帝所親近信用的竇嬰、田蚡、趙綰崇儒貶道的言論，令篤信黃老的竇太后所生惱恨，尤勝景帝時的轅固生。當年轅固生得景帝庇祐，逃過圈彘之難，並被任命爲清河王劉乘的太傅。自漢初以來，周遭儒學氛圍日益濃厚的變化，讓黃耇壽考的竇太后必有頑固的排斥感。儒學私門講授培養出的人才，除散於民間之外，亦遊於權門。養士之風早在戰國時期，即爲一種學人與權勢合作的靈活方式。竇太后自喜歡賓客的竇嬰那裡，應該早已感受到漢世不從己所願的變化。漢景帝尚未立太子之時，曾酒後失言，欲身後傳皇位給弟弟梁孝王劉武。受儒家父子相承之義影響的竇嬰立即上言：「天下者，高祖天下，父子相傳，漢之約也，上何以得傳梁王」〔註 17〕。寵愛幼子的竇太后憤恨到「除嬰門籍，不得朝請」的地步。因此不悅儒術、菲薄五經的竇太后，勢必出面阻礙漢武帝的慕儒傾向。

漢武帝與竇太后事務層面上的衝突，則來自武帝欲推行孔門傳承的先王

〔註 15〕《漢書・外戚傳》，2905 頁。
〔註 16〕《漢書・竇田灌韓傳》，1817 頁。
〔註 17〕《漢書・竇田灌韓傳》，1815 頁。

典制：「設明堂，令列侯就國，除關，以禮爲服制，以興太平」〔註 18〕。令列侯回封國盡其職責義務，是依據西周封建制來鞏固大一統的舉措。依據常識可知，對整個國家有利的制度，與當時既得利益集團的意願往往相悖。竇氏外戚列侯「皆不欲就國，以故毀日至竇太后」〔註 19〕。竇太后作爲家族首領和舊臣之主，勢必禁止設置明堂、列侯就國等制度的施行。

建元二年，御史大夫趙綰請毋奏事東宮竇太后，引起竇太后對漢武帝尚儒的直接干涉：

其一、罷免武帝親信。竇太后羅織了武帝儒臣趙綰、王臧的過失，挾其積年的威勢逼問於朝堂，令武帝不得不廢除明堂的設置。趙綰、王臧都下獄自殺。丞相竇嬰、太尉田蚡遭到罷免；

其二、提拔恭謹守舊，近於黃老之術的官員。許昌任命爲丞相，莊青翟爲御史大夫。此二人《漢書》無傳。《漢書・申屠嘉傳》中提及：「自嘉死後，開封侯陶青、桃侯劉舍及武帝時柏至侯許昌、平棘侯薛澤、武強侯莊青翟、商陵侯趙周，皆以列侯繼踵，齪齪廉謹，爲丞相備員而已，無所能發明功名著於世者」〔註 20〕。可見此二人的恭謹守舊。此外，竇太后認爲儒者文多質少，不如質樸者可靠。因此提拔「無文學」而謹愨的石奮之二子，以其長子石建爲郎中令，少子石慶爲內史。

竇太后憑藉擁有的權力、威望，可以恣其所欲，直接禁止漢武帝的向儒之政。導致建元二年到建元五年（西元前 139 年——136 年），漢武帝在文學之業上的無所事事。然而，自漢初張良、陳平、蕭何、曹參直到竇太后，並沒有爲黃老之術立官學、選博士。可見當時世俗所習黃老的凡淺，即使得到權貴的賞識也無學可立。竇太后遏制武帝任用儒學之士，而其所賞拔的石建、石慶徒以孝謹質樸聞名，胸無韜略，更遑論學術文章。無學則子孫連孝謹亦難長保。《漢書》載石慶死後，諸子孫爲官者，漸以罪去之。家門的孝謹之風也隨之衰敗。黃老之術凡淺無學、難以造育人才的劣勢，是竇太后憑藉權力也無法扭轉的。人的自然壽命亦是如此。

竇太后崩於建元六年。此前一年的春天，漢武帝便開始置五經博士。第

〔註 18〕《禮記・明堂位》載「昔者周公朝諸侯於明堂之位」，「明堂也者，明諸侯之尊卑也」鄭玄注：「朝於此，所以正儀辨等也」。

〔註 19〕《漢書・竇田灌韓傳》，1817 頁。

〔註 20〕《漢書・張周趙任申屠傳》，1623 頁。

二年即元光元年五月，漢武帝下著名的《賢良詔》〔註 21〕，親覽賢良對策。董仲舒、公孫弘等文學儒者由此脫穎而出。漢武帝劉徹開始選拔民間儒學人才，以六經之義訓教子弟，與河間獻王劉德、淮南王劉安等共同競爭文學之業。當時雖有汲黯質疑武帝慕儒的眞誠性，後又有夏侯勝指責武帝「亡德澤於民」。然而班固還是承認武帝「憲章六學，統壹聖眞」〔註 22〕。

因此，竇太后崇信的黃老之術與漢武帝所慕孔門文學之間的對抗，反而促使西漢中葉獨尊儒術的文學觀念開始形成。就像普朗克在自傳裏所說：「一個新的科學眞理不能通過說服她的反對者並使其理解而獲勝，她的獲勝主要由於其反對者終於死去，而熟悉她的新一代成長起來了」。

二、儒學以經世致用的合作性保障了西漢中葉獨尊儒術文學觀念的形成

漢初五世的執政者本著實用主義原則，以黃老清靜之術來恢復經過多年戰爭折磨而貧瘠荒蕪、人口銳減的社會民生。到西漢中葉漢武帝時期，社會民生漸蘇，進入到大一統後的建設時代。此時儒家以五經之學與武力皇權合作，產生了政、教平衡的獨特功效，從而形成獨尊儒術的西漢文化話語系統。

從漢武帝到昭宣元成哀數朝，《漢書》所載「講文學」、「修文學」、「通文學」、「文學之士」，都專指儒家五經之學。經學文學在西漢中葉成爲朝廷官學，並在舉拔賢良、進用官吏、制定禮儀甚至刑法獄律方面發揮了經世致用的巨大作用。即馮友蘭先生所說「蓋儒者通以前之典籍，知以前之制度，而又理想化之、理論化之，使之秩然有序，粲然可觀。若別家則僅有政治、社會哲學，而無對於政治社會之具體辦法，或雖有亦不如儒家完全；在秦漢大一統後之建設時代，當然不能與儒家爭勝也」〔註 23〕。

〔註 21〕《漢書・武帝紀》115 頁、《文選》第三十五卷：五月，詔賢良曰：「朕聞昔在唐、虞，畫像而民不犯，日月所燭，莫不率俾。周之成、康，刑錯不用，德及鳥獸，教通四海，海外肅愼，北發渠搜，氐羌徠服；星辰不孛，日月不蝕，山陵不崩，川谷不塞；麟、鳳在郊藪，河、洛出圖書。嗚乎，何施而臻此與！今朕獲奉宗廟，夙興以求，夜寐以思，若涉淵水，未知所濟。猗與偉與！何行而可以章先帝之洪業休德，上參堯、舜，下配三王！朕之不敏，不能遠德，此子大夫之所睹聞也，賢良明於古今王事之體，受策察問，咸以書對，著之於篇，朕親覽焉。」

〔註 22〕《漢書・敘傳》，3109 頁。

〔註 23〕馮友蘭，《中國哲學史》，華東師範大學出版社，2000 年版，298 頁。

漢武帝在建元五年春置五經博士，是自春秋戰國以來，首次以孔子所定五經為朝廷學官的科目，與戰國諸子九流雜用的多元化，以及秦世學術御用的專制化截然不同。漢武帝以禮聘的方式將民間優秀的經師集中於朝廷，使得民間私門教授的學術與朝廷政事所需的方略形成相互的合作關係。而且儒生與官府的合作是以孔門文學作為漢初以來人心自發的共同選擇為實力保障，不再像秦世御用文學那般任人宰割。所以自漢武帝立五經博士以來，雖班固譏「蓋祿利之路然也」〔註24〕，卻與暴秦焚書坑儒式的壟斷學術有所不同：

其一，西漢獨尊儒術的文學觀念不是依靠朝廷禁暴之力所形成。受人尊崇的官方經學博士皆出自民間私學。其人傳承的仍是孔子五經、師門所授，不以官學而異旨，在朝則顧問議政，在野亦居家教授；

其二，漢廷獎掖經學的舉措，對民間私學產生的影響是涵濡漸漬、深入人心的，而非武力脅迫、陰謀轄制。

然而馮友蘭先生認為漢武帝、董仲舒統一思想的舉措就是秦始皇、李斯的專制文化政策。其理由是二者皆以大一統下，尊君抑臣、編戶齊民為政治秩序。然而馮友蘭先生也不得不承認儒學六藝富有彈性。「對於不同之思想，可以相容並包，儒家獨尊後，與儒家本來不同的學說，仍可以在六藝之大帽子下，改頭換面，保持其存在。儒家既不必完全制別家之死命，別家亦不必竭力反對之」。所以馮友蘭先生主張的秦漢法統和儒統的相同，只在統治效果上有相類似的地方。但其內在精神上，一為「道之以政，齊之以刑，民免而無恥」，一為「道之以德，齊之以禮，有恥且格」。政和刑可以武力皇權來實現，但德與禮，非儒家君子在義理和實踐上的合作不可。

正是西漢民間學術力量與朝廷政治力量的有效合作，使自春秋戰國以來分崩離析的華夏人群，在自願的狀態下重新歸心於原有道統所衍化的文德教化。而孔門文學自漢武帝立五經博士之官學，二千多年來一直是中國學術的核心，直到近世華夏文化整體更新為止。

漢武帝以來，除立五經博士外，朝廷還以向各地召舉賢良文學的方式，更大規模地拔用民間私學所造育的人才。然而起初召舉的賢良文學並不純為儒家學者。比如早在漢文帝時，晁錯以申商刑名之術被舉為賢良，對策高第。

〔註24〕顏師古注「言為經學者則受爵祿而獲其利，所以益勸」。

武帝建元元年第一次所舉賢良見於《漢書》者，有轅固生、馮唐、公孫弘、嚴助、東方朔〔註 25〕等人。轅固生爲醇儒，因讒毀年老而罷。馮唐亦九十餘，「不能爲官，乃以子遂爲郎」〔註26〕。公孫弘則少時爲獄吏，通曉刑名律法，後乃學《春秋》雜說，以賢良徵爲博士。嚴助善於言辭賦頌，既能以義理之文辯論，又擅縱橫之辯。其後爲會稽太守，漢武帝責問曰「具以《春秋》對，毋以蘇秦從橫」。嚴助的文采體現了鄒陽、枚乘之後縱橫游說與孔門文學的雜用。對策時，「武帝善助對，由是獨擢助爲中大夫」〔註27〕。東方朔上書則「文辭不遜，高自稱譽」。武帝偉壯其言，令待詔公車令。《漢書》雖未詳載武帝第一次選舉賢良的情形，然從公孫弘、嚴助、東方朔留用的情況看，此次選舉亦難免漢初以來諸學雜用的文學狀態。

因竇太后的阻撓，武帝時隔六年後，元光元年方重新下詔舉賢良。所對策的賢良文學中，有發明《春秋》大義的鴻儒董仲舒。

漢武帝下董仲舒之制，問三代受命之符、災異之變、性命之情及政事之要。董仲舒答以治亂廢興在於己，天下人歸心則受命之符現；倘廢德教而任刑罰，邪氣積蓄則災異緣起；性命之情教化陶冶成之。其策發明《春秋》災異遣告及王道一元正本之義，以暴秦速亡爲例，勸漢武帝修行仁誼禮知信五常之道爲政事的根本。

漢武帝驚異於董仲舒大義暢然的對策文，繼續以帝王逸勞之道、文質二端、用刑得失、陰陽錯繆等事，進行第二次策問。董仲舒答以勞逸遇時，中制爲庸，文德化民，並借陰陽未濟之事以宣導興太學、選賢士的諫議。

武帝的第三次策問則專門詢問董仲舒〔註 28〕。董仲舒爲之通述天人之

〔註25〕《漢書・賈誼傳》1737 頁「武帝初立，舉賈生之孫二人至郡守。賈嘉最好學，世其家」，或爲所舉賢良。

〔註26〕《漢書・張馮汲鄭傳》，1773 頁。

〔註27〕《漢書・嚴朱吾丘主父徐嚴終王賈傳》，2097 頁。

〔註28〕前二策爲泛問諸賢良：第一策「今子大夫褎然爲舉首，朕甚嘉之。子大夫其精心致思，朕垂聽而問焉。」第二策「今子大夫待詔百有餘人或道世務而未濟，稽諸上古之不同，考之於今而難行，毋乃牽於文係而不得騁與？將所繇異術，所聞殊方與？各悉對，著於篇，毋諱有司。明其指略，切磋究之。以稱朕意。」第三策專問董仲舒：「今子大夫明於陰陽所以造化，習於先聖之道業，然而文采未極，豈惑乎當世之務哉？條貫靡竟，統紀未終，意朕之不明與？聽若眩與？夫三王之教所祖不同，而皆有失，或謂久而不易者道也，意豈異哉？今子大夫既已著大道之極，陳治亂之端矣，其悉之究之，孰之復之。」

道，並建議：「諸不在六藝之科孔子之術者，皆絕其道，勿使並進」。從此之後，民間私學所培養的賢良文學不再諸學雜用，而純爲儒家五經之學。

元光五年再次被舉薦爲賢良文學的公孫弘，以對策高第爲博士。公孫弘因此建議漢武帝以通經來選拔郎中、文學掌故以及郡吏。自此以後，西漢的公卿大夫士吏彬彬多文學之士。朝野上下甚至出現了非經學之士不能爲三公的普遍共識。以經學開仕途，使儒業如夏侯勝所言「經術苟明，其取青紫如俯拾地芥耳」〔註 29〕，而鄒魯文學之地竟有「遺子黃金滿籯，不如一經」〔註 30〕的諺語流傳。

西漢亦自漢武帝開始議立明堂、制禮服、草封禪、改曆制、封周後諸典儀。這些典儀都以夏商周三代先王的規模、禮義爲依據，屬於儒家的專門之學，非精通古學則不容置喙。因此漢武帝初年與王臧、趙綰議立明堂時，唯恐有失，特安車禮聘二人的本師——傳授《魯詩》和《穀梁春秋》的申公來顧問明堂之事。後來武帝與諸儒議封禪之儀，眾學紛紜，莫衷一是。兒寬不得不勸武帝自行抉擇，故武帝前往泰山行封禪禮沒有攜帶諸儒襄助觀禮。朝廷典儀亦從此成爲孔門文學的專擅，歷各朝各代嬗變而不衰。

儒學以文德教化爲治國大義，與刑律苛於條文不同。然而從漢武帝、張湯、董仲舒諸人始，孔門文學的經世致用性亦開始向刑名律法滲透：

其一，以儒學緣飾治術。律法刑獄中加入儒家「文學」之文辭大義，在張湯掌刑期間尚爲文飾。其刑獄「文學」〔註 31〕，一則以順武帝慕古之喜好，二則文飾刑獄便於馳騁私意〔註 32〕。張湯治獄以峻刻爲本，「及治淮南、衡山、江都反獄，皆窮根本」，與儒家顧念親情相距甚遠〔註 33〕。所以張湯的「文學」之飾沒有得到世人的認可。

〔註 29〕《漢書》，2363 頁。

〔註 30〕《漢書》，2325 頁。

〔註 31〕「是時上方鄉文學，湯決大獄，欲傅古義，乃請博士弟子治尚書、春秋補廷尉史，亭疑法。」

〔註 32〕《史記．酷吏列傳》2384 頁：「所治即上意所欲罪，予監史深禍者；即上意所欲釋，與監史輕平者。」

〔註 33〕《史記．梁孝王世家》褚先生補袁盎被刺之事。刺客實梁孝王指使，然其爲太后愛子，「太后不食，日夜泣不止。景帝甚憂之，問公卿大臣，大臣以爲遣經術吏往治之，乃可解。於是遣田叔、呂季主往治之。此二人皆通經術，知大禮。來還，至霸昌廄，取火悉燒梁之反辭，但空手來對景帝。」若張湯治其獄，梁孝王必不免矣。

當時即有汲黯的非難〔註 34〕：刀筆吏專深文巧詆，陷人於罪，使不得反其眞，以勝爲功。〔註 35〕司馬遷更是將張湯列入《酷吏》，然稱其「雖慘酷，斯稱其位矣」〔註 36〕，與暴挫妄殺無足數者有別。

其二，經義決獄。自董仲舒作《春秋決獄》二百三十二事〔註 37〕，儒家義理開始作爲法理依據滲入律法刑名。司馬遷言「《春秋》，辯是非，故長於治人」。而班固《漢書・刑法志》以文德統刑獄，認爲文德是帝王的利器，威武是文德的輔助，把經學義理置於律法條文之上，後世設置律博士便以此爲依據。

孔門文學滲透於律法刑名，一方面增加了儒學經世致用的效果，使儒學義理深入人心，影響更加普遍；另一方面對西漢刑獄中乖逆人情之處有所匡正。儒家對刑罰的痛苦普遍有仁愛不忍之心，在量刑上趨向於節制，如歷朝學者對恢復肉刑的堅決反對以及對死刑的季節限制。

儒家五經之學通過立爲官學博士，成爲州郡選舉的標準、拔用官吏的依據、朝廷大典的基礎、律法刑名的義理，被西漢朝野上下完全接受，從而形成整個社會認同的獨尊儒術的文學觀念。

第二節　獨尊儒術文學觀念話語體系中的文學生長力

對於西漢中葉之後，社會政治生活全面儒家意識形態化，從而形成獨尊儒術的文學觀念的這段歷史文化，建國後雖曾經以批判封建專制主義的單一角度，予以了相應的評述。但是我們在二十一世紀文化與生活的新語境下，還要重新面對文學與歷史的複雜關係。

盧卡奇在《歷史與階級意識》中曾指出美學的遮蔽性：如果人只有在他遊戲的時候，才是完整的人，只有在美學形式中才能獲得意義和價值，那麼這種觀念便「使美學原則遠遠超出了美學的範圍」〔註 38〕，從而覆蓋住人生

〔註 34〕《史記・汲鄭列傳》2363 頁：張湯方以更定律令爲廷尉，黯數質責湯於上前，曰：「公爲正卿，上不能先帝之功業，下不能抑天下之邪心，安國富民，使囹圄空虛，二者無一焉。非苦就行，放析就功，何乃取高皇帝約束紛更之爲？公以此無種矣。」黯時與湯論議，湯辯常在文深小苛，黯伉厲守高不能屈，忿發罵曰：「天下謂刀筆吏不可以爲公卿，果然。必湯也，令天下重足而立，側目而視矣！」

〔註 35〕《史記・汲鄭列傳》，2363 頁。

〔註 36〕《史記・酷吏列傳》，2394 頁。

〔註 37〕《後漢書》，1088 頁，應劭奏漢獻帝。

〔註 38〕盧卡奇，《歷史與階級意識》，商務印書館，1996 年版，214 頁。

眞實的問題，把主體變爲純審美直觀的，並一筆勾銷人的實踐行爲。

所以，無論是廣義文學界定還是狹義文學界定，都不可能完全停留在審美的語言文辭層面。從新歷史主義文化詩學的視角看，必須「不斷返回個人經驗與特殊環境中去」，回到歷史語境中個體與群體所達成的「同一心境」層面，以「通向更寬大的文化模式」。這種回歸無疑會破壞我們曾經清晰明確的文學歷史意義判斷。但格林布萊特強調「我不會在這種混雜多義性前後退，它們是全新研究方法的代價，甚至也許是其優點所在」〔註39〕。

儒學文化從西漢中葉開始形成社會意識形態，將整個社會的思想、觀念納入其由五經典籍爲基礎構成話語系統中。這種意識形態話語系統具有自己的特殊性，與秦始皇時期以武力權威對整個社會話語系統進行控制，使文學學術順從其意志，並被利用來化解和消泯社會中變異性反抗力量，使全社會整合在同一軌道上的情形完全不同。

在儒家文化氛圍中，儒士既接受了皇權提供的身份地位——賢良文學或公卿博士，又同時生產出新的主體地位——守道之士，從而培育了一種前現代的群體性知識言論權，使士人獲得群體意義上的精神獨立品格。這種群體性知識言論權首先表現在學術的自由辯論之風上，其次拓展出士人在政治領域依經立義、直言極諫的精神獨立品格。士人文化上獨立的精神品格是西漢中葉之後，獨尊儒術文學觀念話語體系下，文學生長力的核心以及原動力。

一、獨尊儒術文學觀念下的學術自由辯論之風

建元元年（西元前140年）丞相衛綰曾上書漢武帝，建議在賢良文學的舉薦中斥退申商韓非、蘇秦張儀之術。但當時朝廷韓安國諸人皆習申商，並不在斥退範圍內。劉松來先生在《兩漢經學與中國文學》中曾指出「漢武帝統治期間雖然尊崇儒學，實現了政治指導思想的轉換，但從未有過『獨尊儒術』之舉。相反，漢武帝時代的許多著名思想家和政治家都是雜學之士」〔註40〕。元光元年（西元前134年）董仲舒建議武帝勿進不在六藝之科孔子之術的百家之學。然其措施不過絕其仕途，官學不納而已，並不禁止民間私門傳授。主父偃習縱橫長短術爲齊諸儒排擯，仍以其才能爲漢武帝賞識。漢世所謂罷黜百家、表彰六經，與秦始皇焚書坑儒、以吏爲師截然不同。漢代獨尊儒術的舉措，

〔註39〕王岳川，《二十世紀西方哲性詩學》，北京大學出版社，461頁。
〔註40〕劉松來，《兩漢經學與中國文學》，百花洲文藝出版社，2001年版，185頁。

最顯明的是朝廷以經學取士。這與儒學在漢初民間私門講授漸盛、培養人才眾多有直接關聯。漢初朝廷所守黃老之術雖缺乏學問，但給戰國諸子之學在漢初民間的自由傳授和彼此競爭創造了空間。孔門文學在漢初諸學雜稱的狀況下脫穎而出，是其獲得獨尊地位的根源。

然而西漢所尊的五經之學也遠非定於一說。西漢官學十四博士《易》分四家、《書》分三家、《詩》立三家、《禮》立二家、《春秋》分三家（後漢宣帝補立《穀梁》博士）。因此漢哀帝時劉歆移書太常博士，責讓曰：「往者博士《書》有歐陽，《春秋》公羊，《易》則施、孟，然孝宣皇帝猶復廣立《穀梁春秋》，《梁丘易》，《大小夏侯尚書》，義雖相反，猶並置之」〔註 41〕。

劉歆之責可見當時朝野對諸家學說相容並包的態度。清代皮錫瑞質疑五經之學何須立十四博士，且諸家多同源所出，如《易》本田何、《書》本伏生。事實上，諸家博士雖有同源師承，但更有轉益多師的現象，以及個人經學闡釋傾向的不同，比如大小夏侯一重義理、一重章句。

西漢中葉將十四博士並立爲官學，尊重了各家學派獨立成說的意願，從而體現了學術的自主性。甘露三年（西元前 51）漢宣帝召諸儒博士在石渠閣討論五經異同〔註 42〕，雖然宣帝親臨稱旨決斷，最終的結果不過是增立《穀梁春秋》博士，於其他各家學說並沒有制約〔註 43〕。五經的異同，仍然取決於諸儒的自由辯論。在石渠閣會議上，周堪便以學問精湛、辯論精彩得到普遍讚譽。

五經之學的自由辯論之風，既來自孔門文學對先王典籍的開放性闡釋，又沿襲了戰國稷下學士議論辯駁的傳統，因此西漢朝野屢有學術爭辯。

漢初轅固生與黃生爭論湯武革命之義於景帝前，景帝不能決斷，竟下令禁止討論湯武革命之說。理義本是愈辯愈明，漢景帝尚申商刑名，故有法家獨斷之風。另外景帝的禁議，亦源自漢初實用主義原則對經驗背後的義理不甚關心的態度，即所謂不相信眞理的人會拒絕公開討論，甚至企圖禁止它。

〔註 41〕《漢書》，1530 頁。

〔註 42〕《漢書》所載與議石渠閣者爲：《易》施讎、梁丘臨；《尚書》歐陽地餘、林尊、周堪、張山拊、假倉；《魯詩》張長安、薛廣德、韋玄成；《齊詩》蕭望之；《禮》戴聖；《穀梁》劉向。《韓詩》、《公羊》未載其人。

〔註 43〕《漢書·藝文志》六藝尚書類錄「議奏四十二篇。宣帝時石渠論」；禮類「議奏三十八篇。石渠」；春秋類「議奏三十九篇。石渠論」；論語類「議奏十八篇。石渠論」；孝經類「五經雜議十八篇。石渠論」。其文佚失，只餘注疏中的隻言片語，故不知議論詳情。

到漢武帝慕儒時期，韓嬰與董仲舒在武帝面前爭辯學術。因爲韓嬰精悍分明，連博學善論的董仲舒也辯難他不過〔註 44〕，所以《韓詩》雖與《魯詩》、《齊詩》旨歸相同，亦能自立成學。傳《穀梁春秋》的江公也與董仲舒在武帝面前爭議二傳的短長。但江公不如韓嬰口齒捷給，不善於詞辯。在辯論中，江公頗爲劣勢，難以達到董仲舒發揮《公羊春秋》之義的酣暢淋漓，因此武帝時《穀梁》未能立於學官。但《穀梁春秋》在民間私人講學中的流傳沒有中斷。其後傳至榮廣。此人有敏捷高才，與董仲舒的再傳弟子——公羊大師眭孟辯論，數次讓眭孟理屈詞窮。當時後生多因此選擇學習《穀梁春秋》。可見西漢儒家諸學的興衰與爭議辯難的是否得理相關。

然而學問、義理的自由辯論不應屈於權勢。漢元帝時五鹿充宗與石顯結黨貴倖。五鹿充宗受學於弘成子〔註 45〕，傳《梁丘易》。因此元帝令五鹿充宗與傳《易》的其他學者辯論短長。由於五鹿充宗地位顯赫，而且能言善辯，諸儒往往受其折辱，所以稱病不敢與之辯論。以亢直著稱的名儒朱雲憤然前往，慷慨陳詞，接連挫敗五鹿充宗。諸儒誇讚之語「五鹿嶽嶽，朱雲折其角」〔註 46〕廣傳世間。朱雲也因辯論中表現出的經術通明而拜爲博士。

即使同門，學問義理也需自由辯駁。傳董仲舒《公羊春秋》的眭孟有弟子百餘人。其中嚴彭祖與顏安樂學問最高，但彼此常質問疑義，各持所見。眭孟欣喜地說：「《春秋》之意，在二子矣」。可見同門之內亦宣導各抒己見。父子之間也是如此。劉向善《穀梁春秋》，其子劉歆好《左氏春秋》。劉歆欲立《左氏春秋》爲博士之學，不僅與朝廷諸博士齟齬不休，此前還數次向其父問難，質疑到劉向無法辯駁的程度。不過劉向雖然詞窮於其子，但仍然堅持自己素日所習的《穀梁春秋》之義。同時劉向也沒有以父權壓制劉歆，任其自從所好。

西漢中葉獨尊儒術文學觀念的形成，改變了漢初諸學雜稱的社會思想散漫狀態，建立了相對統一的思想體系來規範人們的言行，是中國漫長的前現代歷史時期文化核心觀念的奠基。自思想的現代性而言，漢代獨尊儒術的文學觀念無疑有束縛思想的一面。然而彼此歷史語境的不同，使得各自的歷史作用也各

〔註 44〕「論於上前，其人，仲舒不能難也」。

〔註 45〕據《西京雜記》「弘成子少時，好學，嘗有人過門授一文石，大如燕卵。吞之遂明悟，而更聰敏，爲天下通儒。又五鹿充宗受學成子，成子一日病，乃吐此石。充宗受而吞之，又爲名儒。」

〔註 46〕《漢書》，2195 頁。

有千秋。西漢獨尊儒術的文學觀念不是朝廷制定頒行的，而是西漢初年諸學並進、學說影響力相互競爭的結果。儒生群與朝廷的合作以認可、尊重其學術道統爲前提，在先師的學術道統內，學者們發揮孔門對先王典籍的開放性闡釋，並承繼戰國諸子時期自由辯論之風，對各自所學自由辯難。而且自西漢以來，儒家學術道統相對獨立於歷代政權。學者們對儒家學術道統內五經之學的各自闡釋、自由辯論，有助於形成有學之士在義理上獨立的品格。

然而，對於西漢儒學在性質上，究竟是回歸上古王官之學的政教內屬，還是堅守春秋末年以來孔門私人講授的道統獨立品格，當時和後世都有一些錯位的理解。班固承襲劉歆《七略》的《漢書・藝文志》將諸子九流十家皆歸於王官之流。在中國上古的學術創生過程中，確實是以王官之學爲中心。然而自春秋末年王官之學失守之後，諸子百家各自講學。儒學在其中實際上創造出了自己獨立的學術道統。自西漢中葉官學立十四博士之後，由於儒生在理想層面對上古聖賢的王官文化的欽羡，往往將實際存在於民間的私人講學的散漫狀態，包裹出一種復古的色彩。這是漢代對儒學是否官方性質的錯位反應。而今世依據儒學與朝廷密切合作的關係，亦對儒學獨立的文化道統視而不見，延續了這種儒學爲官學的錯位定性。

事實上，儒家學術道統的獨立性和傳授的民間私人化，爲漢代士人打開了具有華夏文化自身特點的文學空間。從儒學打開的文學之門，給文學的生長提供了一片眞正的土壤。雖然在這初始階段，我們感興趣的藝術氣息還有些淡薄，就像一棵樹苗自然不如參天大樹那般枝葉繁茂，但卻潛存著枝葉遠揚、花實累累的未來。

二、獨尊儒術文學觀念下士人表現出依經立義、直言極諫的精神獨立品格

儒家文化的話語體系是兩漢士人核心的活動領域。日漸繁盛的經學學術傳授和自由辯論給予士人明斷是非的能力。而眞正的明斷往往意味著要採取立場。西漢憑藉教化權與皇權合作的儒生，得到了參與國家政治事務的途徑。其人以依經立義、直言極諫精神，向世人展示了皇權統治時期難能可貴的獨立品格，並對當時不得不如此的皇權之制確有一定的匡正作用。

1、士人直諫的依經立義

漢代儒生堅守學與道的立場和身份，與王官僚屬有所不同。儒生所依據

的經典源自儒家相對獨立的學術道統，受學於自主闡釋其義的經師，相對於上古的王官僚屬，有普世價值標準與王朝所定規範的巨大區別。

劉徹幼子漢昭帝元鳳年間，霍光執政。董仲舒再傳弟子眭孟據其學《公羊春秋》之意，解釋當時泰山、萊蕪山、昌邑國、上林苑諸多異狀，上書曰「先師董仲舒有言，雖有繼體守文之君，不害聖人之受命。漢家堯後，有傳國之運。漢帝宜誰差天下，求索賢人，禪以帝位，而退自封百里，如殷、周二王後，以承順天命」〔註 47〕，要求朝廷接受災異天命的遺告，退位禪讓，以實現儒家賢人政治的理想。

陰陽災異之說今日看來雖荒誕不經，但漢儒據此制約皇權，亦有可取之處。眭孟之說持天命民心轉移的革命禪讓大義，抗然上達於權力的中心，至今令人驚佩其不負所學的君子之勇。此前漢景帝曾禁止轅固生與黃生繼續討論湯武革命的大義，至眭孟漢帝禪位之說，可謂完全突破景帝的禁令。然而武帝、昭帝之時，孔門文學雖全面興起，但士人公議的整體力量尚未達到能與皇權抗衡的狀態。無學的霍光以妖言惑眾、大逆不道的罪名誅殺了眭孟。

後五年，漢宣帝以衛太子之孫起自民間，意外地印證了眭孟之言。漢宣帝以徵眭孟之子爲郎的恩澤，事實上爲眭孟恢復了名譽，亦使五經之義更多地爲皇權貴勢所敬仰。眭孟的弟子嚴彭祖爲宣帝《公羊春秋》博士，不遊權門，言「凡通經術，固當修行先王之道，何可委曲從俗，苟求富貴乎」，因此亦不至宰相，可謂保持了其師廉直不屈於權貴的志向。

漢昭帝時還有一次大型的儒生抗議：賢良文學與公卿大臣的鹽鐵之爭。鹽鐵之議因昭帝始元六年，詔有司問郡國所舉賢良文學民間疾苦而起。各地賢良、文學們據儒家六藝，爲民生抗議，不畏丞相大夫之勢，至今令人慨然。幸桓寬推衍鹽鐵之議，著論成章，流傳至今。

2、士人直諫的不懼權貴

儒臣學士們的直言極諫貫穿著西漢諸朝。王吉、龔遂皆面刺昌邑王不好書術而樂逸遊之過，使昌邑王掩耳起走〔註 48〕。昭帝、宣帝時權傾朝野之霍光，亦有魏相、張敞以《春秋》譏世卿之義劾奏。

西漢中葉的儒臣對帝王的直諫，甚少婉轉溫和、主文譎諫之態，其言多刺目譏心。薛廣德曾上書漢宣帝曰：「竊見關東困極，人民流離。陛下日撞亡

〔註 47〕《漢書》，2359 頁。
〔註 48〕《漢書》，2696 頁。

秦之鐘，聽鄭、衛之樂，臣誠悼之。今士卒暴露，從官勞倦，願陛下亟反宮，思與百姓同憂樂，天下幸甚」〔註 49〕。漢初以來，自高祖劉邦諸帝以及各地諸侯王皆喜娛情的歌樂，故漢家多歌詩。宣帝特好之，頗作歌詩，聞薛廣德危亡之言，即日還宮。

漢成帝多近幸小臣，趙飛燕諸寵起自伎樂。張輔上書直諫：「今乃觸情縱慾，傾於卑賤之女，欲以母天下，不畏于天，不愧于人，惑莫大焉」〔註 50〕。成帝震怒，將張輔繫於掖庭秘獄，爲辛慶吉、師丹、谷永申訴所救。

3、士人直諫中剛烈不屈的精神

漢宣帝用刑法，多任中尙書宦官石顯、弘恭諸人，令儒臣不齒。蓋寬饒直刺宣帝「以刑餘爲周召，以法律爲詩書」，又引《韓氏易傳》言：「五帝官天下，三王家天下，家以傳子，官以傳賢，若四時之運，功成者去，不得其人則不居其位」〔註 51〕。宣帝以其怨謗下獄。蓋寬饒引配刀自剄北闕下，使朝野之士感於其烈。

漢哀帝溺於董賢，超拔爲三公，恩賜無度，令匈奴單于訝異漢大司馬如此年少。鮑宣爲之哀民生之多艱，上書諫哀帝：言民有水旱、租稅、貪吏、豪強、徭役、官捕、盜賊七亡，及酷吏毆殺、治獄深刻、冤陷亡辜、盜賊橫發、怨讎相殘、歲惡飢餓、時氣疾疫七死，而幸臣董賢諸人居尊官，食重祿，世俗皆知是以不智者爲能，「豈有肯加惻隱於細民，助陛下流教化者邪？志但在營私家，稱賓客，爲奸利而已。以苟容曲從爲賢。以拱默尸祿爲智，謂如臣宣等爲愚」。勸哀帝「覽《五經》之文，原聖人之至意，深思天地之戒」，「不者，海內之所仇，未有得久安者也」〔註 52〕。其剛直之言，千古之下，讀之尚令人拍案稱快。哀帝以鮑宣名儒而優容，故鮑宣得以不像蓋寬饒之因言烈死。

漢哀帝的丞相王嘉則依據事義，屢次拒絕執行對董賢的封賞。哀帝先欲借宋弘告東平王謀反之事，攀扯爲董賢的功勞，以封董賢爲侯。丞相王嘉拒斥，言董賢如果眞有揭發謀反的功勞，請「暴賢等本奏語言，延問公卿、大夫、博士、議郎，考合古今，明正其義，然後乃加爵土；不然，恐大失眾心，海內引領而議」。面對王嘉的耿直之言，哀帝只好作罷。後來傅太后薨，哀帝

〔註 49〕《漢書》，2285 頁。
〔註 50〕《漢書》，2427 頁。
〔註 51〕《漢書》，2424 頁。
〔註 52〕《漢書》，2316 頁。

想假託傅太后遺詔來加封董賢。這次丞相王嘉直接封還其詔書，奏董賢「佞倖之臣，陛下傾爵位以貴之，憚貨財以富之」，而「財皆民力所為」，故「謹封上詔書，不敢露見，非愛死而不自法，恐天下聞之」〔註 53〕。哀帝大怒，下王嘉獄，欲其飲藥自殺。王嘉憤然言「丞相幸得備位三公，奉職負國，當伏刑都市以示萬眾」，終「繫獄二十餘日，不食歐血而死」。

如以上直言極諫之例，在昭宣元成哀諸朝，可謂舉不勝舉。若無整個社會獨尊儒術文學觀念下孔門文學所傳文德之義，儒臣學士們很難有如此驚人的自信和勇氣。文學之士的獨立人格從議論篇章經籍學術之義，擴展到上書申張國政民生之要，其志向精神乃一脈相承。

而且儒生們的學術議論和直言極諫在西漢中葉逐漸形成了具有實際力量的士林公議。眭孟之誅，學人必有歎息；蓋寬饒自刎於北闕之下，眾人憐惜不已；後鮑宣下獄，博士弟子王咸舉幡太學下，曰:「欲救鮑司隸者會此下」。諸生參與者千餘人。王咸諸生攔住上朝途中的丞相孔光申訴，令丞相車不得行，又守闕上書哀帝，「上遂抵宣罪減死一等」，使鮑宣得以不死，流放上黨。

與孔門文學自主傳習的本質相通，西漢中葉之後形成的士林公議，即士人自主評議以達成共識，影響朝政和世風，亦是獨尊儒術文學觀念的社會作用和價值所在。

三、獨尊儒術文學觀念下文章之藝的發展

西漢獨尊儒術的文學觀念給士人提供了儒家話語系統，能夠以儒學的話語方式來行文言說，發展文章之藝。然而在狹義界定下的審美文學觀念研究者對「以儒術為正統的官方公開思想和統一的社會意識形態」，頗有「以朝廷的意志牢籠個人主觀世界」批評，並認為儒家意識形態使「戰國以來思想活躍、義理雜出的士階層，終於衍變為一個以經術為正統價值和仕進憑藉的士大夫階層」〔註 54〕。

從研究古代純文學觀念演進的角度看，向儒家意識形態和話語系統之外發掘純文學的進展確實更富成效。然而從新歷史主義文化詩學的視角來看，「文學的性質是由它所處的那個歷史語境指認的，人們沒有理由將後繼的種種歷史文化演變視為是對文學本質的干擾；相反，這恰恰構成了文學的豐富

〔註 53〕《漢書》，2597 頁。
〔註 54〕于迎春，《漢代文人與文學觀念的演進》，東方出版社，1997 年版，55 頁。

性」〔註 55〕。因此有必要同樣在儒家意識形態和話語系統之內去尋找文學觀念向前發展的動因。

伊格爾頓在《意識形態導論》中對我們過去常用的意識形態判斷予以了補充。我們所認爲的意識形態通常指統治權力通過提倡與其相適合的信仰與價值觀來合法化自身，而且自然化並普遍化此類的信仰，使之不證自明，必不可少，形成符號學角度上的一種封閉話語。然而伊格爾頓認爲這種過於清晰化的理解存在缺憾：「它遺失了意識形態情感的、潛意識的、神話的或象徵的層面」〔註 56〕。

同樣，拒斥儒家意識形態和話語系統，也會遺漏文學和文學觀念發展的重要因素：儒家文化構築了士人的群體性心靈，使得個體心靈的自我表現也從中生長起來，並將其表現在文章之中。

當然西漢文章的興起，的確不完全是審美意識的推動，更多由現實事務的需要所引發。因此在此階段，若從狹義界定下的純文學視角來審視其時文章的藝術價值，難免有所失望。但從廣義界定下的文學觀念來看，則可以觀察到西漢漸趨廣泛的重文之風。

首先，西漢重文之風與漢廷從馬上打天下，轉入文治天下，不得不以書疏治事的必然需要有關。漢初，蕭何次律令，制定了以識字能文爲吏的法令〔註 57〕。可見漢初統治者已經知道治國必須借助文字篇章來理事。其文字篇章的淺層次爲文書律法，即蒙恬所典「文學」或漢人所說計籍文法。

文治的深層次，是人們對治國大道的交流、議論，也依靠篇章的闡發。自漢初，帝王公卿大臣對於朝廷重大事件的詔奏議論，往往融治國之道與具體文書律法爲一篇。漢文帝時賈誼上疏請封建子弟，認爲人主的道德行爲標準和普通布衣不同，以治國安邦爲道義原則，舉漢高祖劉邦眾建同姓諸侯之法爲例，勸文帝加封梁王、淮陽王，以抗衡齊趙吳楚等諸侯。晁錯上書言安置徙民之法，以樂民安居爲道，引商鞅保甲之制爲措。

自漢武帝嚮慕孔門文學所傳先王之道開始，詔書奏議典雅有文，竟使公孫

〔註 55〕南帆，《文學理論新讀本》，浙江文藝出版社 2002 年版，107 頁。

〔註 56〕伊格爾頓，《意識形態導論：結語》，宋偉傑譯。

〔註 57〕《漢書・藝文志》1363 頁「太史試學童，能諷書九千字以上，乃得爲史。又以六體試之，課最者以爲尚書、御史、史書令史。吏民上書，字或不正，輒舉劾」。

弘憂廬下吏無學恐不通文書——「小吏淺聞，弗能究宣，亡以明布諭下」〔註 58〕。

而起初漢武帝本人對於重視篇章、據文識才與漢初黃老以質樸厚重爲尙的文質之辯亦有疑慮。故策問董仲舒「或曰良玉不瑑，又曰非文無以輔德，二端異焉」。建元元年申公曾對武帝言「爲治者不在多言，顧力行何如耳」，武帝默然不語，其慮必已存心中。董仲舒爲之解惑：「臣聞良玉不瑑，資質潤美，不待刻瑑，此亡異於達巷黨人不學而自知也。然則常玉不瑑，不成文章；君子不學，不成其德」，質樸之善雖存於世而不多見，以文通學、達成美德乃世之常道。此二人問答所指雖泛言禮制，篇章的文質亦包含其中。因此重視文辭篇章是西漢文治的必然趨勢。

其次，漢初以來孔門文學的傳承由口耳相授轉爲篇章釋經。諸儒學問之中漸涵文章之藝，也推動了整個社會的重文之風。漢時寫定的《公羊傳》、《穀梁傳》康熙謂之「公、穀文短調，間用長句，亦復逶迤有致」〔註 59〕；河間獻王博士之《毛詩序》篇章從容、娓娓道來，梁時入編《昭明文選》〔註 60〕；韓嬰《韓詩外傳》「文辭清婉，有先秦風」〔註 61〕；董仲舒《春秋繁露》「至觀其論大道，深奧宏博，又知於諸經之義無所不貫」〔註 62〕，故令武帝深好之。諸儒釋經篇章皆本經立義，亦文有可採，而且西漢中葉及其後獨尊儒術的文學觀念，令儒家的文章之藝成爲西漢行文篇章的楷模。

受儒學經術中文辭之藝的影響，西漢中葉及其後的朝廷詔策奏章與漢初君臣號令質樸的面貌截然不同。漢武帝封其子燕、齊、廣陵三王的策文因文辭爛然，爲《魯詩》博士褚少孫所欣羡，故補於《史記・三王世家》中。讀其策文，大致用《康誥》簡古的文體，且雜以《大禹謨》、《仲虺之誥》中古雅的文辭。武帝以《尙書》體的莊重向其三子表達了類似周成王對康叔的誥命。依據三子不同的情況，分別勸誡齊王勿「凶於而國」、誡燕王「毋乃廢備」、誡廣陵王「毋侗好佚」，因此班固稱讚武帝「號令文章，煥焉可述」。

董仲舒上書漢武帝言關中種麥及行惠民之政，其文章既有《春秋》重麥禾之義，又本之人情，娓娓道來，舉貧富形象之差異來說服武帝限制豪強：

〔註 58〕《漢書・儒林傳》，2666 頁。

〔註 59〕康熙選，徐乾學等編注，《古文淵鑒》，吉林人民出版社，1998 年版，114 頁。

〔註 60〕《昭明文選》題爲子夏著。

〔註 61〕晁公武，《郡齋讀書志》。

〔註 62〕劉熙載，《藝概》。

「富者田連阡陌，貧者無立錐之地」，將貧民的困苦無奈以儒家仁政之心頗有感觸地表現出來：「常衣牛馬之衣，而食犬彘之食。重以貪暴之吏，刑戮妄加」〔註 63〕，使儒家之義不僅見於學理，還昭彰於文辭之中。

漢武帝在惠及民生方面雖然頗受詬病，曾被夏侯勝斥爲「亡德澤於民」，但董仲舒爲民請願之文對武帝還是有相當的影響。後來武帝駁回輪臺之戍，以免擾勞天下，封其丞相爲富民侯，思富養民，被班固稱之爲仁聖之悔，便可見董仲舒儒家文章的長遠影響，令雄才大略的漢武帝也不得不承認「曩者，朕之不明」〔註 64〕。

「文學高第」路溫舒勸諫漢宣帝尚德緩刑的奏議，亦本《春秋》大一統而愼始之義，且以《尚書》「與其殺不辜，寧失不經」之義，刺當時「殘賊而亡極」的治獄之失。路溫舒曾爲獄吏，通曉刑訊逼供、深文周納的治獄黑幕。爲說服漢宣帝省法制、寬刑罰，其奏書「辭順而意篤」，既在表達上能以辭達意，又能據理直言，不爲隱晦。形容受刑者的痛楚則排比：「死人之血流離於市，被刑之徒比肩而立」，直斥獄吏的用心則深究獄吏「以刻爲明」，「皆欲人死」的原因在於「平者多後患」，「自安之道在人之死」，把苛刻的治獄之道分析表達得無比清晰，令宣帝無可迴避其多任文法吏、以刑名繩下所造成的弊害。此奏亦成爲經典名文。就像在董仲舒奏書中見到其人寬厚的同情憐憫之心一樣，在《尚德緩刑奏》中，也可以直接感受到路溫舒的憫傷情懷。這些情感和後世吟詠山水、陶然自得之情在人的心靈深處中並無區別，都是人們心靈眞實的自我表現。

此外，班固《漢書・藝文志》諸子略中儒家類中所錄西漢中葉的篇章亦是儒家文章之藝的典型體現：

> 「《董仲舒》百二十三篇。《兒寬》九篇。《公孫弘》十篇。《終軍》八篇。《吾丘壽王》六篇。《虞丘說》一篇。難孫卿也。《莊助》四篇。《臣彭》四篇。《鉤盾冗從李步昌》八篇。宣帝時數言事。《儒家言》十八篇。不知作者。桓寬《鹽鐵論》六十篇。劉向所序六十七篇。《新序》、《說苑》、《世說》、《列女傳頌圖》也。揚雄所序三十八篇。《太玄》十九，《法言》十三，《樂》四，《箴》二。」〔註 65〕

〔註 63〕《漢書》，957 頁。
〔註 64〕《漢書》，2883 頁。
〔註 65〕《漢書》，1367 頁。

這些篇章在狹義界定下，一般不被視爲文學文本，或者只取其較有藝術性的一面來分析，忽略其整體價值。然而從文化詩學的廣義界定來看，這些文本是西漢儒家思想心志的文辭表達，亦屬文學涵義之內。比如劉向的《新序》、《說苑》，宋代高似孫曾贊其「先秦古書甫脫燼劫，一入向筆，採擷不遺。至其正紀綱、迪教化、辨邪正，以爲漢規監者，盡在此書，茲《說苑》、《新序》之旨也。」〔註 66〕，可見儒家文章之藝以宗旨爲先。但亦有動人之處，曾國藩稱劉向的文章「宅心平實，指事確鑿，皆本忠愛二字，彌綸周浹而出」〔註 67〕，即指其宗旨雅正而行文平實的文字感召力。大概因此《新序》、《說苑》皆流傳至今。

而揚雄的著作則傾向艱深簡奧。《太玄》晦澀難懂，語錄體的《法言》也頗需琢磨。因此譚獻說揚雄的《法言》「特太簡處，遂覺突兀」，然而也因此有一種特別的風味。例如「或問文，曰訓；或問武，曰克。未達。曰：事得其序之謂訓，勝己之私之謂克」〔註 68〕，揚雄簡略的回答使問者不解，於是又解釋回答的含義，令人恍然大悟。這是揚雄在儒家學術義理基礎上詩性智慧的發揮，亦即在理性層面的理解中還必須摻入感性層面的直接體會。像揚雄描述「虞、夏之《書》渾渾爾，《商書》灝灝爾，《周書》噩噩爾」。即使有訓解，讀者也必須在整體上直接感受《尚書》中渾然或浩瀚的況味，否則是訓不甚訓的。當然劉咸炘先生從經學角度看，認爲這種詩性化的闡發，「罕所發明，徒爲品藻」，「故子雲者，實儒之衰而文儒之祖也」〔註 69〕。

因此從廣義界定的文學觀念來看，儒家的文章具有更加豐富的文化內涵和多姿多彩的文辭表達，所以儒家文章之藝本身也是文學發展的推動力。

再次，戰國縱橫游說之術在西漢獨尊儒術的文學觀念影響下，也不得不在義理取向上與孔門文學融合，在表達形式上由巧言短長折入辭賦文章，從而融入以五經之學爲根基的西漢重文之風中。

漢武帝建元元年所拔賢良嚴助既善義理之辯〔註 70〕，又擅撰文章。武帝遇有奇異之事，便使嚴助爲文，如此所作賦頌亦有數十篇」。《漢書・藝文志》

〔註 66〕宋・高似孫，《史略・子略》，遼寧教育出版社，1998 年版，63 頁。

〔註 67〕《曾國藩全集・詩文卷・鳴原堂論文》，嶽麓書社，498 頁。

〔註 68〕《法言・問神卷第五》。

〔註 69〕劉咸炘，《劉咸炘學術論文・子學編下》，廣西師範大學出版社，2010 年版，427 頁。

〔註 70〕「上令助等與大臣辯論，中外相應以義理之文，大臣數詘」。

載「嚴助賦三十五篇」，其文則入諸子儒家類「莊助四篇」。儒家義理與辭賦文章自漢武帝時起，漸合爲一體。漢武帝所重文辭，實爲縱貫義理的辭采篇章。當時獨擅辭賦，不本經立義者，亦不受重視。自行上書應賢良之舉的東方朔，口齒伶俐、善爲文章。其《答客難》、《非有先生論》，班固亦以爲善。東方朔也曾勸諫武帝修建上林苑之事，勸武帝勿爲昭平君枉法、斥退董偃等。然因其「不根持論」〔註71〕，和「上書陳農戰強國之計」，「其言專商鞅、韓非之語」——揚雄譏其「言不純師，行不純德」，竟至爲漢武帝以俳優畜之。心高氣傲的東方朔不得不與侏儒、幸倡爲伍，未能獲漢武帝的任用。

當然漢武帝本人也受恣肆的縱橫之氣折入辭賦的影響。其元封五年的《求賢詔》「蓋有非常之功，必待非常之人」〔註72〕，以超逸之姿爲後人所樂道。在元光元年《賢良詔》中漢武帝策問堯舜聖王之道，其詔書亦有鋪排之藝：「周之成康，刑錯不用，德及鳥獸，教通四海，海外肅慎，北發渠搜，氐羌徠服」，以及比興之言：「夙興以求，夜寐以思，若涉淵水，未知所濟」〔註73〕。本於經學的篇章加入縱橫之氣，辭采橫溢，更爲世人所重。後蕭統《昭明文選》所錄詔書，惟武帝此二篇而已，以見其文采之不可磨滅。

由於漢武帝欣賞將儒家義理與縱橫鋪排相融的文辭，隨淮南王謀反的辯士伍被因曾以儒家正言勸諫劉安〔註74〕，且「雅辭多引漢美」，竟爲持刑苛酷的武帝所惋惜，想留其性命。

西漢「蔚爲辭宗，賦頌之首」的司馬相如在其辭賦中，也自主地融入了儒家義理。《子虛上林賦》經過長長的誇言鋪排，最終歸於六藝之囿、仁義之途。雖被揚雄譏之爲「勸百諷一」，但兩漢辭賦寓諷諫的原則卻由此確立下來。班固讚賞曰：「此亦《詩》之風諫」〔註75〕。司馬相如病故前爲武帝預製的《封禪書》更是本於儒家典故禮義，追蹤上古行封禪禮者七十二君，以儒家仁育群生之德勸行封禪大禮，令武帝驚異。數年之後，武帝終行此禮，必有司馬相如《封禪書》的影響。

然而整個西漢時期，獨尊儒術文學觀念的重心還是在經學上。漢宣帝喜

〔註71〕顏師古注：「議論委隨，不能持正，如樹木之無根柢」。

〔註72〕《漢書》，140頁。

〔註73〕《漢書》，115頁。

〔註74〕「臣聞箕子過故國而悲，作《麥秀》之歌，痛紂之不用王子比干之言也。故孟子曰，紂貴爲天子，死曾不如匹夫。是紂先自絕久矣，非死之日天去之也」。

〔註75〕《漢書》，1982頁。

好辭賦，令王褒、張子僑諸人待詔應制，隨所行所見而賦文章，被議政者批評爲淫靡不實，無補於政事。漢宣帝對於整個朝野上下獨尊儒術的文學觀念亦無可奈何，只得爲辭賦以及自己的喜好辯解：

> 「『不有博弈者乎，爲之猶賢乎已！』辭賦大者與古詩同義，小者辯麗可喜。闢如女工有綺穀，音樂有鄭、衛，今世俗猶皆以此虞說耳目，辭賦比之，尚有仁義風諭，鳥獸草木多聞之觀，賢於倡優博弈遠矣。」〔註76〕

漢宣帝所言辭賦的「仁義風諭」指辭賦合於儒家義理的一面；「多聞之觀」則指辭賦在「虛辭濫說」中表現出的「多識博物」。辭賦的鋪排博物實爲縱橫馳騁之風，漢宣帝攀附上孔子詩教之言欲以弭謗而已。

實則王褒的辭賦篇章較之司馬相如，儒學意味更濃重。其《四子講德論》甚至以微斯文學、虛儀夫子、浮游先生、陳丘子的談學義、論政道爲鋪陳內容。與司馬相如以遊獵、宮室爲誇飾對象而曲終奏雅歸於仁義相比，更合乎西漢獨尊儒術的文學觀念。王褒待詔於漢宣帝，與秦始皇的文學待詔博士爲其作企羨長生的《仙眞人歌》更爲不同。王褒即使取悅太子，作有奇文色彩的《洞簫賦》，行文中亦以儒學義理爲憑依：「況感陰陽之和，而化風俗之倫哉」，「從容中道，樂不淫兮」〔註77〕。

由於司馬相如、王褒融儒家義理於辭賦之中，合乎西漢獨尊儒術的文學觀念，因此班固在稱數西漢人才時，承認武帝之世「文章則司馬遷、相如」，宣帝之世「劉向、王褒以文章顯」。但辭賦之首的司馬相如，被置於錯綜群言的司馬遷之後，文章逸才的王褒被置於發明《洪範》的劉向之下，可見西漢中葉以後在獨尊儒術的文學觀念下經學統領辭賦的文章評價標準。比如漢宣帝時，賈誼曾孫賈捐之推薦楊興，稱「觀其下筆屬文，則董仲舒」〔註78〕，可知當時世人心中擅文章的典範還是「論道屬文」的董仲舒。而班固心目中的西漢綴文之士亦只有董仲舒、司馬遷、劉向、楊雄，「此數公者皆博物洽聞，通達古今，其言有補於世」〔註79〕。

所以班固襲用劉歆「總群書」的《七略》，將其六略置於《漢書・藝文志》

〔註76〕《漢書》，2134頁。
〔註77〕《四子講德論》和《洞簫賦》未載於《漢書》，可見《昭明文選》。
〔註78〕《漢書》，2140頁。
〔註79〕《漢書》，1531頁。

中，用先王典籍之學來統攝「藝文」，體現出以五經爲核心的文學觀念：

> 「六藝之文：《樂》以和神，仁之表也；《詩》以正言，義之用也；《禮》以明體，明者著見，故無訓也；《書》以廣聽，知之術也；《春秋》以斷事，信之符也。五者，蓋五常之道，相須而備，而《易》爲之原。故曰「《易》不可見，則乾坤或幾乎息矣」，言與天地爲終始也。至於五學，世有變改，猶五行之更用事焉。」〔註 80〕

班固把經學作爲世間恒常不變的義理之基，隨時移世易的只是經學內部的變化調整，像五行的更替爲用。而儒家、道家、陰陽家、法家、名家、墨家、縱橫家、雜家、農家、小說家等九流十家各出於上古王官之守，首先都是六經之學的支流，「雖有蔽短，合其要歸，亦《六經》之支與流裔」；其次，諸學如果以經學爲宗旨核心，也可以舍短取長，爲世所用。

《漢書・藝文志》的這種將諸學諸藝統於經學的觀念也體現在《詩賦略》上。《詩賦略》分爲屈原及諸賦、陸賈及諸賦、孫卿及諸賦、雜賦以及歌詩五類。班固沒有解說其詩賦分類的依據，但從班固的總說中可以大致看出，《詩賦略》隱有以距《詩》義遠近來劃分的傾向。

「大儒孫卿及楚臣屈原離讒憂國，皆作賦以風，咸有惻隱古詩之義」，能夠感受《詩經》諷諫深意，從而合乎《詩》義精神以及時期的關係，大概是二人列於各類之首位的原因。而「漢興，枚乘，司馬相如，下及楊子雲，競爲侈儷閎衍之詞，沒其風諭之義」，故列於各類之中後。

歌詩類則依於《詩經》「觀風俗」之義而立，「自孝武立樂府而採歌謠，於是有代趙之謳，秦楚之風，皆感於哀樂，緣事而發，亦可以觀風俗，知薄厚云」。事實上漢室諸帝的歌謠大多爲娛情之作，未必有「觀風俗，知薄厚」的立意。如高祖《大風歌》直抒其胸臆而已，《爲戚夫人歌》「鴻鵠高飛，一舉千里。羽翮已就，橫絕四海。橫絕四海，當可奈何！雖有矰繳，尙安所施」〔註 81〕，則用比興的手法向戚夫人傾訴自己對身後事的無可奈何。「感於哀樂，緣事而發」的特點倒是相當地明顯。武帝諸歌詩多誇耀功德，惟《瓠子歌》二首被清代張玉穀稱爲「悲憫爲懷，筆力古奧，帝王著作，弁冕西京」〔註 82〕。其他大率「採用文人詩賦及民間歌謠，被之管絃而施之郊廟朝宴」〔註 83〕，

〔註 80〕《漢書》，1364 頁。
〔註 81〕《史記》，1634 頁。
〔註 82〕《古詩賞析》，清，張玉穀，上海古籍出版社，2000 年版，61 頁。
〔註 83〕《漢魏六朝樂府文學史》，蕭滌非著，人民文學出版社，1984 年版，5 頁。

因此蕭滌非先生稱其爲「貴族樂府」。

班固將辭賦、歌詩的意義價值全部置於《詩》義的流衍之中，顯然是受西漢獨尊儒術文學觀念的影響。

此後魏晉南北朝對書籍目錄的整理，將劉歆、班固六藝略、諸子略、詩賦略、兵書略、術數略、方技略的六分法，簡化爲經史子集四分法，仍然以經部書籍爲核心。而儒家文章之藝所培育出的史書著作「出附庸而爲大國」，從六藝略的春秋類中脫穎而出。且自兩漢開始，由於儒學成爲詩賦文章的根基，使得書籍目錄六分之一種的詩賦略到魏晉時期能夠在文本數量和受重視程度上超過兵書略、術數略、方技略，被擴充爲集部，從而與經、史、子並列。

第三節　獨尊儒術的文學觀念與權勢的虛譽之風

在武力皇權時代，文學很難完全避免被權力話語壓抑或扭曲的命運。漢成帝和哀帝時期，外戚王莽便以儒學先王之道的名義引起了文學士林的非正常喧囂。

從成帝陽朔年間開始侍疾其伯父大將軍王鳳以邀譽，到策立年僅九歲的平帝劉衎獲得總攬朝政的大權，王莽依儒家大義樹節操義行爲己立名，獲得當時遊於權門的文學之士聲勢浩大的擁戴。執政之後王莽亦借儒家典籍文章謀權立義，虛尊文學、依古改制擾亂天下，至盜賊厤起、軍師放縱、百姓重困的亡國境地。王莽時喧囂的文學顯然不是孔子私門傳授、自主論學、承繼聖德的君子之學。但王莽利用西漢中葉以來人們普遍接受的獨尊儒術的文學觀念，爲自己獲取社會認同和政治利益，使獨尊儒術的文學觀念也受到了人們的質疑。

一、王莽借孔門文學之義爲己立名邀譽

王莽當西漢經學大興之時，董仲舒、夏侯勝、蕭望之、翟方進諸儒的品行風采、學術精深使漢人甚至後人爲之仰慕、傾倒，故王莽亦從慕儒之風，矯行儒家君子節操：勤學〔註 84〕、孝行〔註 85〕、節儉〔註 86〕、大義滅親〔註 87〕、

〔註 84〕「受《禮經》，師事沛郡陳參，勤身博學，被服如儒生」。

〔註 85〕「事母及寡嫂，養孤兄子，行甚敕備。又外交英俊，內事諸父，曲有禮意」。

〔註 86〕「母病，公卿列侯遣夫人問疾，莽妻迎之，衣不曳地，布蔽膝。見之者以爲僮使，問知其夫人，皆驚」，「每有水旱，輒素食」。

〔註 87〕王莽子王獲殺奴，令自殺，王宇，送獄，飲藥死，責嫂、兄子王光，自殺，以示公義。

友士〔註88〕、謙讓〔註89〕，以此令士庶爲之造譽。

當時名士長樂少府戴崇、侍中金涉、胡騎校尉箕閎、上谷都尉陽并、中郎陳湯皆向漢成帝稱頌王莽之行。好儒博古的成帝受虛譽所染，以王莽爲賢人，永始元年（西元前 16 年）封王莽爲新都侯。

此後漢哀帝以元帝外藩王孫繼統，定陶傅太后與王氏有隙，王莽退歸新都，再造民間聲譽：「在國三歲，吏上書冤訟莽者以百數」；元壽元年（西元前 2 年）春正月辛丑朔日蝕，哀帝下詔舉賢良方正。公卿所舉賢良周護、宋崇等對策哀帝時深頌王莽功德，於是徵王莽還京師侍奉王太后。

第二年漢哀帝崩，亦無子。王莽與太后奉立元帝子中山王之後——年九歲的劉衎爲漢平帝。公卿群臣向王太后盛稱王莽之功德，言其有周成王白雉之祥瑞，與周公同德，宜賜號安漢公。當時王莽作爲外戚重臣，除謹愼修身，納賢進士，對國家並無半點實際功勳。公卿如此重譽，比之聖人周公，令王太后亦惑然不解，問「誠以大司馬有大功當著之邪？將以骨肉故欲異之也？」〔註90〕

王莽欲以其女爲平帝皇后。王太后以外戚的緣故，下詔勿采。王莽因此發動了朝野上下極爲喧赫的造譽：庶民、諸生、郎吏以上守闕上書者日千餘人。公卿大夫向王太后不斷讚譽王莽之德。「或詣廷中，或伏省戶下「，咸言：「明詔聖德巍巍如彼，安漢公盛勳堂堂若此，今當立后，獨奈何廢公女？天下安所歸命！願得公女爲天下母」〔註91〕，終使王莽如願。

察王莽所造虛譽，以及一時的眾人所向，可知世間的共識如非以自由、坦誠的眞知灼見爲紐帶，往往未必如所宣揚的那般美好。然而王莽利用儒家文學典籍謀私弄權，仿照《尚書》周公之德以借譽先聖，確實能迷惑眾生於一時。

漢平帝元始五年崩殂前，王莽令人日益宣揚其周公之德。其子王宇欲歸政平帝母家衛氏，與所師吳章謀以鬼神之術驚懼王莽，其事未成。王莽執其子入獄，其子飲藥自殺。

藉此事之由，王莽誅滅平帝母家，並連附郡國豪傑中素來敢發非議者，

〔註88〕王莽盛尊事孔光，並「聘諸賢良以爲掾史」。

〔註89〕「莽色厲而言方，欲有所爲，微見風采，黨與承其指意而顯奏之，莽稽首涕泣，固推讓焉，上以惑太后，下用示信於眾庶」。

〔註90〕《漢書》，2974 頁。

〔註91〕《漢書》，2977 頁。

無辜迫死百餘人。如此凶醜之事，王莽將其造譽成同於《尚書》中周公誅管蔡故事，言其子「與管蔡同罪」。阿附者更煽譽成美德之舉，勸王太后下詔言「昔日昔周公誅四國之後，大化乃成，至於刑錯。公其專意翼國，期於致平」。

大司馬護軍褒則更進一步奏言：「安漢公遭子宇陷於管、蔡之辜，子愛至重，爲帝室故不敢顧私。惟宇遭罪，喟然憤發作書八篇，以戒子孫。宜班郡國，令學官以教授」。竟將王莽仿《尚書》所造公戒比之《孝經》，作爲吏之學能，且著於官簿。以官員訓誡與獨立傳習的孔門文學並立，在西周王官之學崩散後，此舉尚不多見。暴秦滅學，亦不聞有始皇訓命教授天下，以吏爲師所習不過法令。

王莽因摹仿周公而妄臆其有周公制禮作樂的德能與權力，即所謂自欺者是慣於按照既成傳統來撒謊的人。漢平帝元始四年，王莽據《尚書》周公之事，奏起明堂、辟雍、靈臺；爲學者築舍萬區；立《樂經》；益博士員，經各五人；徵天下通一藝教授十一人以上，及有逸《禮》、古《書》、《毛詩》、《周官》、《爾雅》等文字，通知其意者，皆詣公車。如此興造虛文之事，被群臣九百零二人阿諛爲功超周公〔註 92〕，應加王莽九命之錫〔註 93〕。實則自王莽以來，加九錫者多爲姦臣。

元始五年平王疾，王莽又仿周公《金縢》之典，作策文，請命於泰畤，願以身代。王莽登基之後，「專念稽古之事」，多有無事生非之舉。始建國元年下令行井田制〔註 94〕：漢哀帝時師丹曾建言依井田之義，略限豪富的民田、奴婢，其議不行。王莽之制較之師丹之議更爲苛嚴〔註 95〕，而不具有可行性，反成擾民之舉。

更爲荒謬的是，王莽以五經文義妄改天下地名和官職之名，導致名稱混亂，連匈奴、西域亦因改名、換印而引起糾紛，造成諸地皆叛，暴寇邊境，殺略吏民。

〔註 92〕「九族親睦，百姓既章，萬國和協，黎民時雍，聖瑞畢溱，太平已洽」。

〔註 93〕《周禮・春官・典命》言「上公九命爲伯，其國家、宮室、車旗、衣服、禮儀，皆以九爲節」，《禮記・王制》言「制：三公一命卷，若有加則賜也，不過九命」。

〔註 94〕「今更名天下田曰『王田』，奴婢曰『私屬』，皆不得賣買。其男口不盈八，而田過一井者，分餘田予九族鄰里鄉黨。故無田，今當受田者，如制度。敢有非井田聖制，無法惑眾者，投諸四裔，以禦魑魅，如皇始祖考虞帝故事」。

〔註 95〕「犯令，法至死，制度又不定，吏緣爲奸，天下謷謷然，陷刑者眾」。

王莽自以爲如周公般制禮作樂則天下太平〔註 96〕，把儒家學術虛尊到毫不務實的程度，直接導致西漢建立二百年後戰亂再起。亞里斯多德曾說「最優良而近乎神聖的正宗類型的變態一定是最惡劣的政體」〔註 97〕，這在王莽惡果重重的復古改制中得到了印證。

二、經學文章淪爲阿諛之術

王莽從以貴戚執政到誆騙世人登基爲帝，其造譽之舉將無數儒學之士捲入其中。名儒孔光，漢昭帝博士孔霸少子，經學尤明，爲相三帝，不希旨苟合，天下信之，爲王莽聲名裹挾，不得不爲其奏免欲除之人，班固刺其「持祿保位，被阿諛之譏」〔註 98〕。

劉向之子劉歆爲王莽典文章，立禮儀制度，參與治明堂、辟雍，王莽「令漢與文王靈臺、周公作洛同符」。後以哀章所造金匱之符命封爲國師嘉新公。《左傳》、《古文尚書》、《毛詩》諸學因其而立博士。被公孫祿劾奏曰：「國師嘉信公顛倒《五經》，毀師法，令學士疑惑」。劉歆所作《七略》被班固《漢書・藝文志》襲用，不僅是中國現存最早的圖書目錄，而且考鏡源流，辨彰學術，爲後世學人所宗。如此博學之人而隨王莽爲患，令人歎息不已〔註 99〕。

從以上諸儒無昭宣元成哀數朝直諫之功的情形，可見經學一旦喪失獨立的判斷力，爲權力所誘惑和左右，便不復有經世致用之功效，亦難以成爲受人尊重的文學核心。

時人篇章亦是如此。漢武帝以來，辭賦文章雖有縱橫騁詞之色，大要以六經之義爲宗旨依歸。倘若如王莽摹仿周公一般虛應故事，以孔門文學爲衣飾門面，其文則無品格可言。

爭獻符命的熱潮中，連揚雄亦無可奈何，作《劇秦美新》頌王莽之德：「帝

〔註 96〕「故銳思於地理，制禮作樂，講合《六經》之說。公卿旦入暮出，議論連年不決，不暇省獄訟冤結民之急務。縣宰缺者，數年守兼，一切貪殘日甚」。

〔註 97〕亞里斯多德，《政治學》，商務印書館，1965 年版，179 頁。

〔註 98〕《漢書》，2507 頁。

〔註 99〕其他參與王莽之業的名儒可見始建國三年王莽所置太子師友及《六經》祭酒：故大司徒馬宮爲師疑，故少府宗伯鳳爲傅丞，博士袁聖爲阿輔，京兆尹王嘉爲保拂，是爲四師；故尚書令唐林爲胥附，博士李充爲奔走，諫大夫趙襄爲先後，中郎將廉丹爲禦侮，是爲四友；琅邪左咸爲講《春秋》祭酒、潁川滿昌爲講《詩》祭酒、長安國由爲講《易》祭酒、平陽唐昌爲講《書》祭酒、沛郡陳咸爲講《禮》祭酒、崔發爲講《樂》祭酒。只有安車所徵太子師友祭酒龔勝不應，在家絕食而死。

典缺者已補，王綱馳者已張，炳炳麟麟」〔註 100〕。《漢書・揚雄傳》不錄其文，只載京師流傳的譏嘲之語「惟寂寞，自投閣；爰清靜，作符命」〔註 101〕。然而細讀其文，並無過分阿諛的諂媚之態。黃侃《文選評點》言「文心雲詭言遁辭，得此文之眞矣」〔註 102〕。所以當時成千上萬的符命之文消逝殆盡，惟揚雄《劇秦美新》編入《昭明文選》，流傳至今。《文選》李善注據事評判：

> 「王莽潛移龜鼎，子雲進不能闢戟丹墀，亢辭鯁議；退不能草玄虛室，頤性全眞；而反露才以耽寵，詭情以懷祿，素餐所刺，何以加焉！抱樸方之仲尼，斯爲過矣。」〔註 103〕

黃侃認爲此注應非李善之語，「以是責子雲，則卓茂名德，竇融功臣，張純通侯，皆有仕莽之嫌，何止區區一郎吏乎」。誠然王莽之時，捲入的儒臣文學之士，多有爲時世所迫，非其本心者。

然亦有隨波捲曲者，如能吏張敞之孫張竦，《漢書》稱其博學文雅過於張敞。張竦初亦安貧樂道，門無賓客，只有好事者從之質疑問事，論道經書。其友陳遵則車騎滿門，酒肉相屬，譏笑張竦「足下諷誦經書，苦身自約，不敢差跌，而我放意自恣，浮湛俗間，官爵功名，不減於子，而差獨樂，顧不優邪」。

張竦答曰：「人各有性，長短自裁。子欲爲我亦不能，吾而效子亦敗矣。雖然，學我者易持，效子者難將，吾常道也」〔註 104〕。

平帝元始元年，張竦之友大司徒司直陳崇欲上書稱頌王莽功德，以張竦博通能文，請其草奏。張竦之文以十二則「公之謂矣」稱頌王莽：孝友節儉、誅淳于長、斥傅太后、謙退讓位、絞殺董賢、迎立平帝、讓縣不受、辭女后妃、溫恭待下、克身自約、開門延士、鎭安國家等德行。誇其「此皆上世之所鮮，禹稷之所難」，「揆公德行，爲天下紀；觀公功勳，爲萬世基」〔註 105〕。與揚雄之文相較，確實諂諛厚顏。

居攝元年張竦又爲劉嘉作奏，言「古者畔逆之國，既以誅討，則豬其宮

〔註 100〕唐，李善注，《文選》，嶽麓出版社，2002 年，1478 頁。
〔註 101〕《漢書》，2660 頁。
〔註 102〕黃侃，《文選評點》，中華書局，2006 年 5 月版，550 頁。
〔註 103〕《文選》，1481 頁。
〔註 104〕《漢書》，2748 頁。
〔註 105〕《漢書》，2983 頁。

室以爲污池，納垢濁焉，名曰凶虛」〔註 106〕。王莽大悅，此後謀反者皆污其宅。劉嘉被封爲帥禮侯、張竦亦爲淑德侯，長安人譏刺「欲求封，過張伯松；力戰鬥，不如巧爲奏」。王莽虛尊文學之風由此進入時人篇章，違背了孔子「修辭立其誠」的教訓。

王莽以其虛僞之態、惑世之行，將西漢末年攪擾回群雄並峙、民命如草的戰亂之世。其人遭後世鄙棄，往往比之於暴秦。班固言「昔秦燔《詩》、《書》以立私議，莽誦《六藝》以文奸言，同歸殊途，俱用滅亡」〔註 107〕。王莽虛尊文學，與秦始皇滅私門講授，扼文學爲御用，同樣破壞文學的獨立性。只是秦始皇之惡顯明，王莽以五經典籍爲衣飾，聖人文德爲假借，其毒害更具迷惑性。

三、王莽對孔門文學虛尊的惡果引起清潔之士從經世致用的合作性中逸出

察王莽之行，多匿情求名，非本眞之情。歷觀其僞，難免令人想起習黃老之學的汲黯質言：「陛下內多欲而外施仁義，奈何欲效唐虞之治乎」〔註 108〕，亦會令人激起對自然純樸的嚮往。

班固從父班嗣便有此感。班嗣正當王莽秉政之時。元始四年王莽遣陳崇等八人分行天下，覽觀風俗。八人還朝，與各地守官勾結，詐爲郡國民間所造歌謠，稱頌王莽功德。而班嗣時爲廣平相，無所上頌聲，被劾「絕嘉應，嫉害聖政」，幾乎下獄伏誅。

班嗣之淡然於王莽虛造的千古盛事，多由其貴老莊之術，不以經世致用爲唯一的心靈依歸。亦爲王莽所役使的學者桓譚曾向班嗣借閱老莊之書。班嗣拒之，言「若夫莊子者，絕聖棄智，修生保眞，清虛淡泊，歸之自然，獨師友造化，而不爲世俗所役者也」，「今吾子已貫仁誼之羈絆，繫名聲之韁鎖，伏周、孔之軌躅，馳顏、閔之極摯，既係攣於世教矣，何用大道爲自炫耀」〔註 109〕。

班嗣絕不是非毀周孔諸聖。然當王莽之時，趨勢之徒所言周孔乃是王莽虛僞的變身而已，不如老莊自然有德。不事王莽、絕食自盡的大儒龔勝雖以不願「一身事二姓」爲辭，但其薄葬之遺令頗有楊王孫之風。而且龔勝死後，有無名老父來弔，哀哭龔勝：「嗟乎！薰以香自燒，膏以明自銷。龔生竟夭天

〔註 106〕《漢書》，3000 頁。
〔註 107〕《漢書》，3075 頁。
〔註 108〕《漢書》，1774 頁。
〔註 109〕《漢書》，3085 頁。

年，非吾徒也」，細味其言，有黃老之徒的痕跡。

王莽之亂對於民命是一大困厄，對西漢獨尊儒術的文學觀念亦是一大重創。所幸漢初以來，儒家學術的根基在於私門講授，不全依賴朝廷官學。因此，王莽以虛尊文學之態紊亂西漢官學，雖然天下喧囂動盪，卻沒有斬斷學術私門講授的本根。戰亂之後，朝野對五經大義的篤信之情有增無減。只是經此大劫，人們開始重視逸出經世致用的山林清潔之士，由此亦導致文學學術及文學觀念繼續發展變化。

第三章　中古文學觀念的展開：《後漢書》中東漢經學博通的文學觀念

《後漢書》由南朝劉宋范曄編撰。范曄並非漢代人，是前四史中唯一不屬於時人修史的一部。故而范曄本人的文學觀念在分析研究中不能混入東漢時期。然而其書以《東觀漢記》爲主要依據，參考了三國・吳・謝承《後漢書》、晉・薛瑩《後漢記》、晉・司馬彪《續漢書》、晉・華嶠《後漢書》、晉・謝沈《後漢書》、晉・張瑩《後漢南記》、晉・袁山松《後漢書》等前代著述。故而其史料較爲可信，可通過《後漢書》所錄人物的言行文章分析東漢時期人們的文學觀念。此外，周天游先生的《八家後漢書輯注》以及《東觀漢記》的輯本可以提供一些范曄編刪之外的材料。范曄的《後漢書》雖然編撰於南朝劉宋時期，但其取材承繼了東漢魏晉以來的諸多史家著述，因此在全面體現東漢整體文化形態上反倒具有後發優勢。

《後漢書》中「文章」一詞的含義用法大致與《漢書》類似，一指各類篇章；二指典章制度；三指器物花紋。但有兩點變化值得注意：其一，《後漢書》中能著文章者，較之《漢書》明顯增多，而且多爲有經學者，如「崔瑗、馬融以文章顯」；其二，「文章」一詞除整飭成篇的意蘊外，漸含辭采悅目之意，如「文章煥炳，德義可觀」、「文章煥以粲爛兮，美紛紜以從風」等。

「文辭」的含義仍然是泛稱篇章的狀態，如崔瑗「高於文辭，尤善爲書、記、箴、銘」，然而在保持優美悅目含義的同時，如「造構文辭，終以諷勸」，《後漢書》亦用文辭來指稱政令條文，如「爲做法制，皆著於鄉亭，廬江傳其文辭」。

《後漢書》中「屬文」一詞還是在文體不限的前提下指行文構篇，如「少辯博，能屬文，作《章華賦》」。《漢書》中「屬文」者皆有學通經之人，《後漢書》則更進一步，往往用「屬文」指經學著述，「睦能屬文，作《春秋旨義終始論》」，「盡通古今訓詁百家之言，善屬文」，但頗強調「屬文」之作的文采特點，如「《三墳》之篇，《五典》之策，無所不覽。屬文著辭，有可觀采」。

「文學」一詞仍然指五經之學，如「肅宗博召文學之士」、「太學生爭慕其風，以爲文學將興」。此外東漢時「文學」沿襲了西漢武帝以文學爲官職之名的傳統，如「郡文學」、「文學掾」等，不過東漢光武帝增加了「諸王文學」一職，該官職爲魏晉南朝諸代所襲用。還有漢靈帝曾短暫地將「鴻都門文學」作爲選目之一。

從《後漢書》中文學組詞的含義變化來看，其詞義雖然仍聚焦於儒學，但較之西漢獨尊儒術、守一家之學的文學觀念，東漢士人開始普遍崇尚博通之風。

東漢開國，如西漢高祖劉邦一般經歷了數十年的群雄混戰，又與之不同。西漢中葉之後，不雜異學的經學文學被王莽以虛尊之風干擾之後，依賴民間私門講學的深厚傳統，在東漢延續下來，使得東漢開國君臣皆爲儒學之士。西漢初年武夫功臣集團無文學的狀況沒有在東漢建國時復現。

受到孔門文學觀念影響，東漢君臣朝野篤學重文，力行文德教化，共同創造出中國歷史上醇篤的吏治民風。而且隨著經學文學的普及深入，東漢學者較之西漢之士，更加博學有文，多能兼通數家之學。

今文經學和古文經學在賈逵、馬融、鄭玄諸儒遍注群經的努力下，打破西漢以來師法傳授、家法傳承的守學風氣，達到了兼學並傳的學術匯通狀態；漢武帝之後朝廷官學棄而不用、任其自然生滅的諸子百家之學在東漢好學之風的影響下，與孔門文學雜糅並見，使東漢學術更加豐富多彩；好學重文之風使東漢文章大行，此時篇章色彩縱橫之風漸少，儒家言志之風漸興，孔門文學成爲篇章詩賦的基礎核心。

因此《後漢書》較之《史記》、《漢書》增設了《文苑列傳》，以載記東漢諸多有學能文之士。現存史書中，《後漢書》首見單列能文之士的類傳〔註 1〕，

〔註 1〕三國·謝承《後漢書》以及晉·司馬彪《續漢書》等八史的輯本雖然有類似文苑傳的部分，但現存材料難以確認謝承《後漢書》中黃香等七人的合傳即文苑類傳。然而可以推測范曄並非首創文苑傳的史家，因爲重文的士風從東漢蔓延至魏晉，確實有可能在私人修史興起的漢末魏晉時期影響到不少史家以文苑類傳來歸納當時的能文之士。

章學誠在《文史通義》中言「東京以還，文勝篇富，史臣不能概見於紀傳，則匯次爲《文苑》之篇」〔註2〕，便是東漢文章大行現象的體現。民國以來許多學者認爲《後漢書・文苑列傳》的設立，是中古「文學自覺」的萌芽和體現，而且顯示出史家所述時代對文章的重視。比如羅根澤先生說「就著作界的情形而論，東漢較西漢尚文，所以《史記》、《漢書》都只有《儒林傳》，《後漢書》始於《儒林傳》外，別立《文苑傳》」〔註3〕。

然而探究東漢在經學基礎上崇尚博通的文學觀念形成的深層原因，就需要追究到東漢時期文學學術的生產、再生產和傳播過程中的宰制權，到底由數量龐大的受儒學教育的士人，還是用權力支持儒家意識形態話語系統並爲之提供仕途的皇權所控制的問題。事實上，東漢文學觀念較西漢中葉不雜異學、獨以孔門六藝爲文學的狀況所發生的擴展性變化，並非官方主導而成，實由學人士林以孔門文學承載的先王文德傳統爲精神力量，以民間普遍的私門講授爲社會力量，自主自然地達成共識，形成兼學之風。東漢末年桓帝所開黨錮之禍集中體現了士林自主公議的精神，而靈帝以個人愛好選才拔士的鴻都門文學之事遭到儒臣學者激烈反對，顯示出東漢學人將文學視爲天下公器觀念。

第一節　經學博通的東漢文學觀念

經過西漢初年學者對儒家五經保護性的傳承，以及西漢中葉之後釋經篇章的大興，到東漢今文經學十四博士依然立於官學。《左傳》、《毛詩》、《周禮》等古文經學也爲學者所好，幾立博士，且都形成了據以傳經的章句之學〔註4〕。朝廷對於各地所舉諸生，令其隨家法章句以課試。

然而《五經》章句煩多，「一經說至百餘萬言」〔註5〕，鞶帨煩碎。早在西漢夏侯勝便譏刺章句小儒，破碎大道。所以東漢通儒鄙薄拘守章句之學，往往博覽五經，能通數家之學，且綜貫諸子百家，善於屬文，形成以經學爲根基，博通諸學的文學觀念。

立於官學的十四博士之今文經學與未立博士的古文經學雖彼此駁議紛

〔註2〕《文史通義・內篇一・書教中》。
〔註3〕羅根澤，《中國文學批評史》，86頁。
〔註4〕杜林、衛宏、鄭眾、鄭興、賈逵等人的注解。
〔註5〕《漢書》，2684頁。

然，但兼學之士日益增多。諸子百家之學受博通之風影響，亦廣爲人知，與當時文學核心之孔門六藝往往協調共存，不再像戰國諸子互相非毀。文章詩賦成爲有學之士言志達意的載體。學者們的善於著述、富於篇章，使文章之藝成爲孔門文學的才能之一。

一、古文經學與今文經學博通

古文經學和今文經學是東漢經學博通文學觀念的核心。今文經學十四博士西漢時已立爲官學。古文經學雖未立爲官學〔註6〕，但士人好尚，民間的私門教授一直傳承不已。

最初，東漢初今文經學和古文經學在學者中各有所好，各以其學傳授門人子弟。此時的學術博通是指今文數家經兼學或古文數家經兼學，即皮錫瑞所言「今學守今學門戶，古學守古學門戶」〔註7〕。如豫章南昌人唐檀，習《京氏易》、《韓詩》、《顏氏春秋》以教授；衛宏從謝曼卿受《毛詩》，作《毛詩序》〔註8〕，從杜林習《古文尚書》，作《古文尚書訓旨》。

其次，由於今文經學和古文經學都有民間私門教授，一些好學之士漸能通此二途而令學人讚歎。東漢中葉賈逵繼承其父傳自劉歆、涂惲、謝曼卿的《左氏春秋》、《國語》、《周官》、《古文尚書》、《毛詩》等古文經學，同時又兼通《大夏侯尚書》和五家《穀梁春秋》之說，因此有能力撰寫今文諸家《尚書》與《古文尚書》之間，以及四家詩之間的同異，從而更有力地證明古文經學的大義。

後來，東漢末年鄭玄先師事第五元先，通《京氏易》、《公羊春秋》等，又從張恭祖受《周官》、《禮記》、《左氏春秋》、《韓詩》、《古文尚書》，且遊於馬融門下，從其高業弟子。因此鄭玄遍注群經，「雖以古學爲宗，亦兼採今學以附益其義」〔註9〕，將古文經學與今文經學閎通爲一，使學者「略知所歸」，完成了古文經學與今文經學的博通，從而形成魏晉南北朝傳習的鄭氏之學。

〔註6〕西漢《毛詩》、《左傳》、《古文尚書》、《周官》等古文經學沒有立於學官，但一直在民間傳承不斷。後王莽篡漢，劉歆爲國師，俱立古文諸學博士。東漢光武帝重立今文經學十四博士，陳元爲《左傳》與范升辯難激烈，得以短暫與立，但古文經學始終沒有持續立於官學。

〔註7〕清・皮錫瑞，《經學歷史》，中華書局，2004年版，101頁。

〔註8〕據《後漢書・儒林列傳》，1737頁。

〔註9〕皮錫瑞，《經學歷史》，101頁。

兩漢經學賴先秦經師薪火相傳，得以學人漸廣、學派漸多，由一師之說衍爲數家之說，故而難免「異端紛紜，互相詭激」〔註 10〕，像陳元與范升爲《左氏春秋》是否立博士而辯駁不已。然最終博通爲一，令學者義有旨歸，爲漢代文學以及文學觀念繼續相容並包，隨時世人情而擴展奠定了基礎。

二、孔門文學與諸子之學博通

在博覽通識的好學傾向下，西漢中葉以後被邊緣化的先秦諸子之學又重迴學者的個人視野。與西漢初年文學觀念諸學雜稱的混亂狀況不同的是，東漢士人對諸子之學的個人好尚研習是以經學大義爲根基，與先秦時諸子獨立成說的狀況不同。從《後漢書》的材料看，東漢時最顯明的是黃老與經學兼通、刑名與儒學互滲。

其一，**黃老養生與兼通經學**。經歷王莽虛尊文學的荒謬之後，有山林之志者開始返璞歸眞，重新慕好清靜守本的黃老之術。而且整個中古，正是自東漢時起開始特尊岩穴隱逸之士。其原因首先在於幽隱之士不應朝廷徵辟，不與權勢同流合污，獨立堅守經學道統所傳的先王之道，高潔的品格令人敬佩；其次岩穴之士奉黃老之術，全身葆性、存神養和，往往得其天年，自由之逍遙令人豔羨。

東漢時期，隱逸之士的經學品格和黃老養生往往二者兼修、融爲一體，清靜寡欲與義行內修並行不悖，甚至將二者統一在儒學義理之中。如東漢初年鄭敬以正義之言解救同郡故人郅惲於汝南太守歐陽歙府，並召郅惲隨其同隱山林，言己心願在於全軀體養子孫，修「勿勞神以害生」的黃老之術。郅惲志在從政，責難鄭敬「天生俊士，以爲人也」，提醒鄭敬作爲士君子的天下之責。鄭敬以《論語》中孔子之意回答「雖不從政，施之有政，是亦爲政也」〔註 11〕。二人便各從所願，皆爲世人稱頌。

西漢初年朝野所歸心的黃老之術，其優點一在於質樸厚重，二在於全身養性；其缺點則在於不尙學問。待西漢中葉儒學大興之後，不能吸引好學聰穎之士的黃老之術便自然邊緣化。然而東漢修黃老之術者往往兼通經學，改變了西漢時期不尙學問的弱點。

在蜀地世代傳習《夏侯尙書》的楊厚不滿外戚權貴梁冀之威，稱病辭官

〔註 10〕《後漢書》，814 頁。
〔註 11〕《後漢書》692 頁，李賢注：「言隱遁好道，在家孝悌，亦從政之義也」。

歸家。他既修黃老養生之術，又以儒學教授門生，錄名者有三千餘人。楊厚年八十二方卒，門人爲之立廟，郡文學掾吏每逢春秋行饗射之禮時，會連楊厚一起祭祀。

東漢修黃老與通經學的並行不悖的原因，首先在於經學已然廣泛普及，養生者亦不例外；其次經學本於先王道統、興於士人意願，本身具有很強的相容並蓄性。

西漢時儒學興起、黃老淡出沒有引發西方宗教戰爭式的糾紛，東漢時黃老復興、兼通經學也沒有大的騷亂〔註 12〕。西漢時竇太后與漢武帝的黃老、儒學之爭，夾雜政治勢力鬥爭，最終以武帝等待六年，任竇太后遂其心願、全其天壽而告終，之後竇太后舉用的石慶、石建諸人也沒有被裁撤。

東漢時受士人修黃老養生之術的影響，崇信鬼神的桓帝在濯龍宮中禮敬黃老，還派宦官到苦縣祭祀老子，把孔子像畫在廟裏〔註 13〕。人們猜測極有可能畫的是孔子向老子問學。東漢強大的經學文學觀念的壓力使得桓帝、靈帝這樣昏庸的君主在自己的個人愛好上也常常攀附孔子，如靈帝在鴻都門畫孔子及七十二門徒像。

然而與士人黃老、經學兼修而受人尊敬的狀況不同，由於桓帝對黃老的興趣純粹出於鬼神之嗜，並非士人清靜寡欲與義行內修的合一，所以被士人譏責。當時襄楷上書桓帝：「又聞宮中立黃、老、浮屠之祠。此道清虛，貴尚無爲，好生惡殺，省欲去奢。今陛下嗜欲不去，殺罰過理，既乖其道，豈獲其祚哉！」「今陛下淫女豔婦，極天下之麗，甘肥飲美，單天下之味，奈何欲如黃、老乎」〔註 14〕。史官也譏笑桓帝國將亡、聽於神的愚蠢。可見不含經學大義的神鬼黃老之術，還是不爲士人所接受。

黃老養生與孔門文學的兼修對彼此都會有一定程度的影響和改變。首先，就儒學而言，從黃老的自然清靜中，能夠獲得更加眞樸的元素。自視爲「我若仲尼長東魯，大禹出西羌」的逸民戴良，孝順其母於生前，及母卒後，居喪而飲酒食肉。戴良認爲自己並非不哀痛，只是心中的眞情已經超越了禮制，「禮所以制情佚也。情苟不佚，何禮之論」〔註 15〕，此已爲正始名士的先聲。

〔註 12〕東漢由黃老之術產生的道教興起，引發相當多的邪說迷信，以及黃巾之亂，可謂其衍生問題。

〔註 13〕此說見於《三國志》387 頁，裴注。

〔註 14〕《後漢書》，727 頁。

〔註 15〕《後漢書》，1873 頁。

其次，將儒學名教與黃老清靜相較，更容易顯出虛譽之僞。東漢著名隱士向長之子向栩亦兼習《老子》與經學，雖然狀若修道，但向栩給自己弟子取名則以孔門顏淵、子路爲號。後張角邪教作亂，靈帝左右之臣多文德教化的虛言，無務實的措施。向栩便譏笑其人只要去戰場對著賊人的方向朗讀《孝經》，自然就把賊人給化滅了。向栩修老子之道，但心存孔門文學；見虛言侜張，又能超脫經學束縛，正可見黃老之道與孔門文學兼修的相互作用。

再次，黃老之術本缺乏學術義理闡釋，但與孔門文學兼修，可以引入經說。西漢末年揚雄之師嚴遵的《道德指歸》便將老子的上經配天，下經配地，引入當時以陰陽五行說經之道，使《道德經》敷衍成「陰陽之紀，夫婦之配，父子之親，君臣之義」〔註 16〕。

至東漢，抽象的《易》說也進入黃老之術。向栩的父親向長隱居於家，不仕官府，好通《老》、《易》。一日讀易至《損》、《益》卦，喟然慨歎自己已經看透貧富貴賤，不爲貴勢動心，但還沒有勘破生死。於是拋家而去，肆意遠遊。《易》在五經之中最爲抽象，能夠以玄理合於黃老或老莊之道。雖然在義理上合《老》、《易》之說的玄學尚待之後魏晉名士的清談闡釋，但向長對《損》、《益》卦中「君子以懲忿窒欲」、「已事遄往，尚合志也」這些抽象言辭的感應，不待闡釋而直接滲透到黃老之術中。

最後，儒家學者也採用老子之文來佐證其說，在孔、老相合之處往往並提。東漢初《梁丘易》博士范升兼習《老子》，其斥古文經學時引入《老子》「學道日損」、「絕學無憂」之言，闡釋發揮爲「絕末學」之意，與孔子「攻乎異端，斯害也矣」並提，以杜塞《費氏易》和《左氏春秋》立於官學博士。

四世傳詩、兼好《老子》的翟酺上疏勸諫安帝防範外戚擅權，亦孔、老並言：「故孔子曰：『吐珠於澤，誰能不含』；老子稱『國之利器，不可以示人』。此最安危之極戒，社稷之深計也」〔註 17〕

善術數的郎顗向順帝言災異之遣告，除以讖緯解釋災異外，也引入《老子》之文「人之饑也，以其上食稅之多也」〔註 18〕來敦促順帝節儉，並以《老子》「大音希聲，大器晚成」與化用孔子之意的「善人爲固，三年乃立」爲理據，推薦賦閒在家的名士黃瓊。

〔註 16〕嚴可均輯，《全漢文》，商務印書館，1999 年版，436 頁。
〔註 17〕《後漢書》，1081 頁。
〔註 18〕《後漢書》，712 頁。

東漢黃、老與經學的兼修，雖然學術重心仍在經學上，但自從王莽借先聖之說行篡漢之實，導致士人開始推崇遠離權力場的山林清潔之士，使西漢獨尊儒術文學觀念中文學經世致用的意義開始分化。士人的精神世界增加了黃老之學中更加自然的生命關注，由此對中古文學觀念的變遷影響深遠。

其二，**律法刑名與經學義理互滲**。西漢初，律法刑名沿襲秦制。後儒學興，刑獄官吏開始緣飾儒術。而儒家學者通過參與治民，也將經學義理向律法刑名滲透，一定程度上緩和了武力專制時期嚴刑苛法對人們的傷害。

東漢時律法刑名之學有律令文書和《決事比》的判例爲文法依據，也形成了累世教授的學問專業。章帝廷尉郭躬便家傳西漢杜延年的小杜律，並以此教授徒眾，求學者常有數百人。

這些世代傳律法的家族，在兩漢儒家文學觀念的影響下，其治獄的基本原則不再惟文法是從。自西漢以來家傳律法的陳咸經常告誡子孫「爲人議法，當依於輕，雖有百金之利，愼無與人重比」〔註 19〕。因此陳咸的孫輩曾致力於革除鐵鑽這類殘酷的刑訊逼供〔註 20〕、在對犯人的處罰中取消宮刑、並對精神狂易而殺人者的死刑予以減輕等等。這些都是在儒家經學義理的影響下，對刑獄的文明化。

世善刑律的鍾皓以詩律教授門徒千人，頗受當時儒家士大夫的仰慕。李膺甚至慨歎鍾皓「鍾君至德可師」〔註 21〕。

同時，律法刑名的文法賞罰精神對儒學也有反向滲透。儒學之士對刑法的條文原則不再像西漢時期那樣鄙薄排斥，儒生闡發的治國之道中開始含納刑名律法。東漢末年王符著《潛夫論》以指謫時政，著《愛日篇》討論刑罰辭訟擾民的問題，《述赦篇》討論濫赦贖對社會秩序和民生的惡劣影響。崔寔《政論》爲仲長統所讚賞，其治國之道亦主張重賞深罰以御世，明著法術以檢俗，因爲混亂之世，只有嚴刑峻法才可以破姦軌之膽，清肅天下。

家傳《禮記章句》的橋玄更是直接議立苛律，以世儒而具法家刑罰治世的觀念。其幼子被劫，橋玄令校尉齊攻，於是幼子與劫匪俱死。橋玄因此上書要求定律：凡劫持人質，官兵一併攻殺，以絕此奸。

然而儒家的根本還是崇尚「化人在德，不在用刑」。東漢末年世亂難治的實

〔註 19〕《後漢書》，1044 頁。
〔註 20〕然而二千年後，中國仍然沒有解決刑訊逼供的問題。
〔註 21〕《後漢書》，1395 頁。

際狀況，讓兩漢以經學為主的文學觀念不得不兼納了名法之學，從而影響到經學在國家政治、社會生活中，由論道立德的宏觀作用，精確化至具體事務的細則中，使漢末及魏晉南朝的歷次諸儒議禮皆雜有名法的務實精神。如曹操西征經過廢帝弘農王之墓，不知是否要依禮拜謁，董遇用《春秋》國君即位未逾年而卒則未成為君之義，綜覈名義與事實，斷定不應拜謁。因此李源澄先生說：「漢代法家務於綜覈名實，以德教為常道，不可以治亂，而以刑罰為之佐助焉，非任法術而廢德教，亦不尊君國而獎耕戰，乃對儒家政治之流弊加以修正」〔註22〕。

此外，律法刑名的實用精神滲透在五經之學中，促使漢末儒家學術日漸專業化、事務化，導致學術上產生一種內縮效應，為文學觀念的擴展讓渡出廣闊的空間。

三、學術大義與文章之藝博通

《後漢書》所載文章體式豐富，大略有詔策、奏記、教令、論說、銘文、盟誓、檄文、顧命、書信、符命、讖記、弔文、祝禱、祭告、箴文、賦頌、歌詩等，而且所錄篇數亦遠遠超過前二史〔註23〕。《後漢書》錄文繁盛的情況，可能由於編撰者范曄為南朝劉宋時學士，其人所在的時代賞愛篇章的風氣更勝於東漢，所以范曄在流傳至劉宋的眾多史料中，揀選了較多體現傳記人物言行情志的篇章作為史書的組成部分。

更為根本的原因則在於東漢好學博通之風把學術大義與文章之藝融合為一，使含納經學宗旨義理和文雅辭令的篇章得到了世人的普遍認可，納入東漢文學觀念之中。因此好尚文章、善於屬文的學者，像孔門子游子夏、西漢經學鴻儒一樣被稱為文學之士。

如「肅宗博召文學之士」〔註24〕，《後漢書》此處所指的文學之士是少博學、習章句、校秘書、能為公府文記及詩賦的傅毅，以及博貫載籍、撰集《白虎通》、編寫《漢書》、賦文列《文選》首篇的班固，還有兼通今古文經學、作經傳義詁論難、善頌文的賈逵。其人皆通經、屬文，以兼能而稱為文學之

〔註22〕李源澄，《秦漢史》，商務印書館，民國三十六年四月版，155頁。

〔註23〕本文整理《漢書》與《後漢書》所錄篇章，用雙列排版方式，《漢書》有23頁，《後漢書》25頁，然而《後漢書》的整體篇幅少於《漢書》，故而《後漢書》收錄文章的規模明顯大於《漢書》。《史記》非西漢全史，故篇章有限，遠遠少於後二史。

〔註24〕《後漢書》，1763頁。

士，不專經學通達或擅長辭賦。

東漢士人承繼的仍然是西漢獨尊儒術的文學觀念，不能與經學融通的學說或學藝，便不被視之爲文學，無法獲得世人的普遍認可。東漢文章之藝與經學的融合表現在篇章的宗旨歸於經學大義，以及文辭的典雅化。

篇章宗旨的義理化早在西漢儒學興起的時候便開始出現。漢武帝之前的朝廷詔書、奏議整體上講比較質樸，多直言其事；漢武帝之後詔書、奏議開始依據儒家五經之義立論言事。

詩賦亦是如此。漢文帝時，賈誼的《弔屈原賦》表達了對屈原個人不幸的閔惜；《鵩鳥賦》則欲以達觀自廣，有道家之意，與儒家義理無直接關係。漢武帝時，司馬相如的《子虛賦》、《上林賦》雖受縱橫折入辭賦之風的影響，侈靡多過其實，然必曲終奏雅，歸旨於儒家義理。

漢初劉氏諸侯王皆爲楚人，好歌詩聲色，如趙幽王困餓之歌直抒胸臆，燕刺王待死自歌憂懣，皆爲其生活的眞實體現。其中有些驕淫失道的諸侯王，連自己的放恣無度也作歌欣賞，如廣川王劉去虐殺姬妾，班固載其自作的《望卿歌》和《永巷歌》〔註 25〕來表現劉去的殘忍無道。漢武帝自己所作的《天馬歌》、《瓠子歌》也多爲誇耀功德，乏於大義公理。後來韋玄成的《戒子詩》開始寓教訓義理，「於戲後人，惟肅惟栗」。韋氏世傳魯詩，儒家對《詩》的義理化闡釋就是詩賦篇章歸旨義理的最好範例。

然而整體上西漢的學者還沒有進入經學與文章的博通狀態，學術上也往往獨守一經而已。因此班固心目中西漢時期學術大義與文章之藝博通的文學之士，只有董仲舒、司馬遷、劉向、揚雄，僅以文章擅場的枚乘、司馬相如、王褒都不能算上。

東漢詔奏辭賦諸篇章的宗旨義理化，較之西漢更爲普遍和自覺。其表現之一是各種篇章對五經義理的直接引用。比如東漢諸帝的詔書多直接引用五經之言或化之爲愛惜民生的文明之德。

光武帝劉秀本爲太學諸生，曾於王莽天鳳年間遊學長安，習《尙書》，略通大義〔註 26〕，在其即位後，詔書多引《尙書》之言。

〔註 25〕《漢書》1853 頁，陶望卿爲劉去所虐殺，酷刑前劉去爲其作歌：「背尊章，嫖以忽，謀屈奇，起自絕。行周流，自生患，諒非望，今誰怨」，使美人相和歌之。劉去鎖禁家中姬妾，爲諸姬作歌：「愁莫愁，居無聊。心重結，意不舒。內茀鬱，憂哀積。上不見天，生何益！日崔隤，時不再。願棄軀，死無悔」。

〔註 26〕《後漢書》，1 頁。

建武元年劉秀策鄧禹為大司徒曰「百姓不親，五品不訓，汝作司徒，敬敷五教，五教在寬」〔註 27〕，引《尚書・舜典》帝舜向契班布司徒導民五常職守之文，以喻示鄧禹用文德來鎮撫剛剛攻下的河東地區。

建武二年，大司馬吳漢破賊，光武帝封功臣為列侯，下詔曰「人情得足，苦於放縱，快須臾之欲，忘愼罰之義。惟諸將業遠功大，誠欲傳於無窮，宜如臨深淵，如履薄冰，戰戰慄栗，日愼一日」〔註 28〕，用《尚書・多方》周公稱成王之命，告天下諸侯以興亡之戒，欲令其無二心，及《詩經・小雅・小旻》刺周幽王不知畏愼的原文〔註 29〕，告誡吳漢謙謹持國。

從詔書引經可以看出劉秀受孔門文學文德教化精神的影響。大將吳漢伐破蜀地公孫述，「遂放兵大掠，焚述宮室」。光武帝聞之大怒，譴責吳漢之行，並以詔書責讓其副將劉尚：

> 「城降三日，吏人從服，孩兒老母，口以萬數，一旦放兵縱火，聞之可為酸鼻！尚宗室子孫，嘗更吏職，何忍行此？仰視天，俯視地，觀放麑啜羹，二者孰仁？良失斬將弔人之義也！」〔註 30〕

所謂斬將弔人之義即《尚書・湯誥》所曰「罪人黜伏」，「兆民允殖」的伐桀大義。亂世紛戰之中，保此良善愛人情懷，殊為不易，亦可見劉秀所學化入之深。因此光武帝劉秀雖起兵於亂世，然與其他軍帥不同，以不擄掠而著稱。通《左氏春秋》、《孫子兵法》的大樹將軍馮異初與縣長苗萌守城，為王莽拒漢軍，親見「今諸將皆壯士屈起，多暴橫，獨有劉將軍所到不虜掠」〔註 31〕，因此歸心跟從劉秀征戰。

和帝劉肇十歲繼位，初受制於竇氏，永元四年誅竇憲諸戚，寬德稍歇。然其學亦桓郁侍講《尚書》、包福授其《論語》，皆先師之子，和帝能禮敬之。永元十三年，和帝「幸東觀，覽書林，閱篇籍，博選術藝之士以充其官」〔註 32〕，且賜博士員弟子在太學者布匹，以支持文學之業。其詔書延續章帝謙和有德之風，且直言世務，無所容隱。

章帝詔書多「朕以虛薄，何以享斯」、「予末小子，質又菲薄」、「朕道化

〔註 27〕《後漢書》，399 頁。
〔註 28〕《後漢書》，18 頁。
〔註 29〕鄭玄箋認為刺厲王。
〔註 30〕《後漢書》，361 頁。
〔註 31〕《後漢書》，423 頁。
〔註 32〕《後漢書》，128 頁。

不德」、「朕甚慚焉」此類恭謙之言。和帝亦言「萬方有罪，在予一人」、「元首不明，化流無良」。

對於國之弊害，和帝詔書往往直斥其事，不像後世曲爲遮隱。永元五年，食少民貧，和帝下詔「去年秋麥入少，恐民食不足。其上尤貧不能自給者戶口人數。往者郡國上貧民，以衣履釜鬵爲貲，而豪右得其饒利。詔書實核，欲有以益之，而長吏不能躬親，反更徵召會聚，令失農作，愁擾百姓。若復有犯者，二千石先坐」〔註 33〕，疾言厲色唯恐下吏擾民。

永元十年言修築溝渠以利農之事，和帝斥吏「今廢慢懈弛，不以爲負。刺史、二千石其隨宜疏導。勿因緣妄發，以爲煩擾，將顯行其罰」〔註 34〕，欲兼顧築渠之事與安定民生。

永元十一年禁奇巧奢侈之風，詔曰「吏民踰僭，厚死傷生，是以舊令節之制度。頃者貴戚近親，百僚師尹，莫肯率從，有司不舉，怠放日甚。又商賈小民，或忘法禁，奇巧靡貨，流積公行。其在位犯者，當先舉正。市道小民，但且申明憲綱，勿因科令，加虐羸弱」〔註 35〕，法令從在位當權者開始舉正施行，不欲下吏藉口禁奢而欺虐百姓。

面對「三公，朕之腹心，而未獲承天安民之策。數詔有司，務擇良吏。今猶不改，競爲苛暴，侵愁小民，以求虛名，委任下吏，假勢行邪。是以令下而奸生，禁至而詐起。巧法析律，飾文增辭，貨行於言，罪成乎手，朕甚病焉」的實際狀況，和帝只好一再申斥，不負「瞻仰昊天，何辜今人」〔註 36〕的《詩》傳文德。

和帝親母梁竦之女在章帝時爲養母竇太后陷枉，以憂卒，外家梁竦誅。和帝即位後竇憲兄弟擅權。永元四年和帝與近幸中常侍鄭眾定議誅之竇家。永元九年竇太后方薨，群臣上奏，可依光武帝黜呂后不得配食高祖廟之例，貶竇太后尊號，不合葬先帝。和帝雖寬德不及其父，在此母子大事上尚保持了儒家孝義的宗旨，手詔群臣「竇氏雖不遵法度，而太后常自減損。朕奉事十年，深惟大義，禮，臣子無貶尊上之文。恩不忍離，義不忍虧。案前世上

〔註 33〕《後漢書》，119 頁。
〔註 34〕《後漢書》，125 頁。
〔註 35〕《後漢書》，126 頁。
〔註 36〕《詩・大雅・雲漢》毛序稱「《雲漢》，仍叔美宣王也。宣王承厲王之烈，內有撥亂之志，遇災而懼，側身修行，欲銷去之。天下喜於王化復行，百姓見憂，故作是詩也。」

官太后亦無降黜，其勿覆議」〔註 37〕。對其親母亦追服喪制，情義俱全。西晉賈南風逼殺楊太后，雖有楊家謀反之口實，還是導致世譽淪惡，回顧和帝全義之舉，可見文德寬厚方能世人歸心。故史評和帝「雖頗有馳張，而俱存不擾，是以齊民歲增，闢土世廣」〔註 38〕。

東漢篇章的宗旨義理化表現之二是士人文章中的志向不再是漢初的自然生活狀態，普遍合於儒家好學向道的君子理想。

首先，五經典籍在東漢士人的賦文中具有崇高的地位。如班固《幽通賦》曰「所貴聖人之至論兮，順天性而斷誼」〔註 39〕；蔡邕《釋誨》「方將騁馳乎典籍之崇塗，休息乎仁義之淵藪」〔註 40〕，皆以聖人典籍爲心靈的依歸。

其次，東漢之賦的抒情言志，較之西漢大賦的曲終奏雅，更具君子之志的個人特色。如懷才不遇的馮衍作《顯志賦》言己光明風化之情、昭章玄妙之思。其賦仰慕堯舜先聖，斥戰國奸惡，終願誦古今以散思，覽聖賢以自鎮。

爲閹豎所讒毀的張衡作《思玄賦》宣寄情志，既慰藉自己「彼無合其何傷兮，患眾僞之冒眞」的耿鬱，又表達了「仰先哲之玄訓兮，雖彌高其弗違」〔註 41〕的志向。

因此，東漢士人比起西漢縱橫辭賦者對屈原文辭的欣慕，更能理解屈原高潔不屈、死而無悔的君子情懷。與張衡同時期的王逸便爲《楚辭》作章句，而樂學耿介的延篤被其鄉人畫圖形於屈原之廟。

由於東漢學術崇尚博通且有士人自由議論之風〔註 42〕，篇章宗旨的義理化沒有影響著論者個人思想的自由抒發。

朱穆因世俗澆薄而作《絕交論》，認爲世務交遊，多犯禮、背公，就像川瀆並決、群獸踏田，自己應該以君子公義而絕此浮華之道，還以「饕餮貪污，

〔註 37〕《後漢書》，276 頁。
〔註 38〕《後漢書》，132 頁。
〔註 39〕《漢書》，3096 頁。
〔註 40〕《後漢書》，1342 頁。
〔註 41〕《後漢書》，1293 頁。
〔註 42〕士人自由議論的典型可見於黨錮之禍中。當時士人痛恨宦官集團借皇權之勢肆意作惡，令士君子羞與之爲伍，因此匹夫抗憤，非訐朝政。當此之時，士林輿論皆崇敬李膺、陳蕃諸人，譽爲三君、八俊、八顧等，使天下皆以黨人爲榮。然而申屠蟠認爲處士橫議導致秦世焚書坑儒之禍，於是隱居絕跡，不預其事。其時仇覽亦在太學，然專志於學，斥責交結造譽者：「天子修設太學，豈但使人遊談其中」。崇拜黨人的士林亦敬重申屠蟠、仇覽的異議。可見理性客觀的異議既是自由議論的體現，且更具有比對、參考的價值。

臭腐是食。塡腸滿嗉，嗜欲無極」〔註 43〕之詩來譏刺以利相交者。

蔡邕之文則認爲泛愛眾而親仁才是孔子正教，君子在交友中「愼人所以交己，審己所以交人」〔註 44〕，自心端正，友道亦厚，朱穆斷絕交遊，雖然貞正，卻過於孤立。朱穆、蔡邕俱運用儒家義理撰文行篇，並不影響各自的發揮。

所謂經學義理對文學篇章以及個人性情的束縛，東漢作爲前現代時期，具有與今日完全不同的歷史意義。因爲在前現代的文明建立過程中，脫離野蠻無序，使社會和人類本身越來越遠離動物界，事實上含有塑造人性的意義。五經典籍所奠基的意識形態觀念，從積極方面說，產生了普遍性形式的意識與私人的意識之間的一種交互作用，使普遍的意志集結於自身，從而遠離了人的動物本性，生長出以文明爲根基的人性。

當然以經學爲文學的中心，其消極方面在於容易以僵硬刻板的學術體系壓抑個體的本性。宋代高似孫亦言東漢學者「日趨於大雅多聞之習，凡所撰錄，日益而歲有加」，「往往規度如一律，體裁如一家，是足以雋美於一時，而不足以準的於來世」〔註 45〕。所以于迎春女士從狹義文學界定下的純文學觀念角度認爲「西漢中葉之後，表達於外的文人個體情感愈來愈見稀少，由他們傾吐出來的，大都是皇帝及其威權或者經典聖訓的聲音」〔註 46〕，從而導致漢大賦藝術價值的衰退。

在新歷史主義文化詩學看來，文學史的意義在於總結一代人對以往文學的見解並打上當代人的烙印。這就需要不停地重新理解歷史和當下人們的處境。中國八、九十年代批評東漢士人「對某種所懸甚高的社會理念不加置疑的接受」，並表現出「對一再描畫過的聖賢理想的實現急不可待的浪漫情意」，顯然還懷有對政治、文化極權下災難深重的文革的理性反思和情感上的心有餘悸。在這種氛圍中，人們更傾向接近人的本性的、無功利的純審美文學觀念的時代選擇，體現了人文學術界成效卓著的努力。而且從本質上講，歷史文化是一個時代人們心靈自我表現的總體。文學研究者在篇章文本中尋找豐富的個人情感之作確有其永恆的價值和意義。

〔註 43〕《後漢書》，991 頁。
〔註 44〕《後漢書》，995 頁。
〔註 45〕高似孫，《史略・子略》，61 頁。
〔註 46〕于迎春，《漢代文人與文學觀念的演進》，65 頁。

然而，當我們在警惕文學觀念過度政治化的同時，也需要看到文學被過渡個人化的鬆散乏力。格林布拉特說「不參與的、不作判斷的、不將過去與現狀聯繫起來的寫作是無任何價值的」。這種對文學的價值評判，在文學觀念多元化的今天，確實有一定的現實意義。

事實上，東漢各類篇章的宗旨義理化既是一種整體的意識形態效應，又是人們的自我選擇。顯然當時並沒有官方的剛性文學審查制度，也沒有文化工業的軟性篩選策略。篇章的寫作和流傳一方面取決於主流意識形態對人們的塑造和影響，另一方面則由士人的好尚所決定。因爲即使是持守五經的儒學，其篇章語言之中仍然包含著超越理性衡量的詩性智慧，能夠給有學之士在文本中抒情言志的私人空間。

東漢大賦確如于迎春女士所言「愈來愈成爲學力而非才氣的凝結」，「自覺改變了先前那種勸百諷一的形式，代以長篇大段的道義德行說教」〔註47〕。這是由於大賦從西漢富於縱橫之氣的原初狀態，因受到士人普遍的重視而格外儒家義理化的結果。《昭明文選》首列東漢班固《兩都賦》和張衡《二京賦》，對其傳世價值予以了充分肯定，並且《昭明文選》還將范曄《後漢書》未載的《兩都賦序》附於其上。

而班固在《兩都賦序》中便鮮明地表達了對辭賦宗旨義理化的自覺要求。首先班固把辭賦作爲古《詩》的流衍來定位，所以將漢武帝及其後辭賦歌詩的作用表彰爲「興廢繼絕，潤色鴻業」，比之班固在《漢書・藝文志》中言武帝樂府「觀風俗，知薄厚」的作用和意義要更進一層：其一由於作辭賦者既有司馬相如、東方朔之屬，又有董仲舒、蕭望之諸儒；其二因爲辭賦能夠「或以抒下情而通諷諭，或以宣上德而盡忠孝，雍容揄揚，著於後嗣，抑亦《雅》《頌》之亞也」，起到類似《雅》《頌》的作用，不像樂府偏於《風》義。

故而班固自覺地要求自己的《兩都賦》能夠「義正於揚雄，事實乎相如」，不要像揚雄的《長楊賦》、《羽獵賦》，司馬相如的《子虛賦》、《上林賦》，「並文雖藻麗，其事迂誕，不如主人之言義正事實」〔註48〕。這與《後漢書》載班固作《典引篇》「以爲相如《封禪》，靡而不典，揚雄《美新》，典而不實，蓋自謂得其致焉」〔註49〕的宗旨義理化要求是一致的。

〔註47〕于迎春，《漢代文人與文學觀念的演進》，66頁。
〔註48〕《後漢書》，924頁，注。
〔註49〕《後漢書》，927頁。

《昭明文選》亦列班彪《北徵賦》和曹大家《東征賦》兩篇抒情小賦。班彪在西漢王莽之亂中避難於涼州，其途中曠野「蕭條以莽蕩，迥千里而無家」，所見飛鳥「雁邕邕以群翔兮，鶤雞鳴以嚌嚌」，更加增添自己忐忑而苦悶的心情，「彼何生之優渥，我獨罹此百殃」，因此用寫小賦的方式慰愁「君子履信無不居兮，雖之蠻貊何憂懼兮」。班彪在小賦中抒發個人的愁悶，其中仍包含著對聖賢之志的追求「慕公劉之遺德，及行葦之不傷」，以及對國家政治民生的關懷「嗟久失其平度」，「哀生民之多故」，同樣體現出宗旨義理化的傾向。

寫《東征賦》的曹大家是班彪之女、班固之妹，名爲班昭，因嫁與曹世叔，且爲和帝後宮皇后、貴人之師，故稱爲曹大家。這篇小賦是班昭記述隨其子從洛陽至陳留的路途上所見所感，其中儒家情懷滲入到字裏行間。班昭在途中，由於經過匡郭而追思孔子當年被匡人圍困之事，「念夫子之厄勤」，「悵容與而久駐兮」；以及在故衛蒲城「想子路之威神」；因見長垣至今有蘧伯玉的丘墳，不禁感慨「唯令德爲不朽兮，身既沒而名存」。

其賦雖以畏旅之情開篇，而終結卻括以正身修慎之義，將個人飄忽的思緒消泯在儒家道義之中。在後世抒懷或行役的詩賦中，或有類似班昭《東征賦》這種追思古賢行跡以開闊心胸、沉潛大道義理以安慰思緒的寫作模式。如東晉袁宏的同名賦，也是始以「嗟我行之彌留，跨晦朔之倏忽」的怨愁，終於「言偃以文學遺風，季札以讓國稱仁。高節顯於華夏，端委行乎海濱」的義理排遣。後南朝劉宋鮑照的《遊思賦》、《發後渚詩》等文便不再以義理自相安慰。在感人程度上雖然更勝一籌，但易使人陷入無邊的惆悵，不及義理鮮明者內心剛強。

從人類生存的角度看，篇章宗旨義理化總體上是前現代時期文明進展過程中儒家文化與武力皇權合作甚至對抗的成果。現代西方文化研究者認爲，文化的核心問題在於它正好是權力的反面。在《理論之後》，伊格爾頓用其一貫的嘲諷語調譏刺文化理論家們，說他們「才開始認識到，人是不能完全沒有道德說教（moral discourse）而生活的」，「政治必須以某些道德價值的名義開展，同時又無法避免違背這些道德價值。權力需要那些價值給自己以合法性，但那些價值也威脅著要嚴重阻礙政治」〔註 50〕。中國古代合乎文明的正道、義理由於需要借助先王典籍的力量來樹立威望，並且征服權力，難免帶有學術的謹嚴態度和尊古卑今的傾向，即「據事以類義，援古以證今」。

〔註 50〕伊格爾頓，《理論之後》，著，商務印書館，2009 年版，142 頁。

然而篇章宗旨義理化所帶來的情感上的正直光明和仁義精神影響下對他人的深切關懷，在文學上，與個人慾望化的「感蕩心靈」起碼具有同樣的價值。而且東漢以來篇章宗旨義理化並不是政治和社會文化領域的硬性規定，總體上講不存在操作上的強迫性。像名儒馬融將老莊貴生思想納入自己享樂的生活，前授生徒，後列女樂。其《圍棋賦》「蔓延連閣兮，如火不滅。扶疏布散兮，左右流溢」;《樗蒲賦》「見利電發，紛綸滂沸。精誠一叫，十盧九雉」〔註 51〕，皆有流連於玩樂之心，亦可以不寓道德教訓於宗旨之中，只是不能違背整個社會達成共識的、順應人情的基本義理。而馬融的《長笛賦》雖亦樂於玩事，「詳觀夫曲胤之繁會叢雜，何其富也。紛葩爛漫，誠可喜也，波散廣衍，實可異也」，但敷衍有「老、莊之概」，「孔孟之方」，合乎「簡易之義，賢人之業」，可謂間雜義理。馬融只有此賦收入《昭明文選》。

東漢時期，連靈帝以辭賦之藝取鴻都門文學，都要繪孔子及其七十二弟子於壁上來虛應義理。蔡邕替靈帝閱卷排次，以能引經訓、寓諷喻爲高，連偶俗語爲下。文章違逆人情大義的情況根本不在東漢人的意識之中。類似西漢廣川王劉去的虐人之歌，東漢古詩歌謠中皆不可見。

而且所謂「君子之德風，小人之德草，草上之風必偃」，東漢篇章的宗旨義理化在民間多有其由上至下的影響。

漢章帝元和三年《養孤詔》言「蓋君人者，視民如父母，有憯怛之憂，有忠和之教，匍匐之救。其嬰兒無父母親屬，及有子不能養食者，稟給如《律》」〔註 52〕，對孤兒貧弱之苦，能本儒家「如保赤子」的愛民情懷予以注目關懷。所以東漢樂府《孤兒行》中早失父母之子「愴欲悲，淚下渫渫」的苦楚，以及《婦病行》中衰病之母「屬累君兩三孤子，莫我兒饑且寒」〔註 53〕的牽腸欲斷，會出現在漢世宴樂流行的娛情歌曲之中，與漢章帝以來文學柔善之教化對民生的關切有相當的聯繫。今世非無孤苦之兒，但流傳曲辭絕無此情懷，非歌功頌德即愛欲呻吟。故喜戲謔之魏文帝曹丕亦敬稱「章帝長者」，能以其德化世，醇厚文風。

東漢經學博通的文學觀念中篇章宗旨義理化的傾向，在中國文化中一直延續下來，在行文中必須遵守起碼的人情義理至今仍是所有人的共識。

〔註 51〕嚴可均，《全後漢文》，商務印書館，1999 年，171 頁。

〔註 52〕《後漢書》，106 頁。

〔註 53〕逯欽立，《先秦漢魏晉南北朝詩》，中華書局，1983 年 9 月版，270 頁。

與篇章宗旨義理化同步的是文辭的典雅化。東漢朝野之士在熟讀經書、博通眾學的過程中自然而然將學養融入篇章文辭之中，使東漢不僅著述的數量遠勝於西漢，篇章文雅也普遍成風。

本文僅以《後漢書》中所載東漢諸帝詔策用典情況爲例，來說明當時文章普遍文雅化的狀況。當然朝廷詔策絕非一代文章之首，但因其及時布於天下，可算一代文風的典型體現。東漢自光武帝始，歷代君王皆好學重文，使經書的典雅化入其詔策之中。其中最顯明的是東漢詔策的用典較之西漢更加巧妙。

東漢詔書在化用典故上有兩種方式：第一種是直接引用，但並非以經義爲理據，而是藉以含蓄、文雅地表達自己的意思，即劉勰所說「引書以助文」。

光武帝策立陰皇后的詔書曰「陰貴人鄉里良家，歸自微賤。『自我不見，於今三年。』宜奉宗廟，爲天下母」〔註 54〕，此引《詩經・豳風・東山》的文句。劉秀在長安遊學時曾感慨「仕宦當作執金吾，娶妻當得陰麗華」，對陰后的感情很深。而且陰麗華是劉秀的結髮妻子，劉秀更始元年（西元 23 年）六月在宛地娶十九歲的陰麗華，同年九月劉秀應更始帝之命前往洛陽整修宮府，讓陰麗華回母家等待。三年後光武帝建武元年即位，才迎回陰麗華，此時郭聖通已爲皇后。

因此光武帝在建武十七年廢皇后郭氏而立陰麗華時，引用《東山》之詩「自我不見，於今三年」的片斷向三公含蓄地說明自己娶陰麗華早於郭聖通的事實。因爲《齊詩》說「東山拯亂，處婦思夫。勞我君子，役無休止」，《毛詩》說「周公東征，三年而歸」，「言其室家之望女也」〔註 55〕，此皆提示三公，陰麗華爲光武帝妻室是在建立大業之前。這種引用經典的方式，與西漢引經爲義據不同，已經不完全是義理層面，而是借經典之言來文雅含蓄地表達自己的意思。

第二種用典的方式是不直接引用經典之句，化用其意，以免影響其文的整體效果。

安帝曾下詔禁京師奢侈之風，責有司依法奉行，倘若疏怠，「秋節既立，鷙鳥將用，且復重申，以觀後效」〔註 56〕，化用《禮記・月令・孟秋之月》「涼風至，白露降，寒蟬鳴，鷹乃祭鳥，用始行戮」〔註 57〕之言。

〔註 54〕《後漢書》，269 頁。
〔註 55〕清・王先謙，《詩三家義集疏》，嶽麓書社，2011 年版，555 頁。
〔註 56〕《後漢書》，153 頁。
〔註 57〕《禮記正義》，北京大學出版社，1999 年版，521 頁。

鷙鳥即鷹鸇之類，孟秋時節鷹鸇開始捕鳥備食，就像人準備食物用於祭祀一樣。安帝督責有司遵奉、實施京師節儉法令，若怠忽職守，朝廷將像九月戮鳥之鷹，嚴懲不貸。

安帝對《月令》之文的化用一則形象更加鮮明；二則將《月令》兩句並爲一句，「鷹乃祭鳥，用始行戮」並爲「鷙鳥將用」，省減了《月令》用九月之鷹殺鳥儲食如人收集祭品的特點來記時令的部分，只取其殺戮的意義，以符合此詔語言急促有力的整體節奏。

還有語氣比較舒緩的化用典故，質帝本初元年九江、廣陵二郡遭寇匪，朝廷下詔收葬死者骸骨。詔書爲表達沉痛之意，使用了舒緩的語言節奏，「昔之爲政，一物不得其所，若己爲之，況我元元，嬰此困毒」〔註 58〕。此詔化用了《尚書・說命下》高宗武丁對傅說之言：「一夫不獲，則曰時予之辜」。詔書通過化用《尚書》之文，既表達出質帝繼承武丁對子民的閔惜之情，又把《尚書》的古言改換成了今言，使其保持前後文一致的舒緩沉痛之意。

劉勰在《文心雕龍・事類》中解釋了古人用典的根本原因：「夫經典沉深，載籍浩瀚，實群言之奧區，而才思之神皋」。而東漢詔書這種化用經典的文雅化行文方式，造成一方面撰寫詔書者必須精通五經，另一方面閱讀詔書的公卿官吏也要熟知經書的原文和章句釋義。大概由於東漢朝野普遍好學重文，求學之風很盛，士人一生往往是遊學始、授學終，所以《後漢書》中，沒有人產生像西漢公孫弘唯恐下吏不能讀懂詔書那樣的憂慮。

東漢學術大義與文章之藝博通，使篇章文雅化的傾向，也往往帶來了文辭過於古奧的問題。于迎春女士指出東漢「爲文求古雅深奧的風氣如此深重，以致文章始成，就須作注」〔註 59〕。這個問題一方面顯示了中國古代文辭從古雅到趨易的發展歷程。南朝沈約曾言：「文章當從三易。易見事，一也；易識字，二也；易讀誦，三也」，便是針對文辭過於古奧的弊病所提出的改良方法；另一方面，篇章辭氣典雅就其根本而言，是中國古代文學自身的特點，亦中國古代有學之士所傳承的精英文化的體現。事實上，儘管南朝文風在鮑照樂府的影響下開始用詞簡易而昭晰，可是《昭明文選》裏所有的篇章從兩漢到劉宋，在時隔不久的唐人眼裏都需要作注。

在《後漢書》中《文苑列傳》與《儒林列傳》的並立體現出東漢時期重

〔註 58〕《後漢書》，187 頁。
〔註 59〕《漢代文人與文學觀念的演進》，63 頁。

視文章的整體士風好尚；同時《文苑列傳》末尾，范曄對文章吟詠情性的南朝觀念化贊詞，與傳中人物尚學、文博通狀態所形成的強烈反差，可以看出東漢文學觀念尚處於儒家意識形態範圍之內。范曄贊曰：「情志既動，篇辭爲貴。抽心呈貌，非雕非蔚。殊狀共體，同聲異氣。言觀麗則，永監淫費」〔註60〕，是南朝士人脫離儒學義理宗旨，以抒發情性爲文學觀念的體現。然而《文苑列傳》中人物展現於篇章和行事的文學觀念並沒有貼合范曄的贊辭，這反映了東漢文人與作爲南朝文人的《後漢書》史家范曄文學觀念的差異。

《文苑列傳》中的人物之所以並未獨貴「篇辭」，仍然保持東漢士人學術大義與文章之藝博通的特色。究其原因主要有以下幾點：首先，文苑諸人之學以儒家學術爲核心，如夏恭「習《韓詩》、《孟氏易》，講授門徒常千餘人」，《後漢書》言其善爲文，所作文章有《勵學》篇。夏恭之子夏牙亦有學能文，被鄉人號爲「文德先生」，其餘人物率皆如此。

其次，文苑諸人的篇章或宗旨雅正如劉毅《憲論》、曹朔《漢頌》、高彪《督軍御史箴》等，或以義正世如侯瑾《矯世論》、劉梁《破群論》（劉楨祖父）、趙壹《刺世疾邪賦》、崔琦《外戚箴》等。

再次，文苑諸人的篇章述志、政用、史傳等諸體皆備，非吟詠情性一途。酈炎以詩言志；邊讓、王延壽鋪陳爲賦；葛龔、禰衡擅於章奏書記；李尤、李勝、劉珍、邊韶俱爲著書東觀的史才。

《後漢書・文苑列傳》並沒有剔選出東漢時獨立於經、史的文章之士，稍稍接近獨擅文章之藝標準的鴻都門文學樂松、賈護諸人無一入選。因此《後漢書》設《文苑列傳》既忠實地反映了東漢文學觀念的通達情況，也透露出史家范曄更爲新變的文學觀念。前者揭櫫了東漢學術大義與文章之藝博通的士人風尚對當時文學觀念形成的文化原因；後者則反映出南朝文學觀念與學術大義的分離狀況。

范曄在《獄中與諸甥侄書》稱「贊自是吾文之傑思，殆無一字空設」。此非虛言，在文學觀念方面，范曄確實認眞思考了爲文的根本，認爲「常謂情志所託，故當以意爲主，以文傳意。以意爲主，則其旨必見；以文傳意，則其詞不流」〔註61〕。范曄將其對南朝文學的深刻理解寫在《後漢書・文苑列傳》的贊辭中既顯示出歷史觀念的距離感，又另有深意。范曄不可能感受不

〔註60〕《後漢書》，1794頁。
〔註61〕《後漢書》，2519頁。

到東漢文章與南朝文風的明顯差異，然而東漢能文之士對學術大義與文章之藝的博通，蘊涵了文學觀念擴容變化的可能性。

一方面，東漢士人已經明顯意識到學不等於文，所以才追求博通眾藝。《儒林列傳》中諸學師的義理章句與《文苑列傳》中能文之士的「辭高」、「善文」、「辭采甚麗」畢竟不同。這使得東漢時期篇章之藝在與學術相通的前提下得到士人的普遍認可，也給南朝學術向儒道釋全面擴展後，篇章之藝隨之壯大爲文學之一維留下了契機。

另一方面，范曄以抒發情性爲文學觀念的核心，從客觀上看，也不能說與東漢士人學、文博通觀念截然對立。蕭綱諸人或許有此放言，但「恥作文士」的范曄對東漢名士的欽羨能夠讓其體會到學術道理之義與個人情性之意，只是有著感受化入的階段性區別。從以義爲主，到化義爲意，彰顯了個人的自我意願。根據南朝名士謝安、褚淵諸人的風度和行事，美好而健康的自我意願必自然而然符合學術大義。范曄對文苑諸人真誠而志氣凜冽的大義有深切的感受，故能化其義爲意，從而將情性論的南朝文學觀念融入到東漢學、文博通觀念之中。

學術大義與文章之藝博通甚至反過來對學術亦產生意義重大的影響。龔道耕先生在論證東漢古文經學逐漸淩駕於官學所守的今文經學時，特別注意到學術與文章之藝融通對這個轉變的影響：東漢古文經學家重訓詁、識奇字、明典禮、習史籍，兼通群經，雅達廣覽，受到世人的推崇；而今文經學家往往侷限於一經，拘泥於章句，爲世積輕。古文經學家在學術上的博通狀態，有利於其人在行文中納入典雅精彩的文章之藝，從而「撰述閎通、文章爾雅」；今文經學家在學術上的墨守狀態，使其僅能說一經，異於人們所歎服的博覽古今的通人，因此被人稱爲俗儒。漢末鄭玄在袁紹冀州的大會上初被賓客們視爲儒者，不以通人目之，直到鄭玄成功地對辯異端百家，人們才嗟服於鄭玄的通博。

所以龔道耕先生認爲「是則今古文之盛衰，緣於文學之優劣」〔註 62〕。大概因爲到東漢時期，廣義文學界定下的文學已經是學術與文章能力的綜合體現，以墨守師法、家法爲治學原則的今文經學在綜合能力上漸弱於博通的古文經學。而且今文經學的衰弱從學術本身來看並不是遭到廢棄，而是經過四百年的傳習，其學說的重要部分已經成爲士人的基本常識，即黑格爾所說

〔註 62〕《龔道耕儒學論集》，68 頁。

「被降爲一種現成的材料」，「通過一切變化的因而過去了的東西，結成一條神聖的鏈子，把前代的創獲給我們保存下來，並傳給我們」〔註 63〕，不再像西漢初年儒學主要憑義理而非文辭勝過其他諸子以得到社會的廣泛認同。在這種情況下，通過文章言辭來感染人心方顯得特別重要。

第二節　東漢經學博通文學觀念形成的深層動因

東漢以經學爲主體的、博通的文學觀念，是當時朝野普遍認同的一種共識狀態。探究其形成的深層動因，就必須回到兩漢教權即文學權與政權（皇權）之間的關係，以尋找推動文學觀念變化眞正的主導者和主導力量。

一、東漢經學博通文學觀念的形成是在經學學術根基上，士人群體自主性的體現

從史書提供的史料看，西漢時期儒學與皇權是在專制政體基礎上的政、教合作。儒學通過學說的感染力獲得比其他學說更廣泛的認同優勢，並以其在政治、文化上的經世致用性與皇權合作。當然，西漢時期向皇權稱臣合作的成功者如叔孫通、公孫弘都有「曲學以阿世」的行爲表現，不是正統儒家精神義理中的士君子典範。司馬遷和班固對此二人儒宗地位的肯定，皆有出於事功效果考量的無奈色彩。

由此亦可見，儒學在與朝廷合作以獲取教權的過程中，起初不得不以政權爲主體來展開學說中的經世致用性。這種現象一方面緣自儒學對上古王官之學的繼承，使得參與政務成爲儒學的主要目標；另一方面則由戰國、秦世和西漢初年的執政者以武力爲權力的主要來源，一切學理不得不蟄伏於其下。當時顯學法家「申子言術，愼子言勢，商君言法」〔註 64〕，貼合權力的需要，強調人主「操殺生之柄」，以行賞罰之事。縱橫家游說趨利，謀於權門。漢初黃老之術戰亂時歧變爲利用人心弱點的陰謀，平世則以保養全身爲權貴青睞。儒學在武力主導政治、諸學混雜實用的情形下，和平地脫穎而出，形成全社會獨尊儒術的文學觀念，顯然必須有向武力政權低頭妥協的地方。

〔註 63〕黑格爾，《哲學史講演錄・第一卷》，8 頁。

〔註 64〕李源澄，《李源澄儒學論集・諸子概論》，四川大學出版社，2010 年版，48 頁。

然而儒學對政權的妥協，主要表現在學說經世致用的因勢改良上，而不是將自身交給官方政權來宰制。所以余英時先生說「儒教在漢代的效用主要表現在人倫日用的方面，屬於今日所謂文化、社會的範疇。這是一個長期的潛移默化的過程，所以無形重於有形，民間過於朝廷，風俗多於制度」。比如孝悌觀念深入中國的通俗文化，主要是由於漢儒的長期宣揚。儒教在中國的文化系統中無疑是處於樞紐的位置。從這方面看，官方政權反而是一個被動的從屬地位。在教權和政權共同的作用下，中國的士既以人臣的身份受制於皇權的尊卑秩序，又是相對獨立的文德教化中的道德主體。因此余英時先生用漢代循吏「美風俗」的成就來說明儒學的相對獨立性：「循吏則恰好爲我們提供了一個典型的例證，他們的教化工作便是對儒家原始教義的實踐」，「他們從事文化傳播的努力是出於自覺的，因爲他們的工作的內容和方式與原始儒家教義之間的一致性已經達到了驚人的程度，這絕不能以偶然的巧合視之」〔註 65〕。

漢代獨尊儒術文學觀念中，既有政權以經學證明其合法性地位、用於鞏固統治的權力推崇，又有儒家堅守比任何一朝一代都長久而深厚的學術道統，並在學術傳承中發揮經籍闡釋開放性的自主傳統。所以相對於叔孫通、公孫弘在政權中的公卿地位和長安久泰的現實處境，不得不居家著述的董仲舒和死於非命的蕭望之更受兩漢士人推崇。因爲兩漢士人在學術的相對獨立傳統中，形成了自主評議的群體性知識輿論權。

與當今輿論力量來自民眾和自由媒體不同，兩漢的輿論權是從文學權中生長出來的。從西漢中葉開始，學者們依經立義、坐而論道，以匡正政權的錯失，改善各地的人情風俗，逐漸形成以學業爲根基、政治得失爲主要內容的士林公議形態。

東漢時期士人的輿論公議表現在士人以學義爲依據、自主評議而達成共識上。在王莽造虛譽以篡漢之時，雖天下阿諛頌聲滿耳，但朝野仍有據學義而保持獨立判斷力的文學之士。其人不與王莽合作，隱匿民間，在舉世熙攘中獨立保持先王文明之德，成爲「天子有所不臣，諸侯有所不友」的岩穴之士。造成東漢平定諸亂之後，敬重山澤隱居的有學之士成爲士人的共識。

王莽的虛尊文學以造譽謀權，對士人不僅有蠱惑作用，而且不與其合作者往往陰爲誅除。斥哀帝貴倖董賢，言「天下乃皇天之天下」，「官爵非陛下之官

〔註 65〕余英時，《士與中國文化》，134 頁。

爵，乃天下之官爵」〔註66〕的鮑宣尚因名儒而爲哀帝優容。至王莽執政「風州郡以罪法案誅豪桀，及漢忠直臣不附己者」，便以莫須有的罪名捕鮑宣下獄，逼迫自殺。宣帝以來的名臣何武也因此被大理正檻車囚禁進京，不得已自殺。

除儒臣之外，民間教授的知名學士亦爲王莽嫉恨制裁。傳《施氏易》的劉昆在王莽之世，居家教授，門下弟子恒有五百餘人，「每春秋饗射，常備列典儀」，「縣宰輒率吏屬而觀之」〔註67〕。王莽以劉昆多聚徒眾，私行大禮，恐有僭上之心，便囚禁劉昆及其家屬於外黃牢獄中。幸時逢王莽敗亡，劉昆得以逃難至河南負犢山中。東漢建武五年，州郡舉其爲孝廉，劉昆逃至江陵繼續講學教徒。光武帝劉徹聞此事，當即任命劉昆爲江陵縣令，以教化全縣之民。

劉昆因時機而逃過潛在的滅門之災。在長安的郭憲、逢萌、孔子建則以見義分明，及早避禍遠去。郭憲師事王仲子。當時王莽尚爲平帝大司馬，聲威日隆。某日王仲子受召於王莽，便欲前往。郭憲勸諫其師曰：「禮有來學，無有往教之義。今君賤道畏貴，竊所不取。」王仲子以王莽貴勢，不敢有違。郭憲言此時正講學之中，無論如何且須待講課結束方能出門。王仲子認爲有理，一日課畢，黃昏至王莽處。王莽問「君來何遲」？王仲子據實以對。王莽篡位後，拜郭憲爲郎中，賜以朝服。郭憲焚其衣而逃往東海之濱。王莽憤恨不已，因不知其所在故無法逐捕。

平帝元始三年王莽之子因反對其隔絕平帝母子而入獄自殺，群臣以此事比擬周公遭管蔡之辜。王莽作公戒八篇頒布天下郡國，令學官教授，並派使者巡行天下，僞造郡國頌德歌謠，發動彌散朝野的宣傳攻勢，將骨肉相殘的禍事變爲周公之德。當時亦有學者不爲其宣傳所惑。在長安學《春秋經》的逢萌聽聞此事，慨然對友人言「三綱絕矣！不去，禍將及人」，即逃離長安。此後逢萌隱居於琅邪勞山養志修道。

魯國孔子建少游長安，與崔篆友善。後崔篆仕王莽爲建新大尹，曾勸孔子建亦仕新朝。孔子建勃然對曰：「吾有布衣之心，子有袞冕之志，各從所好，不亦善乎！道既乖矣，請從此辭」〔註68〕，便離開長安歸家。申屠剛則因賢良對策時批評王莽分隔平帝母子，有違「子母之性，天道至親」〔註69〕而被逐出長安。

〔註66〕《漢書》2314頁，鮑宣諫哀帝貴倖董賢之言。

〔註67〕《後漢書》，1720頁。

〔註68〕《後漢書》，1727頁。

〔註69〕《後漢書》，680頁。

在王莽之世，隱居山澤教授的儒師眾多。《易》宗大儒窪丹避世教授，專志不仕，徒眾至數百人。教授《歐陽尚書》的牟長，亦不仕王莽之世。王良、郭丹、卓茂、孔休、蔡勳、劉宣、龔勝、高容、高詡、譙玄、李業、劉茂、戴良、楊寶、王霸皆是如此。

子曰「歲寒，然後知松柏之後凋也」。歷王莽之狂躁，世人方知獨守道義的岩穴之士可貴，而體會司馬遷《史記列傳》以伯夷、叔齊為首的深意。因此，章帝五年舉直言極諫，要求公卿「其以岩穴為先，勿取浮華」；和帝永元六年求賢良方正詔曰「昭岩穴，披幽隱，遣詣公車，朕將悉聽焉」；永元十一年魯丕諫和帝：「陛下既廣納謇謇以開四聰，無令芻蕘以言得罪；既顯岩穴以求仁賢，無使幽遠獨有遺失」；樊準上疏諫鄧太后：「臣愚以為宜下明詔，博求幽隱，發揚岩穴，寵進儒雅，有如孝、宮者，徵詣公車，以俟聖上講習之期」；沖帝時梁太后臨朝，詔三公等舉賢良方正幽逸修道之士；名臣李固言「陛下撥亂龍飛，初登大位，聘南陽樊英、江夏黃瓊、廣漢楊厚、會稽賀純，策書嗟歎，待以大夫之位。是以岩穴幽人，智術之士，彈冠振衣，樂欲為用，四海欣然，歸服聖德」。以上可見東漢對幽隱之士的崇敬。

荀子言「志意修則驕富貴，道義重則輕王公」。以獨守節義的岩穴幽隱之士為楷模，所以東漢士人在面對權貴之時，往往重義理而輕勢力。屢有其不屈之骨鯁，方能形成士人公議。

光武帝劉秀武力興起之時，便多骨鯁之士。光武長安遊學時故人高獲曾師事司徒歐陽歙。後歐陽歙下獄當斬，高獲著鐵冠，帶鈇鑕，詣闕下請赦其師歐陽歙。光武帝雖不肯寬赦其師，卻仍以故人舊情而召見高獲，言朝廷欲用其為吏，但高獲應稍改如此剛硬之性。高獲回答：「臣受性於父母，不可改之於陛下」〔註70〕，便揚長而去。

光武帝另一位聞名天下的同學嚴光終身隱居，「披羊裘釣澤中」。當時司徒侯霸亦為嚴光故友，遣使向嚴光轉達來訪的願望，被嚴光口授一書以拒之：「君房足下：位至鼎足，甚善。懷仁輔義天下悅，阿諛順旨要領絕」〔註71〕。使者嫌篇幅太少，勸嚴光再說幾句，嚴光笑道「買菜乎？求益也」。

後光武帝親自造訪，以其功業問嚴光，「朕何如昔時」？嚴光答曰：稍好一些。光武帝欲請嚴光出山相助帝業。嚴光拒絕，言「昔唐堯著德，巢父洗

〔註70〕《後漢書》，1830頁。
〔註71〕《後漢書》，1867頁。

耳。士故有志，何至相迫乎」。劉秀只得悵然而去。

東漢初年公孫述、隗囂割據一方，各有文學之士，其文章可採。光武帝也常欣賞隗囂、公孫述之間文采斐然的文書。韓歆聞之，指天畫地地責備劉秀，言「亡國之君皆有才，桀、紂亦有才」，令光武帝極為惱怒。

安帝時居家教授的李充被徵為博士。貴戚大將軍鄧騭置酒宴請，李充為之稱海內隱居懷道之士。其說不合鄧騭之懷，便以肉進於李充，欲絕其說。李充擲肉於地，曰「說士猶甘於肉」，徑直歸家。張孟舉責讓李充如此「激刺面折，不由中和，出言之責，非所以光祚子孫者也」。李充憤然曰「大丈夫居世，貴行其意，何能遠為子孫計哉」〔註 72〕。

大將軍梁冀秉政時，欲誣陷當時士人的精神領袖太尉李固。請大儒馬融為其草擬章奏。梁冀長史吳祐向其據理力爭。梁冀不聽其言。吳祐憤然責備正在草劾奏的馬融:「李公之罪，成於卿手，李公即誅，卿何面目見天下人乎？」馬融或出於權貴逼迫而不得已，但在當時「以此頗為正直所羞」。士林公議沒有因為馬融崇高的學術地位而變更對於士操的普遍評價標準。因此後來從學於馬融的鄭玄以自己不應朝廷徵命而自傲:「吾雖無紱冕之緒，頗有讓爵之高」，不似其師馬融以一時饑困的煎迫而終身黨附權貴，受天下人譏笑。吳祐之父曾為南海太守，身為官宦子弟的吳祐卻能夠守貧賤之節。出仕前邊放牧邊讀經書，被鄉里父老笑為「二千石子而自業賤事」。然吳祐不為所動。出仕後因梁冀誣陷李固之事辭職還鄉，躬灌園蔬，以經書教授，安貧樂道至九十八歲方卒。支撐吳祐自主行為的除先王典籍中的正道大義，還有代表天下人公議的士林共識所產生的巨大精神力量。

這種代表天下公議的巨大精神力量在東漢末年黨錮之禍中發揮到極致。范曄《後漢書》特為此事開《黨錮列傳》以載士人抗直之風。

黨錮之禍起於士人對皇權泛濫於外戚、宦官所造成的社會亂象的不滿。從上古至中古，各朝各代立國無不以武力開創，循環著以暴易暴的歷史進程。後世亦如此。所謂皇權之尊，實為殘暴武力成果的體現與延續。西漢末年外戚擅權，東漢末年外戚與宦官依次秉權，都是以皇權為憑藉，泛濫外化出一個危害社會民生的龐大的既得利益集團。

而兩漢儒士以先王典籍所載文明之德勸化皇權，使之納入尊卑有序、民生有向的文明體系之內。從實際效果來看，董仲舒諸儒的志學匡世，雖借助

〔註 72〕《後漢書》，1812 頁。

了災異陰陽、天人感應的上古神權力量，整體上起到了形成是非評判標準的全社會共識，並以此對皇權武力有所規範。到西漢中葉，帝王將相已然對孔門文學傾心嚮往。東漢諸帝名臣身蹈儒訓。然而自主傳承、士人共識的先王文明之道可形成長期的風俗文化，卻難以與運用武力上無實際限制的皇權直接對抗。

於是在東漢末年，學術上相對獨立，擁有強大的群體輿論權的士林與當時的宦官利益集團發生了無可避免的義理衝突。即《後漢書》所言「逮桓、靈之間，主荒政繆，國命委於閹寺，士子羞與爲伍，故匹夫抗憤，處士橫議，遂乃激揚名聲，互相題拂，品核公卿，裁量執政，婞直之風，於斯行矣」。

桓、靈之際，士人對宦官利益集團的不滿情緒中，既包含對閹寺的歧視色彩，又有對帝王任用私人，以及既得利益集團以敗壞世風方式斂財的反抗。即朱穆上疏桓帝抗言宦官的惡行：「放濫驕溢，莫能禁禦。凶狡無行之徒，媚以求官，恃勢怙寵之輩，漁食百姓，窮破天下，空竭小人」〔註 73〕。在儒家義理上，國家雖以皇權爲中心，但具體施政則必須「選賢與能」，實行賢人政治。兩漢各郡國按照人口份額選拔孝廉、茂材爲官，理念上就是要實踐儒家的賢人政治。東漢前期吏治之美便源於這個理念的有效實施。而後期的賄賂公行、豺狼當道則是帝王任用私人所必然導致的對賢人政治的破壞。

西漢時鮑宣就已經當眾宣稱「天下乃皇天之天下」，「官爵非陛下之官爵，乃天下之官爵」的儒家政治理念。到東漢，在經學博通的文學觀念影響下，儒士更摻用了法家治理豪強的苛酷手段，直接對抗宦官利益集團，不再像西漢儒臣那般一味苦諫，缺乏行動力。當時河南尹李膺不顧赦令，誅殺與權宦勾結的張成之子。此事連鎖引起了漢桓帝對士林結黨誹訕朝廷的憤恨，下詔抓捕了李膺、陳寔之徒二百餘人。半年後雖赦黨人歸田里，亦禁錮終身。當時已是桓帝末年，在赦免黨人半年後，三十六歲的漢桓帝崩殂，留下一群極度不滿、議論紛紜、摽榜名目的士林眾生，和權力極度泛濫的宦官既得利益集團，以及十二歲的漢靈帝，從而造成了規模更大、矛盾更激烈的黨事之爭。

漢靈帝即位兩年後，宦官利益集團重興黨禍。此前放歸田里的名士李膺、杜密等百餘人被下獄拷掠，死於非命。朝廷還制詔州郡大舉鉤黨，「於是天下豪傑及儒學行義者，一切結爲黨人」。遭到不許應舉爲官的禁錮，導致朝廷善類一空。當時連躬耕授徒的學者鄭玄亦與同郡四十餘人俱被禁錮，可見牽連之廣。

〔註 73〕《後漢書》，993 頁。

漢靈帝即位五年後（熹平元年）還因黨事捕繫了千餘名太學諸生。到熹平五年，永昌太守曹鸞爲黨人訟冤，其言切直，被漢靈帝繫於槐里監獄，拷打致死。

直到中平元年因黃巾叛亂，中常侍呂強提醒靈帝「黨錮久積，人情多怨。若久不赦宥，輕與張角合謀，爲變滋大，悔之無救」〔註 74〕。如果有學之士與叛民合作更容易造成天下揭竿而起的效應。漢靈帝因此懼而大赦，基本結束了桓靈之際前後持續六十多年的黨錮之禍。後來董卓入京，爲收天下之譽，爲黨人大力平反，使得士人的群體公議和抗爭的改良性力量消融在以暴易暴的歷史循環之中。

《後漢書》中申屠蟠曾把召致黨錮之禍的處士橫議，與戰國蘇秦、張儀輩縱橫家「利口而橫議」的不同性質混淆爲一，從而貶低了當時士林公議的意義。戰國縱橫家的游說人主往往出於個人利益考慮，是上古時期自由漂流型的學人，按照卡爾．曼海姆的理論，這種類型的學人雖然具有受到高等教育的同質性，但表現出來的卻是政治觀點上極度不一致的異質性，所以缺乏士人自覺的群體共性。

然而東漢末年捲入黨錮之禍的士人既有共同的教育學養，亦有共同的政治理念。因此以敢於抗擊豪強的李膺爲天下楷模，以互相救助爲榮，從而得到朝野士人的歸心。黨事之初，漢桓帝欲將李膺下獄拷問。太尉陳蕃不肯簽署此令，據義直言「今所考案，皆海內人譽，憂國忠公之臣。此等猶將十世宥也，豈有罪名不章而致收掠者乎」〔註 75〕。靈帝只好把李膺等人關押到宦官控制的黃門北寺獄〔註 76〕。

陳蕃所謂「海內人譽」是指李膺、陳寔諸人的文化領袖地位，代表了士林達成普遍共識的政治理念，與戰國縱橫家、甚至有憂民意識的諸子百家的離散狀態截然不同。學術的離散狀態雖然富於個人創造，但缺乏現實力量。因此秦始皇可以恣肆其欲，焚禁私學，學者抱書逃竄而已。漢桓帝和漢靈帝則迫於士林群體輿論壓力，對黨人不得不禁錮而又赦免。以武力入京干政的軍閥董卓面對士林公議也有所忌憚，亦需憑爲黨人平反的功績而樹譽。所以范曄在《儒林列傳》中借讚頌先王典籍化育人才之功，曲折地表達了東漢末年士林輿論約束權勢的有效性。

〔註 74〕《後漢書》1479 頁，然此後呂強亦被譖與黨人議朝政，不得已自殺。
〔註 75〕《後漢書》，1483 頁。
〔註 76〕宋傑《東漢的黃門北寺獄》考證甚詳。

故而東漢士人敢於以義理抗於權貴，打破武力皇權「杜塞天下之口，聾盲一世之人」的精神壟斷，使以先王典籍爲根基的文學觀念在經世致用上逸出了政權的控制。因此東漢文學觀念的擴展是以士人爲主體，士人公議爲推動力量。

假如沒有以儒學爲核心的文學觀念的社會普遍認同，就不會產生能夠反過來影響政局和人心的士林自由輿論力量。因此，古文經學雖未持續立於官學，並且一直受今文博士的排擠，但由於士林的崇好而在民間興盛地發展起來；王莽之亂後，士人對山林清潔之士的尊敬，產生了在觀念上對儒學經世致用性的逸出，從而形成黃老之術與儒學兼修的文學博通狀態；而東漢政治腐敗衰頹後，士人爲解決嚴峻的社會問題，在學術探討和實際運用中主動引入循名責實、明於賞罰的法家之學作爲儒學的輔助；滲透到學術中的文章之藝爲士人表達思想情感、展示學力的綜合才能提供了一個寬廣的舞臺，從而使文章之藝眞正得到士林的廣泛認可。以上文學觀念的拓展都是在經學學術根基上，士人自主性的體現。

二、東漢私門講授是經學博通文學觀念的基礎

中國古代民間力量微薄，因此皇權制度被時人認爲是合理可行之術。文學之業通過與皇權合作，一方面可以向治國者提供較爲文明的方式，即所謂文德教化；另一方面文學本身可以借皇權的力量普及、深入民眾之中。

以上兩個要素必須同時滿足。倘若治國者不採用文學學術的文德教化，那麼治國者也無需支持贊助文學之業。一旦治國者認同了文學學術的文德教化之道，它既需要通過對文學之業的參與和贊助來培養文治所需人才，同時又會受到學業日益普及而形成的士人公議的制約。

因此兩漢官學是朝廷一個特殊的設置。歷代君王或大力襄贊，或任其自然，但無法將政令權威直接樹立到探究先王之道、聖人教化的地方。比如自西漢中葉起，官學皆立十四博士，皮錫瑞疑惑《易》、《書》、《詩》、《禮》、《春秋》僅五經，何以重重疊疊而立十四門博士。且諸學博士的師承淵源多出同門，差異不大。細考其事，一則十四博士雖源同師，但各有轉承，且個人闡發不同，故其學有異；二則其人傳授門徒皆在官學立博士之前，朝廷沒有如武力征伐一般的威勢迫使博士們合併學說，五經各歸整爲一說。故此不得不尊重十四博士各自所傳之學，爲之並立於學官。可見即使官學分科，也大率

以士人的意願爲主。

因此朝廷官學所有的經義學術都來自民間私學，皆以孔子爲聖人正道。元和二年漢章帝幸闕里、祀孔子，大會孔氏族人，對孔僖言「今日之會，寧於卿宗有光榮乎」。孔僖不卑不亢地回答：「臣聞明王聖主，莫不尊師貴道。今陛下親屈萬乘，辱臨敝里，此乃崇禮先師，增輝聖德。至於光榮，非所敢承」〔註 77〕。在孔僖看來，漢章帝崇禮孔子，得到士人認可，實沾孔子之德輝。

因此兩漢傳經之學者，固然以列爲學官博士爲榮光，但其根基仍在民間私門講授。今文經學、古文經學、諸子百家之學、文章之藝皆如此。如無私門講學、士人公議，便難以形成彼此討論切磋、各擇所好的濃厚氛圍，也就不可能形成東漢經學博通的文學觀念。

西漢初年的私門講授在秦世焚書、坑儒、禁學之暴，以及秦末大亂之後逐漸興起。當時民間急需休養生息，無暇向學；武夫功臣執政朝廷，奉黃老之術，不尚學業。因此私門傳授的規模不大，往往集中於數地，經師亦寡少。

西漢中葉十四博士之學皆本於漢初數師之門。如施、孟、梁丘三家《易》皆杜陵田何所傳，惟《京氏易》出自隱士之說；歐陽、大小夏侯三家《尚書》皆出自伏生所傳，孔氏古文尚書未立於官學，但其家世代傳習，後習《古文尚書》者皆本於漢初所傳；三家詩各出自魯、齊、燕之師，三地習詩者皆申公、轅固生、韓嬰弟子門徒，《毛詩》未立官學，然從河間獻王博士毛公一直傳承到東漢；大小戴之禮皆出於漢文帝時徐生；嚴、顏二家《公羊春秋》皆由董仲舒而來，《穀梁春秋》本之魯申公，《左氏春秋》出於賈誼，未立學官，後劉歆傳之。

然而西漢初年經師的居家教授〔註 78〕，一方面形成了兩漢三國學者居家教授的風氣；另一方面也奠定了經學私門傳授的自主性。

漢初五經之學皆私門傳授，其源始上便獨立於朝廷。到漢武帝時期，民間的儒學之風漸厚，使得官方吸納孔門文學，爲己所用。儒學之士與朝廷開

〔註 77〕《後漢書》，1729 頁。

〔註 78〕田何居杜陵傳《易》，人稱杜田生；伏生秦時博士，藏《書》於壁，漢定後教齊魯之人；申公受楚王戊赭衣舂臼於市之辱後，歸魯居家教授，弟子自遠方至受業者千餘人；轅固生景帝時歸齊教授，諸齊以詩顯貴者皆轅固生弟子；韓嬰教授於燕趙間，詩、易皆其所傳；徐生傳禮於魯；董仲舒於廣川下帷講授，以修學著書爲事。

始密切合作。但私門講學即使在王莽製造聲譽、虛尊文學的狂熱時期，也沒有改變其自由傳學的本質。

東漢朝野上下篤學重文，傳授、講論經學成爲有學之士普遍的生活方式。無論其居家或在官，皆講論文義、門徒投學。即《後漢書・儒林傳》所言「若乃經生所處，不遠萬里之路，精廬暫建，贏糧動有千百，其耆名高義開門受徒者，編牒不下萬人」。官學十四博士的今文經學及《左氏》、《穀梁春秋》、《古文尚書》、《毛詩》等古文經學，皆有碩儒之士居家教授或從政之隙進行私門傳學，故而文學學術不能爲朝廷所控制，反爲朝廷所尊崇。

東漢經學之士對居家教授可謂情有獨鍾，其人或終身隱匿不應朝廷州郡徵舉而於大山大澤教授門徒，或應舉之前聚徒講學，或免官還鄉居家授徒。

1、士人居家自由教授

終身隱居教授的學者中聞名後世的，莫過於東漢初年南陽高鳳。高鳳「少爲書生，家以農畝爲業，而專精誦讀，晝夜不息」〔註 79〕。其人沉浸於學業的專心不二，在東漢時期便成爲眾口傳誦的典故。

桓帝時京兆尹延篤懲治外戚權臣梁冀販賣居奇的門客，因此得罪權貴而歸家教授。其友李文德欲薦延篤於公卿。延篤致書言讀書極樂，無意入仕，便引高鳳之事：「雖漸離擊筑，傍若無人，高鳳讀書，不知暴雨」〔註 80〕。高鳳家夏日曬麥於庭院，其妻囑高鳳看護。高鳳便於庭院中讀書。天降暴雨，高鳳不覺，誦讀如故，庭院中所曬之麥爲暴雨沖泡所毀。

高鳳後爲名儒，然終其一生在西唐山中隱居教授經書，漁釣爲生。西唐山因其而聞名，酈道元《水經注》言唐州湖陽西北之山，即高鳳所隱之西唐山。高鳳教授先王典籍之學，對鄉鄰亦有教化感染。其鄰家有爭財相鬥之事，高鳳前去勸解。鄰人持器械鬥毆如故，高鳳爲之傷心，言「仁義遜讓，奈何棄之」，令爭鬥者感懷而謝罪。

漢章帝建初年間將作大匠任隗舉薦高鳳，其託病逃歸而不應。章帝寬待不咎，任隗也因此爲士人所稱譽。范曄言其父范泰「嘗以講道餘隙，寓乎逸士之篇。至《高文通傳》，輟而有感，以爲隱者也」〔註 81〕，可見高鳳隱居教授之名傳至南朝亦不衰。

〔註 79〕《後漢書》，1870 頁。
〔註 80〕《後漢書》，1424 頁。
〔註 81〕《後漢書》，1870 頁。

而整個東漢，如高鳳者甚眾。朱穆之師趙康即終生隱於武當山教授，馬融之師摯恂亦隱於南山。

漢順帝時公沙穆在應舉前聚徒講授。早年其家甚貧，遊太學時無食以繼，於是除下儒生長衫為人幫傭，在吳祐家舂米。吳祐為新蔡縣長，其日間尋傭者寒暄，驚訝於公沙穆的博學，與之在杵臼之間結為知己。公沙穆學成之後通《韓詩》、《公羊春秋》，便隱居山中。「依林阻為室，獨宿無侶」，暴風震雷之日亦誦經自若。聞公沙穆名欲從其學者自遠而至。

當時有富人王仲亦慕名，對公沙穆言「方今之世，以貨自通，吾奉百萬與子為資，何如」，欲助其以貲遊宦，取功名仕途。公沙穆婉拒「來意厚矣。夫富貴在天，得之有命。以貨求位，吾不忍也」〔註 82〕。此後州郡舉孝廉，以公沙穆博學高行，薦其為首，歷仕繒侯相、弘農縣令、遼東屬國都尉，皆行文德教化，令人思懷。

免官後居家教授者中，最令人驚奇的是漢桓帝時度遼將軍皇甫規。皇甫規是邊郡涼州安定人，其祖父皇甫棱曾為守邊的度遼將軍。皇甫規自幼便有退敵安民之志。漢順帝永和六年西羌大寇三輔，圍困皇甫規家鄉安定。年輕的皇甫規上疏順帝請纓殺敵：「願假臣兩營二郡，屯列坐食之兵五千，出其不意，與護羌校尉趙沖共相首尾」。其文頗有青壯豪氣，「若謂臣年少官輕，不足用者，凡諸敗將，非官爵之不高，年齒之不邁」〔註 83〕。後來皇甫規被舉薦為賢良文學，對策朝廷言姦臣禍國，應節制外戚權臣梁冀兄弟，宜「增修謙節，輔以儒術，省去遊娛不急之務，割減廬第無益之飾」。為此遭梁冀迫害，幾乎死於非命。

皇甫規因此歸家教授《詩》、《易》，邊郡亦有門徒三百餘人，前後共十四年。此後西羌聯合各部族寇邊，皇甫規起而征戰，斬首八百級。諸羌遣使乞降，邊郡安定。西漢武帝以來，三公之才本來自五經典籍，其人若免官歸鄉，自有教授經學之能。衛青、霍去病、李廣利諸將則未必有此學養。而東漢初年鄧禹、馮異諸征伐之將，既可「郡文學博士」，亦可戎馬平定天下，由此可見東漢文學學術的普及。皇甫規以武將之能，居家教授《詩》、《易》十四年，門徒數百人，亦可知東漢居家講學之風的盛況。

居家教授的學者既常受朝廷禮聘，亦被當地吏民所尊敬。因其既是當地

〔註 82〕《後漢書》，1844 頁。
〔註 83〕《後漢書》，1439 頁。

自然而然的學術中心，又以其經學義理助化民風。

漢安帝時漢陽郡任棠隱居教授。而龐參初爲漢陽太守，即拜訪任棠之家。任棠不與之言，「但以薤一大本，水一盂，置戶屏前，自抱孫兒伏於戶下」。太守屬吏以爲任棠倨傲。龐參則不敢怠慢，於門前思索半日，曉悟任棠不言之教：「水者，欲吾清也。拔大本薤者，欲吾擊強宗也。抱兒當戶，欲吾開門恤孤也」〔註 84〕。因此龐參特別注重抑強助弱，行惠政於民。講學鄉里的儒者言行、聲譽使得各地皆有尊師重道之風。

汝南郡廖扶習《韓詩》、《歐陽尚書》，教授常數百人。其父北地太守，因羌人攻克其郡而下獄死。廖扶守喪自歎「老子有言：『名與身孰親？』吾豈爲名乎」〔註 85〕，故隱居教授不出。州郡公府辟召不應，在其鄉收贍宗族姻親，人感其德。諸生謁煥曾從學廖扶，後爲汝南太守。謁煥至郡，先遣吏到廖扶家，行門人之禮，又欲以廖扶子弟爲官屬。廖扶辭絕不肯，爲當地人所稱頌。人們敬號廖扶爲北郭先生。

各地尊師重道之風，使門生不遠萬里爲其師送葬成爲當時士人之節操。《齊詩》師任末居家教授十餘年。後奔本師之喪，在路途上染疾而亡。臨終前囑託其兄之子：「必致我屍於師門，使死而有知，魂靈不慚；如其無知，得土而已」。此與延陵季子解劍徐君冢樹，「始吾心已許之，豈以死倍吾心哉」〔註 86〕之德同風。

東漢末年，牽招跟從同縣樂隱受學。後來樂隱爲車騎將軍何苗長史，牽招隨師就官，卒學其業。何進遭宦官之誅，何苗、樂隱俱見害。牽招與同門生史路等「觸蹈鋒刃」〔註 87〕，共殯殮樂隱之屍，送喪還歸鄉。路途中遇寇匪鈔掠。史路諸人皆驚慌散竄。寇匪欲斫棺取釘，牽招垂淚懇求。寇匪感於其義，釋之而去。儒生居家教授弟子，而弟子與其師恩義相終，乃士之節操。其中延篤、牽招此類不爲官勢、險阻所屈者世亦稱譽。

居家教授之師或貧或富。貧則親勞作以謀生，富則以家財養徒。安定李恂少習《韓詩》，教授諸生常數百人。漢肅宗時拜爲兗州刺史，歷仕張掖太守、武威太守，以清約率下，常席羊皮，服布被。後李恂因事免官，步行回鄉。隱居山澤，結草爲廬，與諸生織席自給。遇饑荒之年則拾橡實以爲食，年九十六卒。

〔註 84〕《後漢書》，1141 頁。
〔註 85〕《後漢書》，1836 頁。
〔註 86〕《史記》，1231 頁。
〔註 87〕《三國志》，543 頁。

通儒馬融出自漢明帝馬皇后之家。馬融居家教授時資財饒富，「居宇器服，多存侈飾。嘗坐高堂，施絳紗帳，前授生徒，後列女樂」。其人教養諸生，常有千數。涿郡盧植，北海鄭玄，皆其所授之徒。諸儒在民間講授不像太學需朝廷給食，其人以學問爲本，安於貧富，故業可自專。

東漢時偏遠之處皆有儒師居家教授。前言李恂、皇甫規在邊郡涼州授徒，江南豫章亦有學者居家教授弟子。兩漢時，豫章尚爲民風野蠻、文化落後的地區。如漢桓帝延熹二年，尚書令陳蕃、僕射胡廣等上疏推薦豫章徐稺、彭城姜肱、汝南袁閎、京兆韋著、潁川李曇諸處士。朝廷安車備禮以征諸人，皆不至。桓帝歎息問陳蕃：豫章徐稺、汝南袁閎、京兆韋著三人孰爲最優？陳蕃回答「閎生出公族，聞道漸訓。著長於三輔禮義之俗，所謂不扶自直，不鏤自雕。至於稺者，爰自江南卑薄之域，而角立傑出，宜當爲先」。陳蕃曾爲豫章太守，自然熟知豫章民風。其人在郡時不交接賓客，惟待徐稺來特設一榻，徐稺去則懸置，可見當時郡中乏有學之士與之講論學義。

然作《孟子章句》的程曾即豫章南昌人。其人受業長安習《嚴氏春秋》十餘年，學成後還豫章講授。會稽顧奉等數百人常居門下從學。程曾著書百餘篇，皆《五經》通難。習《京氏易》、《韓詩》、《顏氏春秋》的唐檀亦爲豫章南昌人。唐檀少游太學，後還鄉里教授，弟子常百餘人。漢安帝元初七年，豫章郡界有芝草生。太守劉祗欲獻此嘉瑞於朝廷，向碩儒唐檀諮詢。唐檀毫不避諱，直言「方今外戚豪盛，陽道微弱，斯豈嘉瑞乎？」。太守劉祗爲此而止。唐檀居家著書二十八篇，名爲《唐子》。

東漢儒生居家教授，化育當地後生子弟，獨立傳授文學學術，是東漢學術自主傳承的重要根基，也是東漢文學觀念賴以形成的根本力量。

2、士人居官自主講學

士人居官之暇教授門人子弟，也是私門自主教授形式的一種。自西漢董仲舒建議武帝以六藝之科孔子之術舉才、公孫弘建議以經術拔吏以來，「公卿大夫士吏彬彬多文學之士矣」〔註 88〕。東漢時州郡所舉孝廉、秀才、明經、賢良文學皆須課試經術、對策公堂。因此東漢官員普遍的經學水準非常高，像西漢蕭望之位居三公尚教學諸生的儒官亦頗常見。

參與諸儒白虎觀會議的樓望少習《嚴氏春秋》。樓望在漢明帝永平十六年

〔註 88〕《漢書》，2668 頁。

爲大司農，永平十八年爲太常。漢章帝建初五年，因事貶爲太中大夫，後爲左中郎將。歷仕諸官，皆教授不倦，世稱儒宗，諸生著錄九千餘人〔註 89〕。樓望於漢和帝永元十二年卒於官，年八十，門生會葬者數千人，儒家以爲榮。樓望可謂一生爲官，且一生教學。

居官教學的儒士遇有職務的遷調，從其學經的弟子往往跟從之官。京兆長陵人樂恢師從博士焦永。後焦永外任爲河東太守，樂恢即追隨焦永至河東，閉廬精誦，不交人物，遂篤志爲名儒。

張酺少從祖父張充受《尚書》，能傳其學業，又師事太常桓榮，後聚徒百數以講學。永平九年，漢明帝爲四姓小侯開學於南宮，置五經師。張酺以《尚書》教授，以論難有學，入授皇太子即章帝《尚書》。章帝即位後，張酺爲東郡太守，其門徒相隨而去。元和二年章帝東巡狩，臨東郡，聚會張酺與其門生、掾史。章帝先備弟子之儀，請張酺講《尚書》一篇，然後修君臣之禮。東漢官員掾史自辟，然畢竟是國家認可的屬吏，跟從太守參與聚會自在情理之中。然而教授門生爲私人之業，其門生亦可隨師參與天子聚會，可見當時對朝廷命官分身於文學經術的講授之業，已然朝野普遍認同。章帝本人亦先以張酺私人弟子的身份備儀，再修朝廷君臣之禮，說明張酺師的身份先於官的身份。

亦有居官教授之士以職官爲先。明習律法的陳寵在司徒鮑昱府爲辭曹，掌天下獄訟。當時三府掾屬專尚交遊，以不肯視事爲高。獨陳寵勤於事務，爲司徒鮑昱撰《辭訟比》七卷，決事科條，皆以事類相從，其後公府奉以爲法。漢章帝時遷爲尚書，以才能稱。漢肅宗曾賜其濟南椎成寶劍。當時士論陳寵敦樸，善不見外，故得椎成寶劍。所以陳寵爲尚書而掌國家樞機之後，立即謝遣門人，一心公職，亦被人所稱頌。

當儒臣遇官事遭難，其所教授的門生弟子便以爲師訟冤爲義。被諸儒稱爲「關西孔子楊伯起」的楊震爲漢安帝司徒，屢次上疏勸諫安帝勿偏重其乳母王聖及弄權其間的宦官樊豐諸人。其人懷憤陷害楊震，逼其去職還鄉。楊震以不能爲民除惡而慷慨自鴆。一年後順帝即位，楊震的弟子虞放、陳翼詣宮闕追訟楊震被讒自殺之事，二人由此知名士林。

師從職官的弟子，甚至有師遭官難的當時即舉幡喊冤，救師於囹圄者。虞詡爲順帝司隸校尉，授門徒《尚書》。當時中常侍張防濫用特權，經常以請

〔註 89〕中華書局版《後漢書》1741 頁，誤作諸生著錄九十餘人。

託收受賄賂。虞詡屢次案察上奏其事，宮中皆寢而不報。虞詡不勝其憤，乃自係廷尉以奏言：「昔孝安皇帝任用樊豐，遂交亂嫡統，幾亡社稷。今者張防復弄威柄，國家之禍將重至矣。臣不忍與防同朝，謹自繫以聞，無令臣襲楊震之跡」〔註 90〕。張防乘勢向順帝誣枉虞詡，並伺機殘害。兩日之內，傳考四獄，其狀慘酷。虞詡門生百餘人及其子，舉幡闕下。遇中常侍高梵車馬，門生叩頭流血，訴虞詡之冤。高梵感於其哀，入宮向順帝轉達虞詡門生所訴之冤，使馬防按罪流放邊郡，並即日赦出虞詡。漢桓帝時，職官門生弟子之義在士大夫與宦官集團的針鋒相對中，產生了震攝皇權的效果，而此義行節操的由來即東漢獨立的學術講授傳統。

哪怕認同君權威勢而俯首稱臣的官員們，通過自主講學，仍然保持了學術獨立的一面，使得東漢文學觀念深深地扎根於士人共識之中。

第三節　與東漢經學博通文學觀念相異的鴻都門文學

漢靈帝光和元年置鴻都門文學之事遭到群臣激烈反對的情形，顯示了以學術道統爲依準的、士人自主形成共識的文學觀念與帝王個人愛好傾向的直接對抗。

靈帝劉宏即位年僅十二歲，起初亦好儒學。當時竇太后與其父大將軍竇武主政，太傅陳蕃輔政。故而宮中頗引儒士講經，詔以仁信淳誠而著稱的劉寬、以及篤志博聞的楊賜、張濟於華光殿傳經。

建寧元年九月竇武、陳蕃謀除奸宦，反爲中常侍曹節矯詔誅殺，宦官集團把持朝政。而靈帝之母董氏亦不賢。竇太后熹平元年崩殂後，董氏參與朝政，教年僅十六的靈帝賣官求貨，「自納金錢，盈滿堂室」〔註 91〕。故建寧元年之後，宮中缺乏君子之教，靈帝所好之學漸偏爲辭賦及古文字之藝。

靈帝好古字，故於熹平四年詔諸儒正五經文字，刻石於太學門外，並自造古字書《皇羲篇》五十章。靈帝還愛好文辭奇巧的辭賦之藝，曾爲獻帝劉協之母作《追德賦》、《令儀頌》。隨著靈帝年紀漸長，漸有將其個人喜好展示、強加給世人的欲望。當時太學有三萬遊學書生雲集洛陽，靈帝因此詔引諸生能爲文賦者。起初靈帝亦以考課經學的名義相招，如熹平五年

〔註 90〕《後漢書》，1263 頁。
〔註 91〕《後漢書》，297 頁。

試太學生年六十以上百餘人。熹平六年以來則於盛化門考試文章辭賦，並詔此前爲靈帝刻五經文字於太學的通儒蔡邕「差次錄第」。漸連及尺牘及工書鳥篆者，皆加引召，遂至數十人。以此所招的侍中祭酒樂松、賈護，「多引無行趣勢之徒，並待制鴻都門下，熹陳方俗閭里小事，帝甚悅之，待以不次之位」〔註 92〕。

樂松諸人甚無品格，以阿諛靈帝爲事。光和元年靈帝欲造畢圭靈琨苑。司徒楊賜認爲「郊城之地，以爲苑囿，壞沃衍，廢田園，驅居人，畜禽獸，殆非所謂『若保赤子』之義」〔註 93〕。樂松諸人諂媚靈帝，言「昔文王之囿百里，人以爲小；齊宣五里，人以爲大。今與百姓共之，無害於政也」〔註 94〕，於是修築畢圭靈琨苑。可見靈帝在不本正義、歪用先王之道的群小影響下，欲望漸次膨脹。

立鴻都門文學之前，熹平六年七月因雷霆疾風、地震冰雹諸災異，靈帝令群臣上疏言政事之失。蔡邕乘此表達了對招引辭賦文字之徒的擔憂和勸誡〔註 95〕。靈帝不爲所動。第二年光和元年於鴻都門內置學，畫孔子及七十二弟子像於其中，虛飾其義。靈帝招攬能爲尺牘、辭賦及工書鳥篆者千人在鴻都門內課試其藝，並敕令州郡三公舉用辟召所選的鴻都門文學諸生。天下阿諛帝王權勢者雲集回應，使鴻都門文學諸生或出爲刺史、太守，入爲尚書、侍中，甚至有封侯賜爵者，導致守學的士君子皆恥與其人爲列。

靈帝大概感覺到儒學之士對他的個人喜好與辭賦文字事業公然的蔑視，因此學習先祖漢明帝爲光武三十二功臣圖畫雲臺的成功之例，亦詔敕中尚方爲鴻都文學樂松、江覽等三十二人圖像立贊，使其人其業立名於天下。

〔註 92〕《後漢書》，1346 頁。

〔註 93〕東漢時期的拆遷之禍。

〔註 94〕《後漢書》，1203 頁。

〔註 95〕「臣聞古者取士，必使諸侯歲貢。孝武之世，郡舉孝廉，又有賢良、文學之選，於是名臣輩出，文武並興。漢之得人，數路而已。夫書畫辭賦，才之小者，匡國理政，未有其能。陛下即位之初，先涉經術，聽政餘日，觀省篇章，聊以遊意，當代博弈，非以教化取士之本。而諸生競利，作者鼎沸。其高者頗引經訓風喻之言；下則連偶俗語，有類俳優；或竊成文，虛冒名氏。臣每受詔於盛化門，差次錄第，其未及者，亦復隨輩皆見拜擢。既加之恩，難復收改，但守奉祿，於義已弘，不可復使理人及仕州郡。昔孝宣會諸儒於石渠，章帝集學士於白虎，通經釋義，其事優大，文、武之道，所宜從之。若乃小能小善，雖有可觀，孔子以爲』致遠則泥』，君子故當志其大者。」

蔡邕不得不第二次借災異之事向靈帝勸諫〔註 96〕。此次靈帝對蔡邕的勸諫仍置若罔聞。然而由於勸諫中得罪宦官，蔡邕被劾以仇怨奉公的大不敬之罪名繫於洛陽牢獄，即將極刑棄市。幸中常侍呂強憐憫，向靈帝辯白，蔡邕方減死一等，改爲以「直對」之罪名與家屬髡鉗流放至朔方，且不得以赦令免除。

實則蔡邕亦善辭賦諸文。「所著詩、賦、碑、誄、銘、贊、連珠、箴、弔、論議、《獨斷》、《勸學》、《釋誨》、《敘樂》、《女訓》、《篆藝》、祝文、章表、書記，凡百四篇，傳於世」，所以范曄稱其「心精辭綺」。而且蔡邕又善古文字，《隋書·經籍志》載其有字書《勸學》一卷、《聖皇篇》、《黃初篇》、《吳章篇》、《女史篇》等八卷。蔡邕本該與靈帝的喜好深相契合，卻終至亡命江海，直到董卓將其召回，其緣由可於蔡邕篇章宗旨中窺見。

《後漢書》載錄蔡邕《釋誨》一文，其以儒家學義爲宗：「覃思典籍，韞櫝《六經》」，「槃旋乎周、孔之庭宇，揖儒、墨而與爲友」，而且表現出「僕不能參跡於若人，故抱璞而優游」的士人精神上的獨立性。蔡邕自認爲可以無愧的《郭泰碑》則描述出漢末士人以私門教授儒家六藝爲業，高蹈遠跡，不慕皇權，自樹立「貞固足以幹事，隱括足以矯時」的君子之風。因此蔡邕雖然才藝可以與靈帝的喜好相投，但精神上的獨立性、義理性，使其不可能成爲鴻都門文學生樂松那樣的阿諛者。

司徒楊賜亦與蔡邕同諫靈帝。楊賜爲楊秉之子、楊震之孫。太尉楊震因直諫安帝，被樊豐諸宦官譖死。順帝時以禮改葬，有大鳥悲鳴之異象；楊秉爲桓帝講授《尚書》，後遷爲太常，爲救以諫受罪的白馬縣令李雲而免官歸家，後徵拜爲河南尹，又因支持濟陰刺史第五種劾罪中常侍單超之弟而輸坐左校苦役；楊賜之侄楊奇爲靈帝侍中，直言以對靈帝所問「朕何如桓帝」——「陛下之於桓帝，亦猶虞舜比德唐堯」〔註 97〕，其譏刺之巧妙至今令人難忘。靈帝不悅，亦諷刺楊奇：「卿強項，眞楊震子孫，死後必復致大鳥矣」。以上可見楊賜一家的士君子節操。

〔註 96〕「尚方工技之作，鴻都篇賦之文，可且消息，以示惟憂。《詩》云：『畏天之怒，不敢戲豫。』天戒誠不可戲也。宰府孝廉，士之高選。近者以辟召不慎，切責三公，而今並以小文超取選舉，開請託之門，違明王之典，眾心不厭，莫之敢言。臣願陛下忍而絕之，思惟萬機，以答天望。聖朝既自約厲，左右近臣亦宜從化。人自抑損，以塞咎戒，則天道虧滿，鬼神福謙矣。」

〔註 97〕《後漢書》，1193 頁。

楊賜對靈帝的勸誡也是借「皇天垂象譴告」，來表達對靈帝任用鴻都群小的斥責。由於楊賜是靈帝的受業之師，有師傅之恩，因此同時勸諫的蔡邕流放於遠方，而楊賜則免於追究。對師傅之恩的重視亦是兩漢學術獨立、有制約皇權力量的體現。

與此同時，《後漢書・酷吏傳》中好申韓刑名之學的尙書令陽球亦上疏靈帝請罷鴻都文學〔註 98〕。然靈帝未予理睬。陽球言「天下之謗」、楊賜言「皇天垂象譴告」、蔡邕言「違明王之典，眾心不厭」，可見當時士人反對鴻都門文學的激烈程度。

東漢以來篤學重文之風，以及學術大義與文章辭賦的融合，都是在學術獨立、士人公議的基礎上所形成的朝野上下的共識。靈帝以一己之私好欲凌駕於士人共識之上，故爲人所蔑棄。兩漢以孔門文學所載文明之德爲標準，通過鄉舉里選，州郡薦拔孝廉、秀才、明經、賢良文學人才等，以接近「官爵非陛下之官爵，乃天下之官爵」〔註 99〕的儒家理想。靈帝開以個人私好爲準則的鴻都門文學，強令州郡三公徵用善辭賦、文字之藝者，違背了孔門文學之士與朝廷合作的前提——遵先王之道。今世往往有對鴻都門文學的讚譽之詞〔註 100〕，可見古今歷史文化語境驚人的懸隔。鴻都門文學此後不見史書

〔註 98〕「臣聞《傳》曰：『君舉必書。書而不法，後嗣何觀！』案松、覽等皆出於微蔑，斗筲小人，依憑世戚，附託權豪，俯眉承睫，徼進明時。或獻賦一篇，或鳥篆盈簡，而位升郎中，形圖丹青。亦有筆不點牘，辭不辯心，假手請字，妖僞百品，莫不被蒙殊恩，蟬蛻滓濁。是以有識掩口，天下嗟歎。臣聞圖像之設，以昭勸誡，欲令人君動鑒得失。未聞豎子小人，詐作文頌，而可妄竊天官，垂象圖素者也。今太學、東觀足以宣明聖化。願罷鴻都之選，以消天下之謗。」

〔註 99〕《漢書》2314 頁，鮑宣諫哀帝貴倖董賢之言。

〔註 100〕如范文瀾先生《中國通史》卷二中言：「東漢又是保守勢力極強固的時期，變革必然受到大的阻礙。要實行變革，非有特殊地位的人出而提倡不可。漢靈帝終於代表變革派擔負起提倡的責任。漢靈帝在政治上是一個極昏暴的皇帝，在文學藝術上卻是一個有力的變革者，他招集辭賦家、小説家、書法家、繪畫家數十人，居鴻都門下，按才能高下受賞賜」，「一七八年，漢靈帝立鴻都門學，這個皇帝親自創辦的太學裏，講究辭賦、小說、繪畫、書法，意在用文學藝術來對抗腐朽的經學。又爲鴻都文學樂松，江覽等三十二人畫像題辭來對抗黨人標榜的三十二大名士」。此說以新文化運動後從西方引進的純文學藝術觀念直接套用於遠隔二千年的古人，將華夏文化的本根——獨立於權勢而宣導、闡發文明之德的孔門文學視爲腐朽的經學，既不免令人遺憾其學術研究的主觀性偏差，又令人深憂其學說變成非獨立的官方論調而客觀上貽害後生。近年來學者研究鴻都門文學的態度則謹慎得多，因爲客觀上沒有辦

提及，恐其後靈帝喜好漸衰或因國家難亂相繼，如鮮卑入寇、江夏蠻反、諸胡叛亂、黃巾賊起等，靈帝開西園作樂、賣官，此等閒情逸事便無暇顧及。西漢武帝好辭賦，枚皋、東方朔諸人無治國之才則倡優處之；宣帝好歌詩，議者以為淫靡不急，宣帝則以賢於博弈處之。因此武、宣之世皆有治國賢才以成就大業〔註 101〕。靈帝之世則黨錮群賢，終致天下綱紀傾圮、生靈塗炭，故史官將靈帝比為秦二世之愚。

以上可見，東漢文學觀念與西漢中葉以來「上無異教，下無異學」的儒家五經文學獨尊的狀態不同。好學博通之士兼學並習數家之家法，今文、古文諸經並通；且觀覽諸子百家之說，以孔門先王之道為原則，兼而納之；士人學養所至，發乎文章詩篇，憂愁失落之感皆以道正之、以德化之，從而將綴文篇章之藝納入孔門文學所習。因此東漢文學涵蘊漸廣、文學之義漸深，使文學觀念的運用領域從禮樂專業、義理講論擴展到士人社會生活的各個方面。

然而整個東漢社會篤學重文之風並不是帝王權勢所決定的，而是士人自主傳習所形成的好尚之共識。同樣，東漢文學的兼通漸廣亦是士人好學博覽自主而自然形成的趨勢。

法昧著良知稱頌漢靈帝為純文學事業的有力改革者，只好從學術、政治、士風諸多角度來討論鴻都門文學的複雜性，比如錢志熙先生《鴻都門學事件考論——從文學與儒學關係、選舉及漢末政治等方面著眼》。因此有些學者據此認為應該直接將鴻都門文學事件排除出文學研究，「鴻都門學在當時沒被當作一個文學事件，而對後來文學的發展也沒產生過任何影響。因此，作為一個歷史事件，鴻都門學的影響更多的是在政治上而不是在文學上」（田瑞文），認為鴻都門諸生是漢靈帝「為了平衡政治勢力而組建的頗有特殊性的政治集團，並非文學集團」（張新科）。然而仍有撰文者受官方歷史學說的影響，認為「鴻都學諸生積極創作俗體文學，提倡通脱自然的文學風尚，實為建安文學之肇始」（馮倫），「在士風方面，鴻都門學的創立促使了文士對儒學之外的辭賦以及琴棋書畫等各種文藝基本素質的追求，使文士認識到文學同樣能夠博取功名利祿和官爵，而這正是『文章乃經國之大業，不休之盛世』觀念的先導」（余鵬飛）。

〔註 101〕武帝之世「儒雅則公孫弘、董仲舒、兒寬，篤行則石建、石慶，質直則汲黯、卜式，推賢則韓安國、鄭當時，定令則趙禹、張湯，文章則司馬遷、相如，滑稽則東方朔、枚皋，應對則嚴助、朱買臣，曆數則唐都、洛下閎，協律則李延年，運籌則桑弘羊，奉使則張騫、蘇武，將率則衛青、霍去病，受遺則霍光、金日磾，其餘不可勝紀。是以興造功業，制度遺文，後世莫及」；宣帝之世「講論六藝，招選茂異，而蕭望之、梁丘賀、夏侯勝、韋玄成、嚴彭祖，尹更始以儒術進，劉向，王褒以文章顯，將相則張安世、趙充國、魏相、丙吉、于定國、杜延年，治民則黃霸、王成、龔遂、鄭弘、召信臣、韓延壽、尹翁歸、趙廣漢、嚴延年、張敞之屬，皆有功跡見述於世」。

第四章　中古文學觀念的成形：《三國志》中曹魏學文並重的泛化文學觀念

《三國志》爲魏晉時陳壽編撰。陳壽一生處蜀、入魏、仕晉，對於所撰史書可謂親見其事。《三國志》中魏、吳之事，陳壽多據王沈《魏書》、韋昭《吳書》、魚豢《魏略》所載。蜀本無史，由陳壽自己採集資料編寫。南朝劉宋時期裴松之應宋文帝之命，注釋《三國志》，「鳩集傳記，增廣異聞」，補充了大量材料。就本文對三國文學觀念研究而言，裴注所增材料中有大量的魏蜀吳人物的傳記和文章，可做《三國志》分析材料的補充。由於魏晉最終統一中國，臣服蜀吳，因此本文以曹魏文學觀念作爲分析主體，附帶蜀漢和東吳的情況。

《三國志》總體上還是承繼班固《漢書》的紀傳體例，但陳壽沒有列《儒林傳》，大概由於三志並立，不便立類傳。但裴松之將魚豢的《魏略·儒宗傳》注附於王肅諸傳，《文士傳》則注附於王粲諸傳中。陳壽受學於譙周，史不載二人學派，唐晏據譙周撰《喪服集圖》以其爲禮經高堂氏學。譙周不好諸子文章，非其心所存，不遍視其文。陳壽對於士人文采也更欣賞有學之文。其評價通經儒雅的王朗爲「文博富贍」、「一時之俊偉」，但對博物多識、善於朝廷奏議的王粲〔註1〕微諷其「沖虛德宇，未若徐幹之粹」〔註2〕，因此不像和洽、杜襲有士君子之風，更爲曹操所禮敬。陳壽偏重於學的文學觀念，正好

〔註 1〕裴注引典略曰：粲才既高，辯論應機。鍾繇、王朗等雖各爲魏卿相，至於朝廷奏議，皆閣筆不能措手。

〔註 2〕《三國志》，469 頁。

表現出曹魏時期文學觀念的轉變。

從對《三國志》及裴注中魏蜀吳文學組詞含義的追蹤分析，可以發現這一時期文學觀念變化的蛛絲馬蹟。

「文章」一詞在統稱著述文章的含義上出現了經籍學術與有文采之作的並立。《三國志》及裴注中，「文章」作爲含經籍意味的著述統稱，如描述少帝曹髦好學，「見其好書疏文章，冀可成濟」，以及名士陳登「舊典文章，莫不貫綜」，蔡邕說「吾家書籍文章，盡當與之」；同時更多的是不含經籍意味的篇章統稱，如曹植譏諷「劉季緒才不逮於作者，而好詆呵文章，掎摭利病」，蜀漢郤正「耽意文章，自司馬、王、揚、班、傅、張、蔡之儔遺文篇賦，及當世美書善論，益部有者，則鑽鑿推求，略皆寓目」。

夏侯惠在向朝廷推薦劉邵時，區分了研究儒學經籍的文學之士和擅長行文的文章之士：「文學之士嘉其推步詳密」，即通曉經學中所包含的曆法陰陽之術；「文章之士愛其著論屬辭」，指篇章行文能力強的士人。夏侯惠的文學、文章對稱，大致可以看到曹魏時，人們觀念上把儒家專業學術與文章之藝分開的傾向。不過夏侯惠的對稱並不嚴謹。當時爲了誇讚劉邵，夏侯惠湊了性實、清靜、文學、法理、意思、文章、制度、策謀八個方面，其實並不構成眞正的並立關係，大概是兩兩一組四個方面能力的評價。眞正與「文章」對稱的是「意思」，即表示劉邵既思想深沉篤厚，行文又文辭條理可觀。

羅根澤先生在《魏晉六朝文學批評史》裏也舉了夏侯惠這個例子，認爲「『文學』括示學術，『文章』括示現在所謂『文學』」〔註 3〕，即五四新文化運動後推崇的純文學。就文本而言，羅根澤先生這種闡釋存在一定的誤讀。因爲曹魏時即使不含經籍學術意味的「文章」泛稱，也缺乏純文學的含義。當時「文章」的文類既包括今世純文學觀念所認可的詩賦，還有官方公文。如陳琳爲袁紹「典文章」，寫作戰爭檄文以及其他往來公函。最著名的是《爲袁紹檄豫州》，痛罵曹操「贅閹遺醜，本無懿德」。這種文章皆有實際功能，不可以抒發個人情感的純文學目之。

而且曹魏時期的「文章」含義雖然有很大一部分脫離了經籍學術，向文辭優美的方向轉變，但經學學術仍然是「文章」的基礎。善於爲文章者，皆學識淵博，如曹植「博學淵識，文章絕倫」，東吳學者薛瑩「涉學既博，文章尤妙」，是在有學術素養的基礎上，行文成篇、遣詞造句的能力特別突出，才

〔註 3〕羅根澤，《中國文學批評史》，121 頁。

被認爲是「文章之士」。像薛瑩在同僚中就因撰史能力強，而被華覈推薦，「今者見吏，雖多經學，記述之才，如瑩者少」。

《三國志》中「文辭」一詞的含義還是泛稱各類篇章的行文措辭，如曹植用以指孔子之文「昔尼父之文辭，與人通流；至於制《春秋》，游、夏之徒不能錯一字」；以及五經中的言語，如東吳張昭駁應劭爲舊君諱一文，便引據《曲禮》「不逮事之，義則不諱」，「闕義自證，文辭可爲」；或者史書的措辭，如「昔班固作《漢書》，文辭典雅」；當然還可以指辭賦之文，如「郤正文辭燦爛，有張、蔡之風」；甚至民間上書的語言，如魏明帝「聽受吏民士庶上書」，「雖文辭鄙陋，猶覽省究竟」。

「屬文」一詞泛稱行文成章，如王粲「善屬文，舉筆便成，無所改定」，今存其詩、賦、諫書、檄書、七體、頌、贊、論、誌、連珠、銘、弔文，可謂諸體兼備。然而魏明帝青龍四年置崇文觀，「徵善屬文者以充之」，當時擔任崇文觀祭酒的並不是以辭藻文章著稱的文人，而是大儒王肅。所以善屬文和儒學學術還是有很深的關聯。像因外戚身份列名散騎侍郎而被眾人輕蔑的孟康，爲此痛下工夫、博讀書傳，從而能夠屬文「義雅而切要」，令人刮目相看，可見曹魏時行文成章的辭、旨要素還是來自儒學學術。

《三國志》中「文學」一詞不像「文章」、「文辭」含義有明顯的寬泛性，基本上還是指儒學學術。如曹操下令「郡國各修文學」，因此荀彧稱讚曹操「外定武功，內興文學」；魏文帝時顏斐爲京兆太守，「起文學」學業以造育人才；東吳孫策欲見隱者高岱，聞其善《左傳》，預先勤讀以備講論，有小人從中挑撥，說高岱認爲孫策只是一個武夫，「無文學之才」，講論《左傳》時肯定裝作不懂以示輕蔑。所以《三國志》中「文學」一詞顯明的含義還是儒學學術。

但是當時曹丕、曹植、曹彪等俱好文學，卻沒有往儒學學術方面精研，興趣主要投入文章寫作，即「以著述爲務」。像曹丕令諸儒撰集經傳，編製了各以類從的《皇覽》一書，便於文章用典。

而且諸王身邊大量的文學侍從既有專於學業的經學之士，如蘇林、隗禧、樂詳、司馬孚、高堂隆等；亦有善撰文章之士，如王粲、陳琳、應瑒等；更多的是兼學能文之士，如邯鄲淳、劉劭、徐幹、劉楨等。曹丕在與吳質書信中描繪了「從者鳴笳以啓路，文學託乘於後車」的相隨遊玩的盛況。雖然諸王文學官職的設立是以運用儒學學術勸學待問爲職責，但曹氏的講論文學多爲「妙思六經，逍遙百氏」的玩樂態度。而且曹氏喜與文學侍從作詩賦以遊賞，影響到此後兩晉南朝的諸王文學一職的人選必須具有高超的行文能力，而不單單是精通學術。

從以上《三國志》中文學組詞含義的追蹤，可以發現曹魏時期與東漢經學基礎上博通的文學觀念已然有所變化：學與文開始並立，而且文學之業呈現出一種泛化應用的態勢。

但曹魏時期文學觀念的變化仍然是士人好尚所推動的，並非曹氏父子通過政治權力把愛好文章的風氣強加給士人。因爲曹氏政權對東漢的文化格局是以繼承爲主，而不是顛覆重建。

東漢桓、靈失德導致宦官集團對國家政治的敗壞極度膨脹。以朝野名士和太學遊生爲主體的士君子群持本孔門文學所傳先王之道，講學探理、議論朝政，形成士林公議，遂與武力皇權的衍生物宦官集團激烈衝突，釀成持續兩朝的黨錮之禍，使國家人心動盪，危機叢生。漢靈帝崩殂後，外戚何進欲誅宦官，引發北地董卓軍閥集團的暴亂，東漢王朝就此分崩離析。

然而東漢篤學尚文、以孔門先王典籍爲根基，兼通諸子百家的文學學術與文學觀念由漢末梟雄曹操所創立的魏國政權繼承下來。

曹操本爲東漢諸生，深受士林公議影響，非常看重名士的評議。《後漢書》載曹操脅迫月旦評的許劭爲自己品題，得「君清平之奸賊，亂世之英雄」〔註4〕之語而大悅。因此曹操雖有帝王的權威，卻以士人的節操自持，從而「外定武功，內興文學」〔註5〕，全面認可和接受了東漢的文學學術和文學觀念。

曹氏政權與其所吸引的士人在建立功業、治國安民的歷程中，以孔門文學爲根基，遵先王之道，同時博通諸子，尤以刑名法理和縱橫奇策見長。然曹魏時期的刑名法理和縱橫奇策皆以儒家基本觀念爲準，並非如戰國諸子般各立門戶。

由於曹魏對東漢文學學士和文學觀念是認可和繼承的狀態，而非兩漢朝廷與士人合作形成，所以曹魏時期文學學術和文學觀念更以士人爲主體。士人們與曹氏政權在創業中的合作，地位較之兩漢更高，因其無需卑身勸喻曹氏政權接受孔門文學先王之道作爲治國的根基。此已成爲兩漢以來的文化定局。

前文已述，東漢文學觀念的樹立是以學術獨立和士人公議爲憑依力量。

〔註4〕《後漢書》，1509頁。
〔註5〕《三國志》，238頁，裴注。

創業於亂世的曹操諸人並沒有干涉學術獨立的奢望和能力。然而東漢末年黨人橫議的士林喧囂，令曹氏政權不能不感到相當的威脅。因此曹操以逆於士林公議標準的四次求賢令，及對孔融、荀彧諸名士的逼迫誅戮，來確保自己成爲士林認同的魏王；魏文帝曹丕在禪代登基前，推出九品中正制來規範面向士林的選官制度；而魏明帝曹叡以浮華案懲處相譽之風，打擊士林中潛在的反對力量。

然而由於士人所依憑的孔門文學先王之道的傳統根深柢固，加之曹氏政權對士林公議的控制干涉程度不大，曹魏時期士人仍然保持了對學術義理和天下公議的堅守，以獨立的士人品格面對皇權貴勢，由此形成更具士人個人特點的曹魏文學觀念。

自曹魏之時起，由於十四博士之學被古文經學所替代，而六經章句漸趨於簡易和定型。專業經學的規模開始內縮，學者由持守《公羊春秋》或《左氏春秋》的今古文之爭漸至遍注群經的鄭、王學爭。

而且曹魏文學學術、文學觀念有異於兩漢朝廷與士人合作形成的狀態。士人對文學學術、文學觀念的變化具有更多的自主性，從而使曹魏文學之業向士人的社會生活應用上普及泛化。孔門文學傳承的《孝經》、《論語》、《詩》、《書》、《禮》、《易》、《春秋》成爲士人的基本學養。士人們以此爲樂，將其學養逸出爲《老》、《易》玄談和行文篇章，使西漢六經文學觀念、東漢經學爲主的博通文學觀念漸趨泛化，開啓中古時期儒學由文學觀念之中心，變成文學觀念之基礎的轉變過程。

第一節　曹魏時期專業經學的規模開始內縮

東漢時期古文經學雖然沒有立於學官，但頗受士人所愛。杜林有漆書《古文尚書》一卷，視若珍寶，雖遭王莽之亂亦從不離身。其自言遇此亂世流離，常恐古文經斷絕失傳，於是鼓勵習《毛詩》的衛宏言：「古文雖不合時務，然願諸生無悔所學」〔註6〕。受杜林、衛宏諸儒的感染，益多士人好學古文經。東漢末年戰亂，使曹魏時期官學不再有兩漢十四今文博士之規模。原本在民間私門傳授的古文經學因馬融、鄭玄、王肅等遍注群經，引今文說入古文，而大致終結了貫穿整個東漢時期的古今文經學之爭。曹魏時期學者大多從

〔註6〕《後漢書》，625頁。

鄭、王之說，官學博士也據二家章句而立，兩漢十四博士之學被古文經學所替代，使原本龐雜的經學學術規模大爲縮減。

一、今文十四博士之學被古文經學所替代

東漢末年古文經學取代今文經學，一方面是由於東漢政權的傾頹，依於兩漢官學傳統的今文十四博士失去了東漢官方的有力支持。繼之而起的曹魏政權在官學設置上更多地順從了當時士人的學術好尙，從而改立古文經學博士。龔道耕先生在《經學通論》中分析了今古文經學由於本身的差異導致一蹶一興的原因：其一，今文明大義，古文重訓詁；其二，今文多專經，古文多兼經；其三，今文守章句，古文富著述；其四，今文多墨守，古文多兼通；其五，今文多樸學之儒，古文多淵雅之士〔註7〕。東漢士人文學觀念上崇尚博通之風，因此更樂於傳習有兼通之美的古文經學。

東漢末年，馬融授鄭玄費氏易，鄭玄爲之作《費氏易注》，荀爽又作《費氏易傳》。鄭玄此前在太學師從第五元先，已通《京氏易》。鄭玄改易其學可見《京氏易》在漢末被廢棄的情況。《京氏易》起初以陰陽五行說易，後來變爲占驗之說，以其近於讖緯，盛行於東漢。

有經學博通之風的學者一則不好章句，二則不喜讖緯。然而光武帝因讖言的契機而終成帝業，所以篤信讖緯，甚至以此決典禮之事，對不喜其學的士人有所壓制。桓譚因好古文經學，批評讖記的奇怪虛誕，不合先王仁義正道，幾乎被光武帝拿下問斬。當時桓譚七十多歲，向光武帝叩頭至流血，才留得性命。善古學的尹敏也因向光武帝批評讖書非聖人所作，而仕途沉滯。

而今文經學與讖緯的密切關係，也是其學在漢末衰弱的原因之一。讖緯的虛誕，東漢時王充已揭謬無餘。而且曹氏父子不像光武帝劉秀那樣信讖，大概由於其人繼承了東漢博學善思士風。曹植在《辯道論》中曾提到「家王與太子及餘兄弟」不相信神仙方術，而屢屢譏笑其人的態度，使得方士「終不敢進虛誕之言」〔註8〕。

曹丕受禪稱帝時，爲製造聲勢，許芝、司馬懿等人也上書陳讖緯、符命。曹丕對此甚爲敷衍。其《辭符讖令》等文皆側重士德、士志，有「使逝之後，不愧後之君子」、「吾之斯志，豈可奪哉」之言。不過曹丕爲文有很強的遊戲

〔註7〕《龔道耕儒學論集》，25頁。
〔註8〕嚴可均，《全三國文》，輯商務印書館，1999年版，181頁。

感，文飾多於眞心，後文將有詳敘。然而從中可以看到曹丕深受士風影響的一面。

鄭玄所改學的《費氏易》和《京氏易》不同，無章句，以十翼解釋六十四卦。所以馬融、鄭玄在傳授《費氏易》時，將《文言》雜入乾坤二卦，形成《周易》經傳現在的排列次序。其傳不雜讖緯，對於之後魏晉士人以義理、玄理解釋《周易》影響重大。而原十四博士所傳的《易傳》則逐漸式微。

相對他經，《古文尚書》的情況比較複雜。西漢孔氏有《古文尚書》，孔安國傳之。成帝時求古文尚書，張霸上一百零二篇，然以宮中藏書校對不符，被黜。王莽時與其他古文經皆立於官學。東漢杜林得漆書《古文尚書》，但只有一卷。後馬融爲之作傳，自名古文，以當時今文博士爲俗儒。鄭玄也爲之注解，於是《古文尚書》比兩漢今文博士的歐陽、大小夏侯尚書更爲顯學。但據《隋書・經籍志》所載歐陽、大小夏侯尚書亡於西晉末年永嘉之亂。曹魏時民間傳授的《今文尚書》並沒有完全被《古文尚書》取代，只是馬鄭所傳章句融古今文爲一致，傳習更爲便利。

東漢《韓詩》大行，鄭玄初亦從張恭祖受《韓詩》。鄭玄後受學馬融門下，作《毛詩箋》，《毛詩》便大行於世。與曹植並稱的太子文學劉楨有《毛詩義問》載於《隋書・經籍志》。於是西漢的《魯詩》、東漢的《韓詩》皆衰微。

兩漢十四博士所立大小戴禮，皆《儀禮》十七篇。鄭玄傳小戴的《儀禮》，並以古經校對，取其義長者作注，爲鄭氏學，即今所存《儀禮注》。西漢李氏獻《周官》（《周禮》）於河間獻王，王莽時劉歆立《周官》爲博士。東漢古文經學家鄭眾、賈逵親向劉歆弟子，九十歲的杜子春受《周官》之學。後馬融六十六歲作《周官傳》，傳授給鄭玄。鄭玄集諸儒之成作《周禮注》，今存。河間獻王又得孔子弟子及後學所記，戴德、戴聖各刪定其記，馬融傳小戴之記，鄭玄受其學，作《禮記注》，今存。此爲三禮。

東漢初陳元爲立《左傳》博士，與范升爭辯於光武帝劉秀之前，因此而短暫立於官學。到漢末曹魏時期，《左傳》在民間士人中的傳習規模顯然大於《公羊》、《穀梁》。士人好尚《左氏春秋》與東漢以來經學博通的文學觀念直接相關。

單從文本上看，《左傳》敘事詳明、文辭贍富，文采勝於《公羊》、《穀梁》二傳。劉熙載《藝概》言「左氏敘事，紛者整之，孤者輔之，板者活之，直者婉之，俗者雅之，枯者腴之。剪裁運化之方，斯爲大備」。東漢習《公羊春秋》的李育曾讀《左傳》，雖然批評其「不得聖人深意」，亦承認自己樂《左傳》之文采。

東漢經學博通的文學觀念融諸學與文章之藝於其中，篇章的美善程度直接影響士人的好尚。所以何休《公羊解詁序》爲《公羊傳》正本時言：「是以治古學、貴文章者謂之俗儒，至使賈逵緣隙奮筆，以爲《公羊》可奪，《左氏》可興」〔註 9〕。特別到東漢末年，《左傳》的篇章精彩比起《公羊傳》墨守章句，更令好尚博通文章的士人心悅。

曹魏時期，善《公羊》與好《左氏》的學士屢屢發生爭執。《三國志・魏書》裴松之注載五官中郎將嚴幹特善《公羊春秋》。司隸鍾繇則不好《公羊》而好《左氏》，稱《左氏》爲史官所傳，而《公羊傳》爲賣餅家言，大概將《公羊傳》的義例比喻爲單調呼喝的叫賣聲。嚴幹不服而與之辨析長短，然口辯能力不如鍾繇的機敏善論，一時屈口無言。鍾繇爲之得意，稱「公羊高竟爲左丘明服矣」。嚴幹憤憤言，「直故吏爲明使君服耳，公羊未肯也」〔註 10〕。

當時蜀漢也有《公羊》和《左氏》之爭。曾爲靈帝講部吏的孟光被劉備拜爲議郎，掌典籍制度，其人好《公羊春秋》而譏呵《左氏》，與善《左氏春秋》的典學校尉來敏常爲此「譊譊讙咋」、爭議不休。

從史料上看，爭議者固然各持己見，不廢其學，但三國士人及其後傳中《左氏》之學遠多於《公羊》、《穀梁》。曹丕爲太子時，因贈鍾繇五熟釜而與書致意，文引《左傳》中宋考夫銘爲義例〔註 11〕。辛毗以《左傳》「夏數爲得天正」〔註 12〕勸曹丕勿改正朔。裴注所錄魚豢《魏略・儒宗傳》載董遇、賈洪、樂詳諸儒皆精於《左氏》，教授生徒且有著述〔註 13〕。只有魚豢本師隗禧不喜《左傳》，斥之爲相斫書，然魚豢常從隗禧問《左傳》，可見後學對《左傳》興趣的濃厚。

蜀漢本貴今文經學，尹默、李譔等自知其學不博，俱遊學荊州，從司馬徽、宋忠等學《左氏春秋》。後尹默以《左傳》授後主劉禪，李譔授後主太子劉璿。此外蜀漢之士武有關羽、文有李密，皆好《左氏春秋》。東吳士燮、張

〔註 9〕《春秋公羊傳注疏》，北京大學出版社，1999 年版，6 頁。

〔註 10〕《三國志》，501 頁。

〔註 11〕《三國志》，298 頁。

〔註 12〕《三國志》，520 頁。

〔註 13〕董遇《春秋左氏傳章句》、《春秋左氏傳朱墨別異》。

昭、諸葛瑾等重臣亦傳《左氏》，多有著述〔註14〕。漢末靈帝令諸儒正五經文字，刻石於太學門外，洪适《隸釋・隸續》載《公羊》殘碑。魏太學石碑則寫《左傳》，足證《左氏春秋》取代《公羊》、《穀梁》之勢。

以上可見貫穿整個東漢時期的古、今文經學之爭，最終以古文經學的普及士林作爲了結。

於是曹魏官學改易兩漢今文十四博士之學，立古文經學爲主、兼存今文經學的十九博士。《費氏易》、《古文尚書》、《毛詩》、《三禮》皆鄭玄、王肅之學並立，《左傳》則服虔、王肅並立，《公羊》立顏、何之學、《穀梁》則尹氏之學、《論語》立王學、《孝經》立鄭學〔註15〕。曹魏十九博士應非魏文帝黃初元年同時所立，初期以鄭學爲主，後期司馬氏秉政，王肅所注的《古文尚書》、《毛詩》、《三禮》、《左氏》、《易傳》〔註16〕、《論語》方立爲官學〔註17〕。

王國維《漢魏博士考》言：「此十九博士中，惟禮記、公、穀三家爲今學，餘皆古學。於是西京施、孟、梁丘、京氏之易，歐陽、大小夏侯之書，齊魯韓之詩，慶氏、大戴之禮，嚴氏之春秋，皆廢於此數十年之間。不待永嘉之亂而其亡可決矣。學術變遷之在上者，莫劇於三國之際」〔註18〕。

〔註14〕士燮「少遊學京師，事潁川劉子奇，治《左氏春秋》」，「耽玩春秋，爲之注解」；張昭「從白侯子安受左氏春秋」，「在里宅無事，乃著《春秋左氏傳解》」；諸葛瑾「少游京師，治毛詩、尚書、左氏春秋」。

〔註15〕王國維《漢魏博士考》認爲曹魏十九博士無《論語》、《孝經》，《尚書》增賈逵、馬融二家之學。王國維此說據《三國志・魏書・三少帝紀》中曹髦問尚書博士庾峻，鄭玄「堯同於天」與王肅「堯順考古道」二義不同，庾峻以賈、馬、王皆此義，故王肅長於鄭玄，以及《晉書・荀崧列傳》荀崧上書晉元帝言西晉有「賈、馬、鄭、杜、服、孔、王、何、顏、尹之徒，章句傳注眾家之學，置博士十九人」。然而當時東晉官學已置《周易》王氏、《尚書》鄭氏、《古文尚書》孔氏、《毛詩》鄭氏、《周官禮記》鄭氏、《春秋左傳》杜氏服氏、《論語》《孝經》鄭氏博士各一人，凡九人，只有《儀禮》、《公羊》、《穀梁》及鄭《易》未置。所以荀崧建議「宜爲鄭《易》置博士一人，鄭《儀禮》博士一人，《春秋公羊》博士一人，《穀梁》博士一人」。其中並沒有賈逵、馬融的《尚書》之學。庾峻和荀崧所言賈逵、馬融皆爲王肅所採綜之學。故王國維所考曹魏十九博士應刪減賈逵、馬融之《尚書》，增加《論語》、《孝經》博士。

〔註16〕《易傳》爲其父王朗所作，王肅撰定。

〔註17〕甘露元年高貴鄉公曹髦幸太學，問學於五經博士，當時《易》用鄭玄之學，《古文尚書》用王肅之學，可知至少在甘露元年之前，鄭、王之學便已並立博士。

〔註18〕王國維，《觀堂集林》，中華書局，1959年版，191頁。

劉松來先生在《兩漢經學與中國文學》中從文化學術史的角度分析了今古文經學紛爭的根本要點：今古文之爭雖然判若水火，但實質上仍是「儒學內部的派別之爭」。今文經學「借助天人合一和陰陽五行理論」，「所用的是一種近似宗教神學的手法」，古文經學則主要是「對經書義理的轉相發明」，「走的是一條史學化道路」〔註 19〕。所以錢穆先生總結「大抵今文諸家，上承諸子遺緒，用世之意爲多。古文諸家，下開樸學先河，求是之心爲切。無今文之啓行，則經學無向榮之望。無古文之後殿，則經學無堅久之效」〔註 20〕。

二、曹魏時鄭玄、王肅之學

鄭玄、王肅遍注群經之業皆學人自爲，非有西漢石渠閣、東漢白虎觀群儒五經異同辯論之會中帝王裁定評判的威權，卻反爲士林所宗。兩漢宣帝、章帝未能實現的經學學說的統一，在長達二百七十年〔註 21〕經學分立、融通、普及的過程中，士人自行達成了對學說選擇的共識。

鄭玄毫無家門貴勢倚仗，以鄉之小吏而好學從師、轉益多聞、隱修經業，持「念述先聖之元意，思整百家之不齊」的志向，「括囊大典，網羅眾家，刪裁繁誣，刊改漏失」，與當時學者辯理百端，最終得到眾人的嗟服，「自是學者略知所歸」。因此龔道耕先生稱鄭玄是「兼用今古兩家之學而會通爲一者」，「自茲以後，經學惟有鄭學、非鄭學兩派，而無復今古之辨矣」〔註 22〕

而且鄭玄一生保持了自己的學術獨立性，或居家教授學徒，或處權門而行師友之道。應劭向鄭玄自稱「故太山太守應中遠，北面稱弟子何如」，鄭玄笑應之「仲尼之門考以四科，回、賜之徒不稱官閥」。鄭玄此笑體現了兩漢學者以先聖、先師之學爲立身之本而獨立於權勢的守道精神。

然而建安五年，七十四歲的鄭玄被袁紹父子逼迫隨軍，死於途中。可見前現代的武力專制時期，人們即使擁有自主的精神世界，也無法擺脫受權力控制的人身依附性。也正因爲如此，兩漢經學通過與權力合作而爲士人開闢的精神獨立自主的品格顯得更爲可貴。

王肅之學在曹魏後期被立於官學與權門有一定的關係，不像鄭玄經傳純爲士人所向。王肅善賈逵、馬融之學，與東漢末鄭玄的群經注箋有異。齊王

〔註 19〕劉松來，《兩漢經學與中國文學》，241 頁。
〔註 20〕錢穆，《國學概論》，商務印書館，1997 年版，120 頁。
〔註 21〕自西漢甘露三年（西元前 51 年）石渠閣會議至曹魏黃初元年（西元 220）。
〔註 22〕《龔道耕儒學論集》，27 頁。

曹芳正始六年，王肅所編定的其父王朗之《易傳》立於官學，學者以此作爲課試科目之一。王肅的《古文尚書》、《毛詩》、《論語》、《三禮》、《左氏春秋》在高貴鄉公曹髦甘露元年之前也已立於官學。

由於魏明帝曹叡遺命司馬懿、曹爽輔佐年僅八歲的少帝曹芳，而高平陵之變後，曹爽族誅，曹魏之政盡歸司馬氏。王肅之女王元姬嫁司馬昭，生晉武帝司馬炎及齊王攸，故與司馬氏有外戚之親。

然其學立於曹魏時未必皆因司馬氏外戚，一則甘露元年之前司馬師執政，王氏與司馬昭的聯姻尚沒有進入權力的核心；二則王肅之學亦源自賈逵、馬融，爲尙古文經學者所好，從王肅甘露元年薨，其門生服喪者以百數〔註23〕可見一二；三則王朗、王肅父子皆曹魏制禮重臣，王肅所論駁朝廷典制、郊祀、宗廟、喪紀、輕重，有百餘篇，有立說的規模。

待王肅外孫司馬炎受禪即位後，朝廷郊廟諸禮皆用王肅學說，不用鄭玄之義，彼時確與外戚影響有關，但此影響與王元姬對司馬炎的家學母教相關。

而且曹魏以來的官學已無兩漢太學學術中心的地位，因此並不影響民間私門的學術傳承。王肅在世時，便有傳鄭玄之學的孫炎、王基與王肅據義抗衡。孫炎被時人稱爲東州大儒，亦有《周易》、《春秋例》、《毛詩》、《禮記》、《春秋三傳》、《國語》、《爾雅》諸注行之於世。王基爲司馬昭的征東將軍，頗受信用。司馬昭曾致書王基言「誠感忠愛，每見規示，輒敬依來指」〔註24〕，不因其屢發異議於王肅之學而內慊。

曹魏官學科目的設立雖在數量上由兩漢十四博士，增爲十九博士，但學說與章句實大爲縮減。

首先《論語》、《孝經》本爲漢士人所遍習的基礎之學，是否立博士，不影響其傳學。其次並立的鄭、王諸學，皆爲博採古今文眾家之說，與西漢初年師法、家法之專門不同，士人依其喜好而習其一即可。

因此漢末曹魏之時學者有充分的餘裕，將其經學學養應用於士人好尚的各個方面，從而導致中古文學觀念自兩漢以經學爲中心，逐漸演變成魏晉南北朝以經學爲基礎、蘊涵寬泛的文學觀念。

〔註23〕漢末名士陳寔亡，「天下致弔，會其葬者三萬人，制緦麻者以百數」，亦此規模。

〔註24〕《三國志》，560頁。

第二節　文學之業的應用開始普及泛化

經漢末大亂，曹魏雖建太學、設博士，其育才能力卻遠遜於兩漢官學。弟子避役、博士粗疏，不再被士林倚重爲一國之學術中心。

齊王曹芳正始年間，召學士普議圜丘之禮。京師洛陽有太學生上千人，郎官、屬吏上萬，能夠應詔書與議圜丘禮義的經學之士竟寥寥無幾。而朝廷公卿以下四百餘人，能上疏議論者不過十人。與西漢中葉儒學初興、武帝與諸儒議封禪禮的眾說紛紜、莫衷一是之情形相比，甚爲寥落。

造成這種狀況的主要原因是上文所述曹魏時期儒家專業學術的規模內縮，此外亦與曹魏士人以其學養、各從所好直接相關。繼二周王官之學失守後，兩漢私門教授的官方集中至此亦告頹圮。儒家專業學術不再是士人才智慧力表現的中心。

所以魚豢所說的「學業沉隕」，是與兩漢太學遊學講論的盛況相較而言。後世皮錫瑞慨歎經學中衰，乃痛惜今文經學的失傳。就儒學的社會作用和普及人群來看，自曹魏時期始，靠私學和家學的傳承，儒家學說已經成爲士人的基本學養。遂造成中古時期有學之士在自主的學術氛圍下，以儒學爲根基，創造出篇章富麗、文化燦爛的局面，即龔道耕先生所謂「自專門之學衰，而文章之風盛，質文漸變」〔註 25〕。

一、孔門文學成爲士人基本學養

兩漢經學培養出的士林博學重文之風，在曹魏時期沒有隨經學專業規模的內縮而減損，反而出現學術愈博、文章益盛的景象。西漢學者守一經之學，文章、議論皆據此而發。東漢學者漸博通五經，以此爲教授講學之業。曹魏繼兩漢經學的開拓普及，且受惠於鄭玄、王肅諸儒融通諸學、義有旨歸，孔門文學能夠成爲士人的基本學養。所以曹魏士人雖不以經學爲專業，卻普遍擁有經學素養。

兩漢權門或有不訓子孫，不以五經之學爲兒童子弟的教育科目。至曹魏時期，上至皇族、下至平士，儒學已成爲公認的啓蒙教育。八歲即位的齊王曹芳，在輔政的司馬懿和曹爽督促下，正始二年通《論語》、五年通《尚書》、七年通《禮記》。十三歲即位的高貴鄉公曹髦更好學夙成，十五歲與太學諸儒議論《易傳》、《尚書》。士人子弟如鍾會以好老易、精練名理著稱，然其幼年

〔註 25〕《龔道耕儒學論集》，66 頁。

的母教仍是儒家經典〔註 26〕。

建安七年官渡之戰前夕，曹操對陣亡將士的後人遺孤給予土田、耕牛等生活物資，且下令爲其置學師教授五經，作爲鼓勵將士的優惠待遇。曹操給將士遺孤提供學師的目的，顯然不是要將其人培養成通經學專業的博士學者。而是藉此基本的教育，給犧牲沙場的將士之遺孤以潛在的發展機會，讓即將投入官渡之戰的將士感其恩惠而效命軍前。由此可知，當時無論身份的高低，子弟能夠接受五經教育，對人們的意義都非常重大。

官渡之戰勝利後，曹操把爲將士遺孤置學師的教令擴展到所有郡國，命其「各修文學，縣滿五百戶置校官，選其鄉之俊造而教學之」〔註 27〕。建安八年三國鼎立之勢尚未形成，但因擊敗袁紹而雄踞中原的曹操，已經明確意識到以儒學教育後生對敦睦民風、培養人才的重要性。所以曹操沒有虛立太學，而是讓各地郡守依據實際情況首先恢復爲士人提供啓蒙教育的郡縣之學。

於是此後，河東太守杜畿在郡中開學宮，親自執經教授；京兆太守顏斐起文學之業，以免除傜役的政策鼓勵吏民讀書者；弘農太守令狐邵遣吏詣河東就樂詳學五經，通經後回弘農設學；雁門太守牽招因其邊陲僻遠，簡選有才識者至京師受學，有成後還鄉教授；荊州刺史王基與東吳對峙，軍務之餘亦兼修學校。

除郡縣之學外，曹魏時期士人的儒學啓蒙教育，更多地依靠東漢以來的私門講學以及家族相傳。當時長安宿儒欒文博一人即有門徒數千。從學於高士邴原的門徒亦隨時數百。邴原從遼東到鄴下，講述禮樂的教授之聲不絕。私門講授使得像黃朗這樣出身縣卒家庭的好學之士，可以通過遊學師門來獲得儒學的啓蒙教育。

而東漢累世經學所造就的衣冠士族之家，在世人心中獲得的尊敬更鼓勵有學之士以經學傳授子孫。漢末曹魏名臣荀彧、荀攸之家，自其祖父荀淑起便知名當世，所教養之八子被譽爲「八龍」；陳群祖父陳寔與二子並稱三君，德冠天下；曹魏權臣司馬懿自祖父司馬儁起亦累世傳經。

曹魏的私門講授、家族傳授和郡縣之學使士人獲得了普遍的經學素養。

〔註 26〕「年四歲授孝經，七歲誦論語，八歲誦詩，十歲誦尚書，十一誦易，十二誦春秋左氏傳、國語，十三誦周禮、禮記，十四誦成侯易記，十五使入太學問四方奇文異訓。」

〔註 27〕《三國志》，17 頁。

其中大多數人並不以經學爲專門之業，而是憑藉其學養，以其個人好尚去擴展、發揮他們的見識和才能，從而將兩漢經學爲主的文學觀念推向一個泛用的新局面。

二、士人的文學觀念中引入老易玄談

曹魏時，士人開始崇尚玄風，將老易玄談引入原本以經學爲中心的文學觀念之中。在此之前，東漢士人黃老之術與五經之學的博通兼修，儘管對老氏的清靜自守有所吸收，但最終以儒家政治理想爲人生標準。

東漢朱穆因感傷時俗澆薄而作《崇厚論》。文中引《道德經》第三十八章「大丈夫處其厚不處其薄，居其實不居其華，故去彼取此」，來譏刺整個社會上行下效的虛華薄行，不能本於道義而爲敦厚之行。朱穆以老氏的自然眞樸來彰顯儒家道德之本：「故行違於道則愧生於心，非畏義也；事違於理則負結於意，非憚禮也。故率性而行謂之道，得其天性謂之德。德性失然後貴仁義，是以仁義起而道德遷，禮法興而淳樸散。故道德以仁義爲薄，淳樸以禮法爲賊也」〔註 28〕。朱穆用老子言意非難仁義、禮法，但其根本和效用還是在儒家敦厚風化的君子之道上。

直到漢末權力失控，社會亂象叢生，導致士人儒家政治理想幻滅，因而激憤地轉向禮制名教之外的精神世界，以獲取想像性心理安慰。

當時仲長統以《昌言》抨擊肆欲之愚主、貪殘之戚宦，斥自苦荊棘的清潔之士，張君子法制之術，富於救世情懷。其友繆襲認爲仲長統之才可繼董仲舒、賈誼、劉向諸人之後。但仲長統的治世良策並不爲時人所賞，人們稱其狂生。仲長統不得不寄情於「老氏之玄虛」，以優游自娱來「寄愁天上，埋憂地下」，即李源澄先生所言「道家思想之用於政治者，不若其用於人生者之多」〔註 29〕。

仲長統通過精神上游離出現實政治，把士人昔日據經議政的獨立品格發揮到禮制名教之外的幻想世界中，「如是，則可以陵霄漢，出宇宙之外矣。豈羨夫入帝王之門哉」。然而仲長統的精神另闢，實懷對現實難平的激憤，不是理性的哲思，雖宣言欲「叛散《五經》，滅棄《風》、《雅》。百家雜碎，請用從火」，適見其內心與之完全相反的儒家政治理想。因此荀彧以之爲奇才，向

〔註 28〕《後漢書》，988 頁。
〔註 29〕李源澄，《秦漢史》商務印書館，中華民國三十六年版，157 頁。

曹操舉薦仲長統爲尚書郎。

但到曹魏時期，士人的激憤轉淡，開始理性地逸出儒家經世致用的政治理想。東漢末年士人經過黨錮之禍，意氣確實有所消沉。然而黨錮之禍給士林帶來的固然是一種沉重的打擊，可是士人在社會上的文化領導地位卻因此而牢牢地確立了。桓靈二帝均無法將黨禁政策執行到底，即表明皇權無力控制人心的背向以及人們共同的文化選擇。所以才有三國時期各種割據勢力對士人的普遍重視。士人也因此擁有了更多的文化選擇權。此即湯用彤先生「漢末以後，中國政治混亂，國家衰頽，但思想則甚得自由解放」〔註 30〕的根本原因。

曹魏後期正始名士何晏、王弼諸人的老易玄談已經相當地理性而清晰。湯用彤先生說：「王弼爲玄宗之始，然其立義實取漢代儒學陰陽家之精神，並雜以校練名理之學說，探求漢學蘊攝之原理，擴清其虛妄，而折衷於老氏。於是漢代經學衰，而魏晉玄學起。故玄學固有其特質，而其變化之始，則未嘗不取汲於前代前人之學說，漸靡而然，固非驟潰而至」〔註 31〕。

王弼的玄學是通過重新解釋《老子》、《周易》和《論語》建立的。王弼認爲道爲無、常：「道者，無之稱也。無不通，無不由也，況之曰道」，常即本然、恒靜之意，即「返化終始，不失其常」；道順自然，「物?妄然，必由其理」；且以無爲心「若其以有爲心，則異類未獲俱存矣」。

因此王弼認爲以道治國，應崇本以息末；治國的君主首先須「無身無私乎自然」；其次以爲聖人神明茂於世人，但喜怒哀樂與人相同，因此可以應物而無累，所以「聖人體無，無又不可以訓，故不說也。老子是有者也，故恒言其所不足」〔註 32〕，從而把儒家名教融入老氏玄理之中。而且王弼的言意理論主於得意，使士人無須如仲長統般激憤地馳騁於老氏玄虛之境，在平靜中也能夠自如地舒展自己的心意。

因此王弼諸人把原本以經學爲根基的兩漢文學觀念，泛化擴展到老易玄學，使士人理性地逸出了儒學經世致用的精神，從而在個人情感發揮上更加優裕自如。此後體現在阮籍、嵇康言行上的玄學風度深深地感染了中古士林的好尚，因此章太炎先生在《五朝學》中稱「五朝有玄學，知與恬交相養，

〔註 30〕湯用彤，《魏晉玄學論稿》，上海古籍出版社，196 頁。
〔註 31〕《魏晉玄學論稿》，23 頁。
〔註 32〕《三國志》，591 頁，裴注。

而和理出其性。故驕淫息乎上，躁競弭乎下」。

三、泛用於行文綴篇的文學之業

曹魏時期，兩漢以經學為中心的文學觀念在士人好尚的推動下，泛化擴展到各種文體的篇章都包含入文學觀念之中。這種文學觀念的擴容與整個兩漢三國士人精神楷模形象，亦即理想中的自我追求形象的變化是同步的。

首先，西漢中葉時起，士人的精神楷模形象是依經立義、坐而論道的君子之儒。西漢初年有正直守節的申公、轅固生，此後有下帷讀書、思想卻影響整個中國文化格局的董仲舒，他們在漢初諸學混雜的狀況下，以其人格的特殊魅力使儒學成為文學觀念的核心。借用葛蘭西的知識分子理論，「我們可以說所有讀書人都是知識分子，但並不是所有人在社會中都具有知識分子作用」。董仲舒、蕭望之以及東漢的李膺、陳寔諸儒，則以其君子之德的超凡魅力發揮了精神引導方面巨大的社會作用，因此也成為兩漢士人的精神楷模形象和理想中的自我追求形象。

與此同時，因獨尊儒術文學觀念的確立，東漢時期以儒家文化資本也形成了另一種士人精神楷模形象：累世經學的名門子弟。比如幾代帝師的桓榮家族、以經學而數世三公的袁安家族、正直博學的楊震家族等。以上兩種士人精神楷模形象往往相互交織在一起。

其次，東漢末年的亂政和群雄割據使士人精神楷模形象開始分化。借用卡爾·曼海姆在《意識形態與烏托邦》中的理論，漢末士人精神上出現自由漂流的狀態。士人一方面向黃老超脫塵世的理想發展，從而逸出儒家以天下為己任的經世致用思想。這種傾向的士人以品格高潔的山林隱居之士為自己的精神楷模形象，並追溯仰慕上古時期許由、務光等傳說中的隱者。

另一方面士人崇敬不畏豪強、主持正義的儒家骨鯁之士。因此太學中有「天下模楷李元禮，不畏彊禦陳仲舉，天下俊秀王叔茂」的習語流傳。直到南朝，陳寔「言為士則，行為世範，登車攬轡，有澄清天下之志」的精神仍然為士人所敬佩。劉宋時彙編名士風範之跡的《世說新語》以此為卷首。在這種名士品行的激勵下，漢末耿直之士據義而行的精神突破了兩漢以皇權大一統為政治核心的格局，前所未有地逸出了君臣尊卑體制。

因此在漢末三國群雄割據時期，士人以精神氣質相投合的程度，各為其主開基創業，而無戰國時縱橫家朝秦暮楚之態。魏國荀彧、蜀漢諸葛亮、東吳張昭都是領袖一國的儒士，當時士人精神上的楷模。其中最受君主信用的諸葛亮，以師友身份超越君臣關係，甚至成爲此後中國士人夢寐以求的理想形象。有「致君堯舜上，再使風俗淳」之志的杜甫爲其寫下「三顧頻煩天下計，兩朝開濟老臣心。出師未捷身先死，長使英雄淚滿襟」的感人詩篇。

然而到曹魏初定中原之後，地位已然得到肯定的士人，受經學學術規模內縮的影響，其精神楷模和理想中的自我追求形象，再度發生專業化與廣泛化的區分。像漢末鄭玄以純儒自居，專精於經學訓詁，被通人譏爲「質於辭訓」，不能泛其學於文章精彩之中。曹魏大儒王肅所論也都集中在朝廷典制諸事上，文章領域頗受限制。

此時博學泛用的士人成爲士林嚮慕的主流。夏侯惠向魏明帝推薦劉劭時，錯綜了劉劭八個方面的才能。雖然裴松之認爲「凡相稱薦，率多溢美之辭」，但也可據此觀察到曹魏時崇尚的文學泛用之風。而且事實上劉劭爲曹丕編過類書《皇覽》，可見其博學；向荀彧申論日蝕不當廢朝之義，又見其經學專門之術的精通；與議郎定科令，作《新律》以及《都官考課》，有律法刑名之能；爲明帝作許都賦、洛都賦，有篇章之能。

當然曹魏時期，泛用文學、見於篇章最典型的莫過於曹丕、曹植兄弟及其建安諸子。

曹丕、曹植二人的基本學養都「博貫古今經傳諸子百家之書」。曹丕自作的《典論・自敘》云其「少誦《詩》《論》，及長而備歷五經、四部，史、漢、諸子百家之言，靡不畢覽」〔註 33〕。而邯鄲淳初見曹植，聽其「評說混元造化之端，品物區別之意，然後論羲皇以來賢聖名臣烈士優劣之差，次頌古今文章賦誄及當官政事宜所先後，又論用武行兵倚伏之勢」〔註 34〕，爲此驚歎曹植之才爲「天人」。

但曹丕、曹植二人將其學養用於行文綴篇時，有著各自完全不同的風格，亦即文學泛化的動因不同。曹丕將文學泛用於篇章往往體現出一種遊戲心理的戲謔精神，而曹植的文采精華之中卻有孔門文學詩性精神的光芒。

1、曹丕泛用文學之業於篇章中的遊戲精神

曹丕的性格比較複雜，一方面工於心計，對世子之位不惜一切、勢在必得；另一方面則喜好戲樂，頗具遊戲精神。

〔註 33〕《三國志》，67 頁，裴注。
〔註 34〕《三國志》，449 頁，裴注。

其母弟曹植因才華出眾爲當時名士歸心，且受父親曹操所青睞，一度嚴重威脅到曹丕定爲繼承人的可能性。曹丕因此禮敬、拉攏魏國重臣司馬懿、陳群等，處心積慮地與曹植競爭。由於在文采方面難以與曹植抗衡，曹丕僞以孝思素行博譽，「御之以術，矯情自飾」，終於在建安二十二年被立爲魏國太子。

當時曹丕抱長史辛毗頸而喜，將長時間自我壓抑的眞實情感宣洩出來，對辛毗說「辛君知我喜不」。雖然辛毗的姐姐辛憲英對曹丕的激動不以爲然，從儒家義理角度指責曹丕「代君不可以不戚」，「宜戚而喜，何以能久」〔註 35〕。然而曹丕在世子之位的競爭中，長期自我壓抑的緊張和痛苦通過那個宣洩的瞬間暴露出來，從中也可以部分解釋曹丕熱衷於各種玩樂遊戲背後眞實的心理因素。

曹丕的個人愛好相當廣泛，而且都能從中得到樂趣。其一，喜弓馬擊劍，曹丕在《典論・自敘》中對自己「逐禽輒十里，馳射常百步」以及與高手過招能「正截其顙」津津樂道；其二，善彈棋、博藝，曹丕有《彈棋賦》稱其嘉巧「邈超絕其無儔」；其三，好伎樂百戲，曹丕《答繁欽書》中描述了自己對歌妓「振袂徐進，揚蛾微眺，芳聲清激，逸足横集」美態的深深陶醉。而且曹丕在其父死後的第一年即漢元康元年便設伎樂百戲，被孫盛責備爲「處莫重之哀而設饗宴之樂」；其四，愛好珍玩，特別是玉器，曹丕尚未繼位時聞大臣鍾繇有玉玦，便託人向其求之。鍾繇立即相贈。曹丕與書謝之，同時提到自己深好美玉，但「求之曠年」，「饑渴未副」。《藝文類聚》有曹丕《玉玦賦》的殘篇，或爲鍾繇之玉所做。此外還有《瑪瑙勒賦》「苞五色之明麗，配皎日之流光」、《車渠碗賦》「料珍怪之上美，無茲碗之獨靈」，都寄予了曹丕的賞愛之情。

當然曹丕最重要的個人興趣是對文章的篤好。《魏書》稱其八歲便能屬文。雖然在文章著述方面，曹丕的才能被其弟曹植的文才富豔所掩抑。但曹丕對文章之業的特別關注，以及從中顯示出的獨特的戲謔精神，還是自有其不可抹煞的風采。

曹丕對文章之藝的關注，使其相當親近能文的有學之士。一方面把他們延攬爲自己的文學屬官，以便朝夕相處，與之共同寫詩作賦。更爲特別的方面是，曹丕引領了一種評議文章水準的風氣。其中最著名的是曹丕對建安七

〔註 35〕《三國志》，522 頁，裴注。

子詩賦文章寫作個性化的點評，由此開啓了中古時期的論文之風。曹丕對文學泛化爲文章之藝的關注，從狹義界定的純文學觀念角度分析，被認爲是魏晉時期純文學的自覺現象。但是從曹丕自身心理角度來說，他對文章之藝的興趣和成就，更大程度上來源於其生命歷程中壓抑而又張揚的自我個性的體現。

曹丕是在東漢末年名士文化氛圍下成長起來的。儒家士君子的品行操守、文化學養對曹丕皆耳熟能詳。但曹丕特殊的身份——可能成爲魏國繼承人的出身優勢，反而把本來就「內多欲」的曹丕，推向了時刻考量利弊的心理煎熬和壓抑的狀態，使其無法將儒家士君子理想眞正內化到自己的精神世界中。對曹丕而言，儒家士君子的品行操守只能是藉此塑造自我心理鏡象的他者。曹丕在其父「雅好詩書文籍」，以及周圍名士博學多才的他者形象籠罩下，也自幼努力地博覽群書，以貼近士君子之風的自我心理鏡象，從而能夠與諸儒「講論大義，侃侃無倦」。

但是曹丕的欲望有兩重，表面一層是形成和維持自己在他者眼中的士君子形象；內裏一層是獲取權力地位以及實現各種物慾。

曹丕在詩賦文章和詔書公文裏不停地依照自我心理鏡象，去想像性構建、維護自己的士君子形象，以至於完全壓抑了文本中自己應有的帝王形象。曹丕登基後的祭孔詔書與此前歷代帝王相較，是頌聖程度最高的：「俾千載之後，莫不宗其文以述作，仰其聖以成謀，諮！可謂命世之大聖，億載之師表者也」〔註 36〕。不像此前的帝王雖然尊孔，詔書中卻含有命令的權威口吻。這種詔書文辭是曹丕以服膺孔子之學的士君子自我心理鏡象的狀態來行文草就。

黃初五年曹丕的《癸酉詔》曰「昔太山之哭者，以爲苛政甚於猛虎，吾備儒者之風，服聖人之遺教，豈可以目玩其辭，行違其誡者哉」〔註 37〕。此詔爲廣議輕刑而發，但是詔書的行文更像儒者的自省，而非帝王的詔命。

事實上，曹丕在登基前的諸多讓禪文，更是完全以士君子的操守來進行構篇行文的。陳壽的《三國志》沒有載錄那些精彩的勸進和謙讓的奏令，大概認爲都是故作姿態的虛文，沒有載錄的價值。但裴松之悉數補全，讓我們有機會看到這些雖然虛假，但仍然能夠折射曹丕的心理和當時風氣的文本。

〔註 36〕《三國志》，57 頁。
〔註 37〕《三國志》，62 頁。

前文已述漢末三國的士人有兩種逸出傾向，其一是以山林隱者的精神逸出儒家經世致用思想；其二是以名士之耿直逸出君臣尊卑體制。有趣的是，在曹丕的那些讓禪文中，居然可以同時看到士君子這兩種逸出精神。有一篇讓禪文曰「吾德非周武而義慚夷、齊，庶欲遠苟妄之失道，立丹石之不奪，邁於陵之所富，蹈柏成之所貴，執鮑焦之貞至，遵薪者之清節」，用山林隱者的精神來回絕禪代；另二篇則曰「今諸卿皆孤股肱腹心，足以明孤，而今咸若斯，則諸卿遊於形骸之內，而孤求為形骸之外，其不相知，未足多怪」，「何遽相愧相迫之如是也」，用士人之間朋友相知之義來婉拒勸禪，行文中完全忽視了君臣尊卑的等級關係。

但曹丕渴望權力和追求物慾的深層欲望，與其維持士君子形象的表層欲望是時刻矛盾而衝突的。特別在等待成為世子的人生階段，曹丕的深層欲望既屢屢遭受打擊，而且在言行表達的「象徵界」，曹丕還要自我壓抑接近眞實界的深層欲望，以矯情自飾。

曹操正室所養的長子曹昂在南征時過早遇害，使曹丕有了成為魏國繼承人的希望和欲望衝動。但曹操先是寵愛幼子曹沖，「數對群臣稱述，有欲傳後意」。建安十三年，年僅十三歲的曹沖病故。曹丕抑制住重燃希望的心理衝動去安慰寬喻其父。不料曹操率意直言「此我之不幸，而汝曹之幸也」〔註38〕。很難想像畢竟受孝悌文化影響，而且當時年紀尚輕的曹丕的心理狀態〔註39〕。估計一方面對曹丕努力認同的士君子自我鏡象是一種瓦解；另一方面卻讓他的深層欲望更加難以抑制而又不得不強行抑制。

後來曹操對曹植的才華大加賞愛，誇其「兒中最可定大事」，必定讓曹丕又陷入深深的難以名狀的欲望煎熬之中。曹植性簡易、任性直行、不自雕飾，有著與曹丕完全不同的、更為健康、活躍的自我心理圖景。使同樣博學的曹丕，沒有辦法超越曹植自然而然的才氣。所以曹丕要用持重謹慎、看似更有父子眞情的樸素狀態，來獲取曹操長遠的認可。在曹丕登基前的歲月，他只能讓言行表達的「象徵界」，受維持他者眼中士君子形象的表層欲望控制。

但曹丕的深層欲望始終在攪動他的心靈，使之不能眞正謹慎而平靜地度過等待的歲月。曹丕對權力地位的欲望，受到曹操是否立其為世子，以及曹操崩殂後方能繼位的強力限制，因此被壓抑得很深。所以曹丕對歌舞、器物

〔註38〕《三國志》，434頁。
〔註39〕當時曹丕大約24歲。

等的欲望，補償性地劇增。然而曹丕還是不得不讓自己的物慾，附著在其所維持的士君子自我形象上。比如曹丕向鍾繇求玉玦之事，就是用士君子之德的自我形象來掩蓋物慾的泛濫。他致書鍾繇言：「夫玉以比德君子，見美詩人」，「雖德非君子，義無詩人，高山景行，私所慕仰」〔註 40〕。鍾繇有士君子的修養，立刻將玉玦贈送給曹丕。

但武將曹洪對曹丕索要絹布百匹的要求就沒有答應。曹丕繼位後以曹洪門客犯法的理由判其死罪，報復此前欲望沒有得到滿足的舊憾。可見曹丕在待位時內心洶湧的物慾橫流，更可見士君子的品格並沒有眞正內化到曹丕的精神世界中去，只是曹丕在強大的他者形象籠罩下，虛幻的內心鏡象而已。

曹丕在欲望上的交錯壓抑，使他的精神既不像好黃老清靜之士逸出儒家的經世致用，又不像堅守儒家義理的耿直之士逸出君臣尊卑秩序。因爲帝王權力是曹丕深沉欲望的指向，只是被壓抑和延宕了，並非消失無蹤。後來即使曹丕即位並受禪爲帝，顧及強大的士林輿論，曹丕雙重欲望仍然受到壓制。

所以曹丕把他的文學之業置於自我暫時釋放的遊戲精神之中。因爲遊戲是一種不謀求外在目的的自我生命力的過剩表現。曹丕的自我意象衝突只能在文學遊戲中獲得平衡。

首先曹丕喜歡以文爲戲。建安時期，曹丕曾賜劉楨廓落帶。不久製造此物的工匠去世。曹丕向劉楨借回此帶作式樣，用戲謔的口吻寫信給劉楨：「夫物因人爲貴。故在賤者之手，不御至尊之側。今雖取之，勿嫌其不反也」。曹丕之意雖爲有借必還，但行文卻以人微物輕來嘲弄劉楨。當時劉楨也以戲謔之情回敬曹丕：「夏屋初成而大匠先立其下，嘉禾始熟而農夫先嘗其粒。恨楨所帶，無他妙飾，若實殊異，尚可納也」〔註 41〕，即不還亦可，但世間之物未必因人微而缺乏價値。曹丕認爲劉楨的回應辭旨巧妙，甚爲滿意，沒有責怪劉楨的頂撞。因爲在曹丕看來，彼此往來之文都出於遊戲狀態，雖然劉楨未必如此。

《典論》酒誨篇本爲誡誨「流俗荒沉」，但就今存殘篇而言，多以異聞爲樂。其言劉松盛夏酷暑中，「晝夜酣飲，極醉至於無知，云以避一時之暑」，造成當地有避暑之飲的風氣。從行文來看曹丕似乎忽略了誡酒的原意，將酒

〔註 40〕《三國志》，298 頁，裴注。
〔註 41〕《三國志》，448 頁。

事的荒唐當作了玩笑。

曹丕在文學的遊戲玩笑中，起碼打破了維持士君子形象的表層欲望的壓抑，在歡樂中回歸一個不美好但本然化的自我。建安時期這種遊戲精神還擴展到曹丕與人的相處中。曹操的中郎將王忠在饑荒中吃過人肉。曹丕得知後，他的戲謔精神又藉此充分地發揮出來。在王忠陪同曹丕出行野外的時候，曹丕讓俳優撿來冢間的髑髏，繫在王忠的馬鞍上，一路以此取笑。

人相食的事情在極端的饑荒中雖然屢屢出現，但始終是人類道德羞於啓齒的絕對禁忌。曹操的腹心謀臣程昱在其征戰中原的時候，曾經鈔略家鄉本縣以供應軍糧，據說還摻雜了人肉脯。因此程昱爲曹氏效忠到八十歲，卻沒有位至三公。曹丕敢於在即使戰亂年代也不能公開承認的禁忌問題上玩笑遊戲，可見曹丕維持自己士君子形象上的壓抑之深和反彈之劇。

這種心理狀態到曹丕登基稱帝，事實上淩駕於當時士君子地位之上時，仍然沒有改變。

曹丕曾給征南將軍夏侯尚下詔，令其督統南方諸軍事。由於夏侯尚與曹丕關係非常親密，曹丕的詔令可以稍稍放鬆自己士君子心理鏡象控制，於是曹丕發出了這樣匪夷所思的文字：「卿腹心重將，特當任使。恩施足死，惠愛可懷。作威作福，殺人活人」。曹丕有統一中國之志，曾對勸阻其興兵伐吳的辛毗說「如卿意，更當以虜遺子孫邪」。因此對夏侯尚寄予厚望，讓其在率軍對抗東吳時有生殺予奪的全權。然而大臣蔣濟看到此詔後毫不客氣地對曹丕說「但見亡國語耳」。《尚書・洪範》有「臣無有作福作威玉食」之言，曹丕戲謔性的反向使用遭到蔣濟的責備，使其不得不自我控制住這種特殊的行文心態，將夏侯尚的詔書追回。

然而曹丕對文學的遊戲精神，在于禁歸魏的事件上又暴露出來。于禁曾爲曹操的名將，然建安二十四年征討關羽時，困於水災，不得已投降而遭囚禁。這件事對曹魏士氣的打擊頗大，曹操甚至議遷許都以避關羽的鋒芒。陸遜爲此致書關羽稱：「于禁等見獲，遐邇欣歎，以爲將軍之勳足以長世，雖昔晉文城濮之師，淮陰拔趙之略，蔑以尚茲」。後孫權襲關羽、取荊州的時候，呂蒙將于禁放出，帶回東吳。曹丕登基後，孫權因受蜀漢威脅，暫時歸附曹魏爲藩國，爲表誠意，便將于禁一干人放回。東吳使者趙諮因此向曹丕稱孫權之德：「獲于禁而不害，是其仁也」。當時于禁已經鬚髮皓白，形容相當憔悴。

曹丕爲了顯示大國風範，下詔赦免於禁及其他歸人的降敵之罪，曰「昔荀林父敗績於邲，孟明喪師於殽，秦、晉不替，使復其位。其後晉獲狄土，秦霸西戎，區區小國，猶尚若斯，而況萬乘乎？樊城之敗，水災暴至，非戰之咎，其復禁等官」〔註 42〕。這種複雜政治情形中，荀林父和孟明的典故用在詔書文本上非常合適。然而對於曹丕來說，也僅僅具有文本的遊戲功能，並無實際效用。

爲表示自己格外的寬厚與恩德，曹丕專門下詔給于禁「昔漢高祖脫衣以衣韓信，光武解綬以帶李忠，誠皆人主當時貴敬功勞效心之至也。今賜將軍以魏王時自所佩朱黼及遠遊冠」〔註 43〕。朱黼及遠遊冠是諸王服飾〔註 44〕，曹丕這個舉動給于禁很大的欣喜。于禁完全沒有料到這是曹丕一個先榮後辱的戲謔遊戲。由於于禁被囚後曹操才去世，曹丕依照蘇武歸漢拜謁武帝園廟的故事，讓于禁去謁見曹操的高陵。然而同時曹丕派人在陵室畫上關羽戰勝曹軍以及于禁投降的怯狀。于禁一見，慚愧羞憤而死，達到了曹丕遊戲的目的。

其次，曹丕還喜歡他人的遊戲文章，比如孔融的戲謔之作。被曹丕在《典論・論文》中稱爲七子（亦我們今天所說的建安七子）之首的孔融，其實與另外六子身份不同，本不該相提並論。比如曹丕在《與吳質書》也只提到了六子的情況。因爲陳琳、王粲、徐幹、阮瑀、應瑒、劉楨都是曹氏的文學屬官，而且與曹丕關係密切，經常在曹丕的帶領下遊宴賞玩、命賦文章。但孔融是東漢末年的名士，曹操也難以令其臣服，更不可能跟曹丕的文學屬官同列。

根據《後漢書》和《三國志》的史料分析，曹丕在《典論・論文》中把孔融排於七子之首，應該是由於曹丕深深地愛好孔融在守義直言中表現出來的嘲戲精神。孔融的文辭表達非常獨特，在使用前代典故的時候有一種特別靈活的手法。孔融十歲造訪名士李膺，說二家自孔子與李老君時起便「同德比義，而相師友」，因此與李膺是「累世通家」。雖爲戲言，卻讓人耳目一新。

〔註 42〕《三國志》，394 頁。
〔註 43〕《全三國文》，47 頁。
〔註 44〕《後漢書・輿服志下》：「遠遊冠，制如通天，有展筩橫之於前，無山述，諸王所服也。」

曹操挾天子以令諸侯之後，孔融隨漢獻帝至許都爲少府。當時因爲戰亂，綱紀蕩然，鍾繇等名法之士便議論要恢復肉刑來維持法制。孔融作爲大儒，對此酷刑堅決反對。但他的奏議很有趣，說「紂斫朝涉之脛，天下謂爲無道。夫九牧之地，千八百君若各刖一人，是下常有千八百紂也」〔註 45〕。曹魏時大儒王朗也反對肉刑之議，言「前世仁者，不忍肉刑之慘酷，是以廢而不用。不用已來，歷年數百。今復行之，恐所減之文未彰於萬民之目，而肉刑之問已宣於寇讎之耳，非所以來遠人也」〔註 46〕。對比兩人的奏議，王朗在統戰宣傳上更有說服力。而孔融通過比擬虐紂，對執政者也有一種儒家話語系統中恥居下流的撼動力。

至於孔融譏諷曹操之文，更是風趣。官渡之戰後，曹操攻破鄴城。曹丕私納袁熙之妻甄氏。鄙夷其事的孔融因此寄信給曹操，說「武王伐紂，以妲己賜周公」。曹操一向佩服孔融的「奇逸博聞」，於是問孔融言出何典。孔融嘲笑說「以今度之，想當然耳」。後來曹操因追擊袁尙而征討烏桓，孔融又打趣曹操的欲加之罪，說「昔肅愼不貢楛矢，丁零盜蘇武牛羊，可併案也」〔註 47〕。孔融的《難曹公表製酒禁書》亦是戲謔奇文。

孔融雖因與曹操齟齬不合，爲其所殺。但曹丕並沒有受父輩仇隙的影響〔註 48〕，不僅「募天下有上融文章者，輒賞以金帛」〔註 49〕，還在繼位掌權後還以「有欒布之節」的理由提拔了爲孔融哭屍的脂習。

曹丕以自己心理鏡象中的士君子之德來公開表述欣賞孔融文章的理由：「孔融體氣高妙，有過人者，然不能持論，理不勝辭，至於雜以嘲戲；及其所善，揚、班之儔也」〔註 50〕。《典論・論文》裏的這段話含義非常耐人尋味。孔融被曹操處死的兩個直接理由是「謗訕朝廷」和「跌盪放言」，都是因言文而獲罪。所以曹丕必須對孔融的文章有所貶斥，以維護曹操處死孔融的合理性。《典論・論文》說孔融不能持論、理不勝辭、雜以嘲戲，很委婉地呼應了孔融處死的罪名。從孔融現存的文章來看，沒有明顯的不能持論、理不勝辭的問題。孔融只是愛好高談闊論，在現實事務上「才疏意廣」而已。

〔註 45〕《後漢書》，1531 頁。
〔註 46〕《三國志》，300 頁。
〔註 47〕《後漢書》，1535 頁。
〔註 48〕其原因較爲複雜，本文暫不對此展開分析。
〔註 49〕《後漢書》，1540 頁。
〔註 50〕《三國志》，449 頁，裴注。

但曹丕內心對孔融文章遊戲性的愛好，使其將孔融列於七子之首。還說七子是「仰齊足而並馳」，於是在行文邏輯上必須交代孔文的優長之處。問題是，曹丕不能直說自己欣賞孔融「書疏倨傲」的獨特戲謔魅力。因爲曹操曾爲處死孔融專門下令書解釋〔註51〕，說孔融「好作變異，眩其誑詐」。所以曹丕只好從孔融的士人品格上說其「體氣高妙」，並沒有指出孔融文章眞正的所善之處，便含糊地與揚雄、班固相提並論。揚雄、班固的漢大賦是當時士人心中能文的典範，俱被《昭明文選》所收錄。孔融卻完全沒有賦作流傳下來。嚴可均輯錄《全後漢文》時連隻言片語都沒有找到。

事實上，孔融的「體氣高妙」反倒與「雜以嘲戲」有直接關聯。孔融的嘲戲並非以文爲樂，實爲其持守儒家義理，而對時政不滿的激憤表現。雖發戲言，卻是以剛直的士人品格爲基礎，因此劉勰稱其「氣盛於爲筆」。比如曹操欲藉口名士楊彪與袁術有兒女婚姻關係而殺之。孔融聽聞，「不及朝服，往見太祖」。起初孔融是以正言勸諫，說「《周書》『父子兄弟，罪不相及』，況以袁氏之罪乎」。但曹操推脫是朝廷的決定。於是孔融被激怒，開始用嘲戲之言來表達憤慨：「假使成王欲殺召公，則周公可得言不知邪」，並表明自己的態度「孔融魯國男子，明日便當褰衣而去，不復朝矣」。曹操不得不釋放了楊彪。

從現存材料看，孔融的嘲戲大部分都是針對曹操所發。典型的事例還有對曹操《禁酒令》的譏刺。孔融致書曹操「桀紂以色亡國，今令不禁婚姻也」〔註52〕。司馬彪《九州春秋》評論孔融的「高談教令」，雖然「論事考實，難可悉行」，但「辭氣溫雅，可玩而誦」〔註53〕，並無戲謔的倨傲之態。魏晉時人魚豢的《魏略》解釋了這個現象：「曹操爲司空，威德日盛，融故以舊意書疏倨傲」〔註54〕。

曹丕在《典論·論文》中將孔融列於七子之首，而且其子魏明帝還將《典論》刻石於太學，似乎對孔融以譏刺曹操而著稱並沒有太大的介意。但仔細分析史料，可以發現情況比較複雜。

〔註51〕處死名士孔融對曹操在三國間的聲譽影響很大，後來孫權氣惱虞翻的不敬，用於洩憤的話便是：曹孟德可以殺孔北海，我爲什麼不能殺你虞翻。由此可見當時士人對此事的極度不滿。

〔註52〕《三國志》280頁，裴注。

〔註53〕《三國志》280頁，裴注。

〔註54〕《後漢書》1549頁，注。

孔融死於建安十三年。從《典論》的自敘篇和太子篇來看，其書寫於曹丕被立爲世子的建安二十二年前後，而且明顯有呈給曹操觀覽的意思。當時曹丕焉敢忤逆曹操的心願，將孔融列於文章七子之首。所以建安二十二年的《典論・論文》可能不是我們今天看到的樣子，也許初版的《典論・論文》中並沒有孔融。

曹丕建安二十三年寫給吳質的書信可爲佐證。當時曹丕提及同遊諸子的文章著述只有其他六人，並無孔融。曹丕選擇評論的諸子一定有自己的標準。建安時期鄴下學士雲集，邯鄲淳、繁欽、路粹等人都以文采著稱，亦有與曹丕關係密切，參與命賦文章者。但曹丕《與吳質書》以及《典論・論文》除了增加了孔融之外，其他人物完全一致。

陳壽看到的《典論・論文》已經是七子的提法〔註 55〕，所以陳壽在《三國志》中說其他能文之士「不在此七人之例」〔註 56〕。曹丕也許在曹操過世之後重新修改了《典論・論文》，把孔融列爲七子之首。

曹丕欣賞孔融嘲戲文章的角度，與孔融的原意大相逕庭，但在自由運用儒家經典的遊戲精神上有一定的相似性。當然孔融的文本嘲戲由於本諸大義，所以爲士人所樂道，而曹丕的文本戲謔帶有壓抑扭曲的色彩，並不被人欣賞，因此潛存在曹丕的文章之中。

曹丕屢次強調文章不朽的意義。《典論・論文》曰「蓋文章經國之大業，不朽之盛事」，《與王朗書》「惟立德揚名，可以不朽。其次莫如著篇籍」。但與密友吳質的書信中，先是對徐幹《中論》成一家之業而不朽的肯定、應瑒不及著述而逝的痛惜、陳琳章表的歎服、劉楨五言詩的欣賞、阮瑀書記的可觀、王粲善於辭賦的褒揚；最後卻問吳質「頃何以自娛？頗復有所造述不」〔註 57〕。

由於吳質在曹丕、曹植世子之爭中，站在曹丕一邊爲其劃策〔註 58〕，深

〔註 55〕據曹書傑《陳壽入晉仕歷考年》，陳壽大致在晉泰始四年（西元 268 年）由張華推薦，入洛爲佐著作郎，當時陳壽所看到的《典論・論文》已有魏明帝太和四年（西元 230 年）刻石太學的官方版本。

〔註 56〕然而陳壽的王粲諸人傳中，只有六子，並沒有提到孔融。

〔註 57〕《三國志》454 頁，裴注。

〔註 58〕《三國志》454 頁，裴注「《世語》曰：魏王嘗出征，世子及臨菑侯植並送路側。植稱述功德，發言有章，左右屬目，王亦悅焉。世子悵然自失，吳質耳曰：「王當行，流涕可也。」及辭，世子泣而拜，王及左右咸歔欷，於是皆以植辭多華，而誠心不及也。」

得曹丕的信任，而且二人性情頗爲相投。吳質亦如曹丕般好戲謔，有遊戲精神。黃初五年吳質至京師，曹丕詔群臣會於吳質住所，爲其置酒宴客，以示尊寵。而吳質因戲謔他人，鬧出了一場風波。由於上將軍曹眞胖、中領軍朱鑠瘦，吳質讓俳優當眾演繹二人的胖瘦，使曹眞對俳優的輕脫戲弄叫罵不已，朱鑠則氣惱到拔劍斬地。在場眾人反過來譏刺吳質，說你若編排嘲笑曹眞體胖，自己卻亦大腹便便〔註 59〕。吳質遂案劍罵曹眞：「汝非屠几上肉，吳質呑爾不搖喉，咀爾不搖牙」，於是此次宴會不歡而散〔註 60〕。

所以曹丕寫給吳質的書信，就像爲夏侯尙所作的「作威作福、殺人活人」詔書一樣，可以有所放恣。相對示眾的《典論》和給大儒王朗的書信而言，自然虛文少，實情多。

從曹丕稱頌徐幹「獨懷文抱質，恬淡寡欲，有箕山之志，可謂彬彬君子矣」的行文來看，曹丕心中士君子的自我鏡象使其對徐幹「清玄體道」、「不耽世榮」，因而能夠「著論成一家言」，使其文學在士人中傳世不朽，還是有一定的嚮慕之情。

受這種心理的影響，曹丕在正式的詔書公文中往往以士節自居，行文之陶醉甚至有忘懷帝尊的傾向。孫權奪荊州、斬關羽後向曹魏稱臣，有人懷疑孫權遊疑於魏、蜀之間的權詐，曹丕在《報鍾繇書》中言「若權復黠，當折以汝南許劭月旦之評」〔註 61〕。曹丕此說顯然不具有現實政治意義，是曹丕在行文中對士林看重節操之風的文學陶醉。此與當時荀彧、崔琰諸人君子自守的士節相較，更接近遊戲的非現實性。

然而遊戲的非現實性、非功利性是爲了讓人得到愉悅。所以曹丕在與吳質書信中還表現出另一種對待文學的態度——娛情。徐幹的著述有「欲損世之有餘，益俗之不足」的志向，故而體現在賦作中難免有較多的儒家義理教訓，所以曹丕在《典論・論文》中說「徐干時有齊氣」，大概是指篇章中娛情效果不足的這些儒家義理教訓。

徐幹現存的賦作皆爲殘篇。從《齊都賦》殘篇中涉及的地理分布、美酒佳餚、服飾宮殿等鋪陳來看，應該是大賦的規模。于迎春女士曾經評論張衡

〔註 59〕《三國志》455 頁，裴注：「將軍必欲使上將軍服肥，即自宜爲瘦」。
〔註 60〕吳質雖有曹丕隆寵，卻由於得罪了曹氏家族，在魏明帝時期倒向司馬懿，直接協助了司馬氏的奪權。
〔註 61〕《三國志》，299 頁。

的《二京賦》說「他自覺改變了先前那種勸百諷一的形式，代之以長篇大段的道義德行說教，諷諫之意不僅顯然、明確，而且分量重大，將近一半的篇幅等同於諫書。其結果，無非是進一步消減了漢大賦原本有限的文學價值」〔註62〕。此說移用於曹丕對徐幹賦作的觀感可能有幾分相似性。

因為曹丕更欣賞文章中的「妙絕」和「足樂」，曹丕帶領六子共同寫作的器物賦、博戲賦、女性賦、出行賦等，都是以娛情為目的。比如陳琳的《馬腦勒賦》(即《瑪瑙勒賦》) 尚存寫作緣起的序言：「五官將得馬腦，以為寶勒，美其英采之光豔，使琳賦之」〔註63〕。所以曹丕在與吳質書信的最後，問其以何述造自娛，將曹丕以文章為娛樂遊戲的眞實想法表露出來。對比一年前曹丕與王朗的書信〔註64〕，把篇籍的不朽意義落實在自己與諸儒講論大義上的明顯區別，不難看出曹丕對文章態度的雙重性。

曹丕由於內心士君子自我鏡象的影響，一方面極其重視士林好尚的、學術文章並重的文學；另一方面又在深層的權力和物慾的攪動下難以達到士君子眞正的內心平衡，從而將文學當作一個遊戲場來間接彌合欲望的深淵。曹丕這個文學遊戲場既遵從士人普遍接受的儒家義理規則，又以戲謔的方式破壞規則，從而把文學變成了一個開放的概念。狹義界定下的純文學觀念研究之所以把曹丕作為文學自覺時代的首要典型，便源自其人在特殊的心理狀態下所開闢的文學非現實性的遊戲空間。

2、曹植泛用文學之業於篇章中的詩性精神

曹植與其母兄曹丕雖成長氛圍相同，卻有著完全不同的心理狀態和對待文章的態度。

曹植在建安時期名士學者雲集的氛圍下，也形成了士君子德操的自我心理鏡象。但與曹丕不同的是，曹植的對士君子德操的認同完全內化到他的自我意識之中，使得曹植的深層欲望是從士君子自我認同中，滋生的建功立業的雄心壯志。不像曹丕被權力和物慾的深層欲望所攪擾、扭曲，從而激變出一個複雜的文學態度。

曹植性格眞率，雖然因此給自己的一生帶來許多困厄，但也使曹植文章上的自然天賦始終沒有磨滅。而且由於曹植建功立業成為英雄人物的深層欲

〔註62〕于迎春，《漢代文人與文學觀念的演進》，66頁。
〔註63〕嚴可均，《全後漢文》，商務印書館，1999年版，926頁。
〔註64〕曹丕《與吳質書》寫於建安二十三年，《與王朗書》寫於建安二十二年。

望，被曹丕父子的防範之態無情地壓制了多年，並在其生命的終點宣告完全破滅，所以曹植不得不將其生命的內在動力，衍化成篇章中的詩性精神，將文學之業泛用於抒發其一生難平的意氣和志向。

建安時期曹植「性簡易，不治威儀。輿馬服飾，不尚華麗」，往往「任性而行，不自彫勵，飲酒不節」。司馬孚作為曹植的文學掾，曾切諫其「負才陵物」的缺點，令其不悅。但曹植並不仗勢欺人，後來還是向司馬孚致歉道謝。其家丞邢顒也多次以禮法來拘束尚處於青少年階段真率、浮躁的曹植。二人都非常固執，不肯讓步。後來擔任曹植身邊庶子官職的劉楨以書勸諫：

> 「家丞邢顒，北土之彥，少秉高節，玄靜澹泊，言少理多，眞雅士也。楨誠不足同貫斯人，並列左右。而楨禮遇殊特，顒反疏簡，私懼觀者將謂君侯習近不肖，禮賢不足，採庶子之春華，忘家丞之秋實。為上招謗，其罪不小，以此反側」〔註65〕

劉楨是東漢劉梁之孫。劉梁有學能文，桓帝時為北新城縣長，作講舍授徒，使其邑儒化大行。劉梁著《破群論》、《辯和同之論》，譏刺虛偽的俗士，被范曄載入《後漢書・文苑列傳》中。劉楨承繼其祖父的學養與品格，既博學有才又抗直不屈，性情與曹植甚為相投，所以受其禮遇。

而曹植對司馬孚、邢顒的疏簡態度，則可見其不喜拘牽的禮法之士，更願意親近博學有才章的邯鄲淳、楊脩以及丁儀、丁廙兄弟，也因此在與其兄曹丕競爭世子之位的關鍵時刻缺乏政治上的深謀遠慮，反多恃才之失，而使曹操最終改變心意，定立曹丕為世子。

建安二十五年曹操去世，曹丕繼位並受禪稱帝。曹植便處於政治上極度受打壓的狀態。曹丕一即魏王之位，就誅殺了曹植的親信丁儀、丁廙兄弟，並指使監國謁者灌希劾奏曹植「植醉酒悖慢，劫脅使者」。這個羅織的罪名先是使曹植遭到貶爵之罰，繼而險些送命。且讓曹植身為罪人多年，處境窘迫、立身艱難。曹植自此在言行上不得不小心謹慎。曹植在藩國把灌希的劾奏、三臺九府對此的奏事以及曹丕的斥責詔書抄寫下來，置於身旁，「朝夕諷詠，以自警誡」〔註66〕。即使如此，曹丕還是沒有放鬆監視，讓曹植始終在藩國官吏的百般挑剔下舉步維艱。

所以在尚無憂患的建安時期，曹植對文章詩賦的愛好與寫作，是其學養、

〔註65〕《三國志》，288頁。
〔註66〕嚴可均，《全三國文》，142頁。

性情的自然表露，不過這種表露很早就讓世人震驚。曹植十餘歲便誦《詩》、《論語》及辭賦數十萬言，好學與曹丕相同。不像其另一母兄曹彰，不樂詩書，且向逼迫他讀書的文學侍從抱怨，「何能作博士邪」。曹操曾視其文，訝於文采，懷疑是請學士代作。曹植毫不謙遜地說「言出爲論，下筆成章，顧當面試，奈何倩人」。當時銅雀臺新成，曹操令諸子爲賦，曹植援筆立成，讓曹操深異其才。

對比曹植、曹丕二人同時所作的《登臺賦》的殘篇，可略見曹植之作的心胸氣魄遠大於曹丕的鋪陳細密。比如對銅雀臺的整體描述，曹植賦曰：「建高門之嵯峨兮，浮雙闕乎太清」，下筆便況然於宇宙；而曹丕曰「飛閣崛其特起，層樓儼以承天」，相較而言則眼界實且狹。

此二人學養並無甚差別，皆博讀五經諸子百家，而且俱少好辭賦屬文。但由於曹植的眞率和天賦，使其能夠從學養之中發揮出獨特的詩性精神，表現出想像力的無邊以及精神境界的闊達。

曹植文章中的詩性精神的張揚，是以其士君子德操的自我心理鏡象的篤實內化爲基礎。上文已述，曹丕在環境薰染下的士君子自我鏡象是一個虛幻、恍惚，需要自己著力維護的自我形象。士君子德操並沒有內化到曹丕的本我中去，其內中的權力欲和物慾對曹丕心理的攪擾，使其自我彷彿處於一個眞假莫辨的遊戲之中。所以曹丕的行文往往是沉溺在自我鏡象的維護和違背的兩極之間。

曹植則不然。曹植雖然不樂於拘守禮法，但士君子的節操在其眞率的心靈中，已經完全內化爲自己穩定的心理鏡象，即接近本眞的自我。因此曹植在《贈丁廙詩》中言「滔蕩固大節，時俗多所拘。君子通大道，無願爲世儒」，表明自己不屑於俗儒的拘牽，所遵從的是君子大道。

曹魏時期內縮的經學和理性的老易玄談，使得曹植心目中的君子大道包舉「混元造化」、聖賢事業以及文德武略。而且曹魏時士林輿論對兩種逸出的嚮慕，同時影響了曹植的精神世界。自東漢末年以來，獨守高潔的山林隱居之士超越了儒家經世致用的執守，逸出到玄妙的宇宙精神世界之中；而以天下爲己任、堅守儒家義理的耿直之士則突破了君臣尊卑秩序，逸出到以才智慧力安定天下、建功立業以的個人志向之中。曹植既好脫然無拘的自由自在，又嚮慕聖賢烈士的志向和事業。二者相疊，使曹植的心胸既有開闊的宇宙玄虛，且關懷人世、意氣慷慨。

此即曹植文章詩性精神的來源，也是曹植疏於小節、難於隱伏，從而命運多舛的根源——如嚴子陵則遺世忘權，如諸葛亮則法令嚴峻，無法在現實中綜兼併行。但曹植自我的本眞從來沒有被困厄所眞正破壞，所以在現實政治中無法發揮的心胸才智，全部傾瀉到文章之中。

曹植在尚跟從曹丕優游爲樂的建安時期，聖賢仁義之心就已經不經意地流露在詩賦文章之中。如《述行賦》的憫惜民生，「尋曲路之南隅，觀秦政之驪墳。哀黔首之罹毒，酷始皇之爲君」，以及《送應氏詩》「步登北邙阪，遙望洛陽山。洛陽何寂寞，宮室盡燒焚。垣牆皆頓擗，荊棘上參天。不見舊耆老，但睹新少年」中自然而然的悲憫；《娛賓賦》中樂遊歡宴中的心懷大義「談在昔之清風，總賢聖之紀綱」，「揚仁恩於白屋兮，逾周公之棄餐」；《漢二祖優劣論》美光武帝「敦睦九族」、「高尚純樸」，惜漢高祖「敗古今之大教，傷王道之實義」。

這些與曹丕或刻意表現仁義節操，或完全忘情於樂事的文章遊戲性有很大不同。比如曹丕在《辭許芝等條上讖緯令》自言「吾聞作詩曰『喪亂悠悠過紀，白骨縱橫萬里，哀哀下民靡恃，吾將佐時整理，復子明辟致仕」〔註67〕，這樣的辭讓文章由於缺乏起碼的眞誠度，陳壽在《三國志》中一篇也沒有載入。而曹丕在遊樂中「既妙思六經，逍遙百氏，彈棋間設，終以博弈，高談娛心，哀箏順耳」，純然爲娛樂遊戲之情。

曹操死後，曹植被長期監視在貧瘠的藩國小縣，身邊部曲皆老弱，親戚不能存問，士友不能交往，言行動輒得咎。但曹植內心穩固的士君子自我鏡象，使其沒有在漫長的屈辱中意氣消沉，而是化作中文章的奇瑰之色，終不乏詩性精神的張揚。

被劉勰《文心雕龍・隱秀》稱爲「格剛才勁」，「長於諷喻」的《野田黃雀行》不知作於何時。但從心態上看，應在曹丕繼位後壓制曹植及其友僚的情形下所作。曹植曾贈其友丁儀詩曰「思慕延陵子，寶劍非所惜。子其寧爾心，親交義不薄」。曹植詩中對友人的心意，不像曹丕可以作爲文學遊戲一笑而過。所以當曹植自己陷於動輒得咎的監管之中，對於丁儀諸人的死必定感到極大的悲憤和無奈。《魏略》載丁儀在曹丕繼位後知禍將至，曾向夏侯尚叩頭哀求。夏侯尚與曹丕一向親近，亦不能救，只得對丁儀涕泣，何況曹植這般天性自然、富於情感之人。但曹植在詩篇的想像中，將其張揚的詩性精神

〔註67〕《三國志》，47 頁。

化爲一個手持利劍的英武少年，解救了陷於羅網的黃雀，讓黃雀重新翻飛於天宇之中。

> 「高樹多悲風，海水揚其波。利劍不在掌，結友何須多。不見籬間雀，見鷂自投羅。羅家得雀喜，少年見雀悲。拔劍捎羅網，黃雀得飛飛。飛飛摩蒼天，來下謝少年」。

更令曹植痛苦的是，其建功立業的深層欲望在現實的窘境中，喪失了最微渺的湧動和嘗試的可能性。因此曹植一方面繼續用英武少年的形象演繹自己的詩性精神，寫下「捐軀赴國難，視死忽如歸」的《白馬篇》；另一方面在被壓抑的屈辱中，用通篇比興的手法，將自己內心的高潔幻化成洛神的優美嫻雅。

李善《昭明文選》注引市井小說，以曹植此賦爲思念甄后所作，原爲《感甄賦》，後魏明帝改爲《洛神賦》。這個故事雖然很淒美，但對曹植來說卻是無稽之談。劉汝霖先生說「今可一言折之」：甄后比曹丕大五歲，比曹植大十歲，曹丕納甄后時，曹植年僅十三，「安得有所謂晝思夜想之事耶」〔註68〕。黃侃先生亦駁斥了此說的四謬，結論言「《洛神賦》但爲陳王託恨遺懷之詞，進不爲思文帝，退亦不因甄后發」〔註69〕。

確如黃侃先生所言，曹植的《洛神賦》有一種詩性的幻靈色彩，不可坐實爲某事而發。黃初三年，曹植自京師歸藩，在現實對其心靈極度的壓迫下，感於宋玉《神女賦》的惆悵不得，亦作見洛神宓妃之夢境，託其寓意難言的迷惘之情。在「精移神駭」的恍惚中，曹植見到「彷彿兮若輕雲之蔽月，飄颻兮若流風之回雪」的洛靈。神女不僅儀態萬方，而且自由靈動，「忽焉縱體，以遨以遊」，「體迅飛鳧，飄忽若神」。

曹植在建安時期有《辯道論》，不信神仙之說，以爲「素女常娥，不若椒房之麗」，而憑神仙之術炫世者，「紛然足爲天下一笑矣」。因此曹植充滿詩性精神的心靈反而不受希冀長生、求福問兆的功利目的侷限，其美輪美奐的洛神之夢更具有想像的自由縹緲。

同時，曹植已將溫潤如玉的君子之德純然內化到自我鏡象之中，連對洛神佳人的想像性嚮往都包含了「習禮而明詩」的修潔品格。而曹植意念所化的洛神「凌波微步」的形象，亦成爲後世絕對純美的象徵。

〔註68〕劉汝霖，《漢晉學術編年》，華東師範大學出版社，2010年版，474頁。
〔註69〕黃侃，《文選評點》，中華書局，2006年5月版，656頁。

然而與曹植其他想像性作品相比較，《洛神賦》長長的描述中唯獨沒有直接的人神對話。洛神所有的表述都是由文中暫息洛川的藩王來轉達：「動朱唇以徐言，陳交接之大綱。恨人神之道殊兮，怨盛年之莫當，抗羅袂以掩涕兮，淚流襟之浪浪。悼良會之永絕兮，哀一逝而異鄉，無微情以效愛兮，獻江南之明璫。雖潛處於太陰，長寄心於君王」。

像曹植想像神奇的《髑髏說》一文，以曹子與髑髏在幻夢中互通彼此生死理念的對話爲主。對話有昭晰之明，把塊然獨居的髑髏「寥落溟漠」、「偃然長寢」的道家好逸之樂，與曹子固執於「結纓首劍」、「披堅執銳」的儒士君子之志並列，以體現曹植掙扎於儒道取向的心境。

而洛神的形象鮮明卻無言語音聲的情狀，則象徵了曹植被不得不苟且偷生的現實命運壓制，只能以更沉酣的夢境宛轉於其深層欲望的飄浮之中。在人們最深的夢境裏是沒有語音的，只有形象的直接浮現，不像可以設置對話的自我思索那麼直接而清晰。

這種難以捕捉、更難以傳達的心境，使得曹植一再用佳人高潔而不遇時的詩篇來傾述。如《雜詩》其四：「南國有佳人，容華若桃李。朝遊江北岸，夕宿瀟湘沚。時俗薄朱顏，誰爲發皓齒。俯仰歲將暮，榮耀難久恃」。通覽曹植《雜詩》六首，應爲居藩後所作，其詩既有「轉蓬離本根」的怨傷，又有「閒居非吾志，甘心赴國憂」的難平之志。此中佳人與洛神的「怨盛年之莫當」有通貫之情。《美女行》亦是如此，「佳人慕高義，求賢良獨難。眾人徒嗷嗷，安知彼所觀。盛年處房室，中夜起長歎」，有著眾人難以理解的心志。

曹植借美好修潔的女性形象來傳達自己詩性情懷的寫作模式，固然有受建安時期與曹丕諸貴公子遊戲玩樂生活方式的影響，但更主要的是女性悲婉的形象對曹植有特殊的觸動。曹植承繼枚乘、傅毅、張衡、崔駰所作的《七啓》，以鏡機子游說玄微子入世爲主客對話的契機，鋪陳肴饌、容飾、羽獵、宮館、聲色、遊俠、王道七事。其宮館之事中描述了一個在水濱「抗皓手而清歌」的女子，其歌曰「望雲際兮有好仇，天路長兮往無由。佩蘭蕙兮爲誰修？宴婉絕兮我心愁」，使得這個部分在整個前五事中特別動人。顯然曹植對水濱佳人的情懷，以不接觸爲前提，不像宮殿裏爲歡未央的才人妙妓，反倒難以觸動曹植內心深處莫明的悵惘。所以曹植詩賦中失落的佳人形象，更接近《詩經・國風》裏《漢廣》「漢有遊女，不可求思」以及《蒹葭》「所謂伊人，在水一方」的虛化的詩性比興。然而從中也可以看到曹魏時期學文並立的文學觀念，使得孔門文學原本潛藏的詩性智慧在經義通明的堅實基礎上，由個人心境的牽引而自由地發揮出來。

與《洛神賦》比興式的形象鋪陳相較，曹植的《九愁賦》則受屈原諸文的影響，直抒胸臆。所以蔣寅先生在《主題史和心態史上的曹植》一文中清晰地描述了曹植的心態：「憂譏畏讒，感士不遇，虛度青春的焦慮和建立功名的渴望交織在一起，形成他詩歌特有的躁動不安而有抑鬱寡歡，更因抑鬱而悲慨激越的複雜情調」〔註 70〕。《九愁賦》裡曹植把他的心境用屈原述懷的方式外化了，而不是以鮮明的佳人形象呈現寓意。曹植將「若回刃之在心」的痛苦歸咎於具體監視、壓制他的督查官員，「俗參差而不齊，豈毀譽之可同。競昏瞀以營私，害予身之奉公。共朋黨而妒賢，俾予濟乎長江」；並且反省自己的任性和耿直，「亮無怨而棄逐，乃余行之所招」，「知犯君之招咎，恥干媚而求親」。

無論佳人寓意還是直接抒懷，曹植在篇章中心志真純的表達迥異於其兄曹丕娛情和遊戲精神之作。魚豢言「余每覽植之華采，思若有神」，便是直接感受到了曹植本真的詩性精神。劉勰認為「魏文之才，洋洋清綺，舊談抑之，謂去植千里，然子建思捷而才俊，詩麗而表逸；子桓慮詳而力緩，故不競於先鳴。但俗情抑揚，雷同一響，遂令文帝以位尊減才，思王以勢窘益價，未為篤論也」〔註 71〕。

劉勰此論是就二人文本而言的評議，與魚豢著史過程中知人論世的貼切不同。曹丕的文章遊戲精神固然為後人開闢了文章自如表達的空間，但曹植泛用文學的詩性精神才真正為這個新闢的空間注入了真摯而不朽的魂靈。

曹植心中的士君子節操、建功立業的壯志，在現實萬般無奈的境地裏，以詩性精神的想像和綺麗轉注於文章之中，所以文章傳世並不是曹植的目標。

早在建安時期，曹氏諸公子與文學侍臣們遊宴賦詩、互議文章的時候，曹植就告訴楊脩，自己認為「辭賦小道，固未足以揄揚大義，彰示來世也。昔揚子雲，先朝執戟之臣耳，猶稱『壯夫不為』也；吾雖薄德，位為藩侯，猶庶幾戮力上國，流惠下民，建永世之業，流金石之功，豈徒以翰墨為勳績，辭頌為君子哉」，這是曹植真實的想法，並不像魯迅先生揣測的那樣是違心之論。

〔註 70〕蔣寅，《主題史和心態史上的曹植》《西北大學學報（哲學社會科學版）》，2010 年 1 月。

〔註 71〕劉勰，《文心雕龍・才略第四十七》。

「子建的文章做得好，一個人大概總是不滿意自己所做而羡慕他人所爲的，他的文章已經做得好，於是他便敢說文章是小道；第二，子建活動的目標在於政治方面，政治方面不甚得志，遂說文章是無用了。」〔註 72〕

曹植給楊脩寫信談論文章的時候，陳琳尚在，還沒有因建安二十二年的瘟疫而死，曹丕也沒有被立爲魏國世子，曹植還未到政治方面不甚得志的時期。時至建安二十四年，曹操雖已立曹丕爲世子，但曹仁爲關羽所圍之役尚打算派遣曹植帥軍解救。

直到延康元年曹丕繼位，曹植才開始長達十二年被嚴密監管在貧瘠小縣的生涯，其時其地「高談無所與陳，發義無所與展」〔註 73〕，也不再有機會向什麼人撰文討論文章的價值。

而且曹植說辭賦小道，一方面是指自己作爲魏國王室成員應爲家國建功立業的特殊情況，並不是貶低其他人文章翰墨的價值。如《王仲宣誄》稱讚王粲「文若春華，思若湧泉。發言可詠，下筆成篇」，《贈徐幹詩》褒揚徐幹安貧樂道且「慷慨有悲心，興文自成篇」；另一方面，曹植士君子節操的自我心理鏡象所化用的他者，是漢末三國時期以經學爲根基的名士群體，他們對文章的重視仍然源自學術義理。像楊脩的回書曰「修家子雲，老不曉事，強著一書，悔其少作」，是戲謔之言，而楊脩最後還是把辭賦意義、價值的根源歸宗到孔子整理的《詩經》上。

曹植將其學養泛化至言志的文章中，是將一個士君子的自我，用詩性精神表現於篇章中。所以曹植心目中的君子之作應該「儼乎若高山，勃乎若浮雲；質素也如秋蓬，摛藻也如春葩」，「與雅、頌爭流」，即有高岸的君子之德和豐沛華豔的文辭，品格和價值上要與《詩經》雅、頌比肩。因此是兩漢以來士君子之風深深地化入文章之藝的表現。

曹丕也將其學養泛化至藉此不朽的文章中，但曹丕內心深處中的文章卻是娛其情、掩其志的遊戲之作。因爲曹丕在等待成爲曹魏繼承人的建安時期，需要文學的遊戲精神來暫時釋放自我。

曹丕和曹植的性情皆有其父曹操的影響。曹操作爲漢末大亂後重新統一中原的風雲人物，對其子和群臣的精神取向都是一種重要的影響力。曹操既

〔註 72〕魯迅，《魏晉風度及其他》上海古籍出版社，188 頁。
〔註 73〕《全三國文》，155 頁，求存問親戚疏。

有儒家重士操的一面，又有法家以刑賞理亂的務實態度。建安二十四年，孫權為抗關羽，稱說曹氏天命，曹操對群臣言「是兒欲踞吾著爐火上邪」。孫權箋書不過求媚而已，但是曹操對於代漢稱帝之事始終內心如探湯般矛盾。當時陳群、桓階諸人所奏「尺土一民，皆非漢有」，夏侯惇所稱「能除民害為百姓所歸者，即民主也」，並非全無道理，曹操本人也絕非無此欲望。在建安末年遏止曹操稱帝的不是現實政治力量，而是曹操一生所浸染其中的、對士林操行的認同。建安十五年曹操在《己亥令》（即著名的《讓縣自明本志令》）引用蒙恬的話「今臣將兵三十餘萬，其勢足以背叛，然自知必死而守義者，不敢辱先人之教以忘先王也」，來說明義和教對他的感染。此外，曹操好學、禮聘名士都受東漢以來士林輿論所形成的整體風氣影響。

於此同時，曹操在一統中原的征戰和治理過程中，用刑名之術來取得實際功效。《曹阿瞞傳》稱其「持法峻刻」，「其所刑殺，輒對之垂涕嗟痛之終無所活」〔註74〕，甚至自己違法亦割發自刑。其乙未令曰「夫刑，百姓之命也，而軍中典獄者或非其人，而任以三軍死生之事，吾甚懼之。其選明達法理者，使持典刑」〔註75〕。因此陳壽稱曹操「攬申、商之法術」，「矯情任算」，「終能總御皇機，克成洪業者，惟其明略最優也」。

在曹操身上，儒法的兼備調和，似乎益助了其精神上的靈活寬裕，使其在重士林評議的同時又敢於打破名教陳規，發揮自己佻易無威重的本真性格。像「得無盜嫂受金而未遇無知者乎」，以及死後令妻妾出嫁以傳道其忠漢之心這類政令中的戲言，即在後世亦令人相當震驚其表達的勇氣。曹丕對待文章的遊戲精神、曹植在文章中袒露本眞的詩性精神皆源自於此。

3、建安諸子情勢各異的文學運用

建安時期，其他有學能文之士也都依照自己性情將文學之業泛用於各自風格迥異的文章之中，與曹氏父子一道開創了後世仰慕的建安文學之風。

王粲的祖父王暢為靈帝時三公，黨錮之禍中被士林稱為八俊，家族世傳其學。王粲幼年即為蔡邕所識，有博物多識、善屬文章之譽。王粲很早就表現出強烈的入世進取之心，滯留荊州時由於不為劉表賞識，頗有「懼匏瓜之徒懸」的憂慮。跟從曹魏之後，王粲的學識文章頗受重用。一方面「時舊儀廢弛，興造制度，粲恒典之」；另一方面大儒王朗、鍾繇等雖各為魏卿相，但

〔註74〕《三國志》，39頁裴注。
〔註75〕《三國志》，32頁。

朝廷奏議「皆閣筆不能措手」，不如王粲的文章之才，所以王粲的文章之用甚爲趨時。

首先，王粲在文章中表現出向曹操儒法兼備傾向的主動投合。王粲的《難鍾荀太平論》一反純儒以刑措不用爲太平之世的說法，以周公不能化殷之頑民，所以必用刑法治之，來爲曹氏持刑峻刻立義；而《儒吏論》則將儒家典藝與律令文法融合，以成「吏服雅訓，儒通文法」的濟世效用；對於漢末士人崇尚不應徵辟的高尚之節，王粲用《弔夷齊文》責其不合大倫的法外獨立，又美其厲清風的教化功效。

其次，王粲以詩賦文章美曹魏功業。曹操西征張魯，「侍中王粲作五言詩以美其事」〔註 76〕，此即著名的《從軍詩》：「從軍有苦樂。但問所從誰。所從神且武。焉得久勞師」。王粲這一系列《從軍詩》有五首，另外三首是從征東吳所作：「我君順時發，桓桓東南征」、「從軍征遐路，討彼東南夷」、「帶甲千萬人，率彼東南路」，最後一首是途經曹操的家鄉譙郡，讚美其樂土之作：「朝入譙郡界，曠然消人憂」。不過王粲的《從軍詩》雖以頌美爲主旨，卻有個人參與的心境與身影，沒有將其自我形象完全泯滅在曹氏功業之中。王粲在從軍之中既有個人難以消弭的征途淒憂，如「悠悠涉荒路，靡靡我心愁」、「回身赴床寢。此愁當告誰」，又有婉轉表達的雄心壯志，「竊慕負鼎翁，願厲朽鈍姿」、「雖無鉛刀用。庶幾奮薄身」等。

再次，從大量與曹丕、曹植及其文學侍從同題的賦作看，王粲樂於參與他們的文章娛戲。曹丕的器物賦、博戲賦、女性賦、出行賦，王粲基本都有同題之作。如《柳賦》因曹丕在官渡之戰時植柳樹於其地，後經此地，便領諸子皆作《柳賦》以紀之，王粲以「人情感於舊物，心惆悵以增慮」，合曹丕「感遺物而懷故，俛惆悵以傷情」之文。

王粲投合性的文章之用，雖然受到曹操的賞識，但禮敬不足。《三國志》載「粲強識博聞，故太祖遊觀出入，多得驂乘，至其見敬不及洽、襲」。較之王粲，有治民之才的杜襲更被曹操重視，曾夜半單獨召見。王粲爲之躁競難寢，不斷揣測二人商議何事。名士和洽譏笑其汲汲於權勢，「天下事豈有盡邪？卿晝侍可矣，悒悒於此，欲兼之乎」〔註 77〕。

〔註 76〕《三國志》，33 頁，裴注。
〔註 77〕《三國志》，495 頁。

不過較之王粲，陳琳更以文投時用而著稱。陳琳先爲何進主簿，再爲袁紹典書檄文章，後從曹操管記室。陳琳曾爲袁紹作書勸降臧洪，被臧洪責以「窮該典籍」卻「暗於大道」，「徼利於境外」、「託身於盟主」〔註 78〕。

曹植在《與楊脩書》中曾諷刺陳琳：「以孔璋之才，不閑辭賦，而多自謂與司馬長卿同風，譬畫虎不成還爲狗者也。前爲書啁之，反作論盛道僕贊其文」。與陳琳交好的曹丕也承認他只有「章表殊健」，而「文非一體，鮮能備善」。

比讀陳琳與王粲的《神女賦》可知陳琳作賦過於指實，缺乏悠遠的詩性精神。陳琳其賦無神女的姿態刻畫，而且加以「順乾坤以成性」的世俗之見。不像王粲之賦能夠鋪敘佳人紛繁的美態，贊其「稱詩表志，安氣和聲」的高雅，且有「一遇而長別」的悲情。所以陳琳之賦會被恃才傲物的曹子建目爲畫虎不成反類犬。此實因陳琳的文章不以寄託本懷爲主要目的。爲人掌書檄文記才是陳琳對文章所擅長的運用，如陳琳爲袁紹、荀彧等人代擬檄文。其中最特別是陳琳《爲曹洪與魏太子書》。既爲代筆，卻要以曹洪的口聲向曹丕解釋該文乃曹洪自作，並非請陳琳代作。

> 「欲令陳琳作報。琳頃多事，不能得爲。念欲遠以爲歡，故自竭老夫之思，辭多不可一一，粗舉大綱，以當談笑。」

> 「間自入益部，仰司馬、楊、王遺風，有子勝斐然之志，故頗奮文辭，異於他日。怪乃輕其家丘，謂爲倩人，是何言歟？」

陳琳的代作精神相當可嘉，完全沒有自己的立場。就像一位才華橫溢的演員，以擬代的心理模式完成一次次出色的表演。可以爲袁紹檄豫州而痛詆曹氏，亦可爲曹氏而義責孫權。然而曹丕一看曹洪來書的文辭，便知是陳琳之作，所以直接編入了陳琳集中〔註 79〕。黃侃先生在《文選平點》中稱「使不載琳集，竟似子廉自爲矣」，錢鍾書先生亦鄙薄曹洪「欲蓋彌彰，文之俳也」。趙毅衡先生看出了其中的文章遊戲性質。「曹洪知道曹丕不會相信這封信出自他手，曹丕也明白他話中有話。曹丕覺得自己足以和陳琳比一番聰明。所以這是雙方的共謀，是假話假聽中的眞話眞聽，曹丕不會笨到去戳穿他的『謊言』；曹丕覺得這族叔，還有他的書記官，眞能逗人。這實際上是一個默契的

〔註 78〕《後漢書》，1276 頁。

〔註 79〕《昭明文選》李善注：「《文帝集序》曰：上平定漢中，族父都護還書與余，盛稱彼方土地形勢。觀其辭，知陳琳所敘爲也。」

遊戲」。曹丕本即富於戲謔性的文章遊戲精神，所以能夠欣賞陳琳本眞缺位的書信遊戲。

相較而言，徐乾和劉楨在建安諸子中更具有自己的獨特性。《先賢行狀》曰：「乾清玄體道，六行脩備，聰識洽聞，操翰成章，輕官忽祿，不耽世榮。建安中，太祖特加旌命，以疾休息。後除上艾長，又以疾不行」〔註 80〕。曹丕《與吳質書》盛稱徐幹恬淡寡欲，其成一家之言的《中論》足傳後世而不朽。漢末曹魏時期儒學專業學術規模內縮，但儒學的大義精神與文學之業的泛化一樣反倒更加普及。徐幹著《中論》所本持的即儒家大義，「凡學者，大義爲先，物名爲後，大義舉而物名從之」。徐幹譏嘲陷於訓詁章句中的鄙儒，不能統典籍大義，以獲先王之心，「此無異乎女史誦詩，內豎傳令也」。

所以徐幹的《中論》對當時刑罰、浮僞等實際問題，都有本於大義的個人看法。既不隨勢遷移，亦不拘守舊說。比如漢末曹魏以法家賞罰之術治亂世的傾向，徐幹本持中道之說，認爲賞罰之術的核心問題在於考其必要性、合理性，亦即是否符合大義。「夫賞罰者，不在乎必重，而在於必行。必行則雖不重而民肅，不行則雖重而民怠，故先王務賞罰之必行也。《書》曰：『爾無不信，朕不食言。爾不從誓言，予則孥戮汝，罔有攸赦。』」與王粲《難鍾荀太平論》以下愚不可移則必或犯罪，因此即便聖人也必持刑罰的觀點相較，一爲兩漢儒家義理向刑罰滲透的義爲刑本立場；一爲法家性惡觀念向儒家仁政觀念滲透的刑爲政術立場。徐幹義爲刑本的立場，源自其對義理和社會現實獨立的思考，而王粲刑爲政術的立場則頗受曹氏實際政治傾向影響。

因此徐幹在爲曹丕五官將文學的建安時期，雖亦參與遊宴賦詩，但其作皆有自己儒家精神的格調，並非純然投身於娛情遊戲之中。其《冠賦》闡發「君子敬愼，自強不忒」的精神。《室思詩》雖淒婉卻以忠貞之情貫之。

劉楨的個性更爲強勁耿直。其文章雖辭旨巧妙，爲曹丕、曹植諸公子所賞愛，但文辭倔強、不屈隨人意。前文提及劉楨回覆曹丕借廓落帶的書信，用荊山之玉、隨侯之珠的脫穎而出，反擊了曹丕物因人爲貴的戲弄。劉楨的《射鳶詩》美曹丕射術精湛，卻壯氣十足，「鳴鳶弄雙翼。飄飄薄青雲。我後橫怒起。意氣凌神仙。發機如驚焱。三發兩鳶連。流血灑牆屋。飛毛從風旋。庶士同聲贊。君射一何妍」。遊宴賦詩之作，則自謙中含自傲，「涼風吹沙礫。

〔註 80〕《三國志》，447 頁，裴注。

霜氣何皚皚。明月照緹幕。華燈散炎輝。賦詩連篇章。極夜不知歸。君侯多壯思。文雅縱横飛。小臣信頑鹵。僶俛安能追」。故而鍾嶸稱劉楨之詩「眞骨凌霜，高風跨俗」。

應瑒和阮瑀皆有《文質論》，然各自取向不同。阮瑀亦有耿介之質，其「少受學於蔡邕。建安中都護曹洪欲使掌書記，瑀終不為屈」〔註 81〕。故阮瑀在文質之論中傾向於質：「夫遠不可識，文之觀也；近而易察，質之用也。文虛質實，遠疏近密」。

阮瑀的尚質受道家清靜無為思想影響，「且少言辭者，政不煩也；寡智見者，物不擾也；專一道者，思不散也；混濛蔑者，民不備也」。然而阮瑀的道家思想是從儒家義理的立場上生發出來的，非獨闢他途。如其《弔伯夷文》便從儒家義理的角度，美伯夷「重德輕身」，「求仁得仁，報之仲尼，沒而不朽」。

因此阮瑀雖與陳琳同以軍國書檄著稱，而阮瑀文中多義理激發。如《為曹公作書與孫權》責孫權背約，勸其「內取子布，外擊劉備，以傚赤心」，勿為「小人之仁」，而實「大仁之賊」，與陳琳書檄多詈罵之文不同。阮瑀的心態不僅表現在軍國書檄上，其詩文也帶有義理質實的色彩。如《琴歌》「奕奕天門開。大魏應期運。青蓋巡九州。在東西人怨。士為知己死。女為悅者玩。恩義苟敷暢。他人焉能亂」。

應瑒則重文輕質，認為上古雖質，但陶唐以來文成教化，「是以仲尼歎煥乎其文，從鬱鬱之盛也」。針對阮瑀尚「少言辭」、「寡智見」的觀點，應瑒指出《左傳》中孟僖子以「少言辭」而「病不能相禮」〔註 82〕，齊慶封因「寡智見」而不知叔孫賦《相鼠》的譏刺之意〔註 83〕，並從西漢漸進於文教的史事得出「質者之不足，文者之有餘」的結論。應瑒的重文觀點也體現在其繁複鋪陳的篇章上。建安諸子中以王粲、應瑒現存的賦作較多，雖然多為殘篇，但其鋪敘之風可見一斑。

所以曹魏時期，曹植和曹丕及建安諸子是成功地將文學之業泛用於行文綴篇中的典型代表。雖然彼此泛用的心理狀態和目標指向截然不同，卻從中

〔註 81〕《三國志》，447 頁。
〔註 82〕《春秋左傳正義》北京大學出版社，1999 年版，1251 頁，杜預注「不能相儀答郊勞」。
〔註 83〕《春秋左傳正義》，1054 頁。

顯示了兩漢三國文學觀念從士林對五經之學以及博通諸學的群體接受狀態，擴展泛化到個體自取所用的文學離散狀態。然而無論文學是泛用於曹丕的遊戲精神中，還是曹植的詩性精神裏，或者建安諸子與時勢的離合心理，都還是以儒學爲根基，博通眾學爲素養。並且兩漢沿襲下來的以經學爲文學的傳統觀念尚未消逝，只是一方面內縮成專業之術，用於朝廷和社會生活中的典儀禮制；另一方面化爲文章之藝的基礎，使得文學觀念從以經學爲中心，極大地擴展爲以學術爲基礎的個人文章運用狀態。

由於本文是廣義界定下的文學觀念研究，所以相對狹義界定下的曹魏時期純文學自覺說，無法將纏繞在一起、共同產生影響的學術與純文學劃疆而治。因爲從當時歷史文化的視角來看，曹魏時期參與人們文學觀念形成的要素遠比從純文學視角考察要繁雜得多。然而，從狹義界定下的純文學角度看，曹魏時期詩賦文章確實形成了與學術並立的狀態。和廣義界定下文學整體歷史文化功能考察中所呈現的曹魏文學觀念的擴展有實質上的一致性。從曹丕、曹植及建安諸子泛用文學之業於各自不同精神寄託的文章中的士人典型狀態，揭示了曹魏階段文學觀念已經形成群體共識基礎上的個體性發揮。

第五章　中古士人學術自主與前四史中文學觀念的擴容

本文以兩漢三國史書中「文學」組詞的含義爲追蹤線索，考察了《史記》所載漢初諸學雜稱的文學觀念，《漢書》推崇的、獨尊儒術的文學觀念，《後漢書》裏經學博通的文學觀念，《三國志》中學文並立漸趨泛化的文學觀念。

從中國古代原生態的歷史文化語境來看，前四史中的文學觀念是以儒家經學爲根基，隨著士人的好尚而逐漸擴展的。文學之士的涵義所指由兩漢通曉五經的學者擴容到善於綴文行篇的博學者。根據史書材料判斷，前四史中文學觀念的擴展，受益於兩漢士人在朝野中文化地位的確立。兩漢士人以經書所載先王之道與武力皇權合作，形成了根深柢固的學術道統。從而獲得了義理的闡釋權以及士人自主評議、匯聚成社會共識的輿論主宰力。即趙壹所言「高可敷玩墳典，起發聖意；下則抗論當世，消弭時災」〔註 1〕。因此，前四史中的文學觀念能夠發生普遍的時代影響，形成士人的普遍共識，並在中古時期造成了整個士林參與的文學盛況，流芳後世。

第一節　士人從群體自覺到個體自覺的文學觀念體現

前四史中的文學觀念從獨尊儒術演變到學、文並稱，經歷了四百多年的數朝更替。其演變的原因和動力，也分散在四百多年的歷史時光之中，很難歸於某個契機或某個人物的引領。雖然西漢中葉獨尊儒術的文學觀念，是以漢武帝嚮慕儒學、將儒家五經之義引入國家政治安排爲表徵。而曹魏漸趨泛

〔註 1〕《後漢書》，1777 頁。

化的文學觀念是以曹氏父子化儒學學術爲生活娛趣爲表徵。然而眞正推動前四史中文學觀念演變的，是從西漢初年直到三國的有學之士群體。兩漢五經之學培養了綿延整個中古的士林群體。而中古所有的篇章、文體，都是由士林群體所撰寫、傳播、評議。最終形成中古文學的鼎盛之勢，以及相容並包的中古文學觀念。

中國士之群體興起於戰國時期。戰國七雄並立，俱招攬天下人才，以成就雄霸之業。當時縱橫、儒、墨、道、法、陰陽、名家之士都受學於私門，各以其才遊於諸侯門下。無論治國理民、陰謀奇策、縱橫游說，士人都是以成就的功效來獲得個人地位和聲譽，缺乏群體性的力量和觀念上的共識。所以秦滅六國之後，悍然焚禁私學，欲將天下統一於吏治的法家思想。曾經百家紛紜的戰國諸子，因缺乏群體性自覺的對抗力量，在秦世的暴力威脅下很快煙消雲散。

西漢初年，儒家學者傳承秦火餘學，通過孔門五經所載的先王之道，重新接續三代聖人的文明之德，以形成深厚的學術道統，從而在造育人才、影響風化方面脫穎而出。使西漢政權自漢武帝時起，全面接受了儒家所傳承的學術道統，將儒家五經義理作爲西漢的國家政治理念。

以儒家學術道統爲合作前提，儒士群體在皇權政治中兼具臣吏與學師的身份，是兩漢文學觀念的主體。兩漢經學的學術傳承依照的是孔子及其門人後學世代相傳的師法和家法。五經十四博士之學雖然立於官學，卻不由朝廷掌控。而且自漢初以來，五經之學一直在民間私門傳授，更加不受官方控制。因此以儒學學術道統爲根基的士人群體的好尚和共識，是推動前四史中文學觀念演變的主要力量。

西漢中葉文學觀念上的獨尊儒術，由董仲舒提出，漢武帝實行於選材拔吏的國家政策上。但是西漢並沒有採取禁止其他學術的措施，只是對儒術獎以青紫仕途。對於優秀人才，儒學重文德教化的仁厚和學問的深博可能更具有吸引力。事實上，連霍光之類無學之人，在身處宰衡的高位都感覺到了儒學經術對於治國的優長之處。從《漢書》的史料中看，漢初其他學術在西漢中葉及其後，應該屬於自然淡出了士人群體的視野。所以西漢時期，是以士人群體對經學的普遍接受，形成了獨尊儒術的文學觀念。

東漢朝野重視經學的程度更深。但經過西漢的基本儒學訓練，東漢士人普遍好尚博通。而且東漢學者入仕則居官閑暇教授門徒，歸鄉則居家講授經書，形成了士人一生從遊學到講學的生活方式。在這種自由的學術講授、論辯和好學博通士風影響下，西漢時期淡出士人視野的黃老之術、律法刑名之學又重新與五經之學兼通融合。文章之藝也普遍宗旨義理化、文辭典雅化，使東漢的經學文學觀念較之西漢有所拓寬。

東漢末年靈帝立以辭賦、古文字取士的鴻都門文學，遭到儒臣的激烈反對。在東漢，游離出經學義理的辭賦技藝，哪怕是皇權的喜好，也不能夠獲得普遍的尊重。其原因就在於以取悅人爲目的的辭賦技藝，不符合當時士人群體共識中經學博通的文學觀念。

兩漢士人達成共識的群體自覺，是以形成強大的士林輿論爲標誌。而兩漢士林輿論的高峰，即東漢末年影響廣泛而深遠的黨錮之禍。當時士人對武力皇權的抗衡以儒家義理爲依據，將兩漢儒學培養出的群體性的獨立精神品格充分地發揮出來。雖然遭受黨錮之禍的名士們或慘死獄中，或流放遠疆，但由此開拓出來的士林自由輿論並沒有消歇，此後歷朝的執政者無不有士林物議的擔憂。

然而兩漢士人的群體性自覺，在東漢末年由於其影響力的不斷擴大，引起了兩個方向上的分化：第一，士人好尚老易玄虛，使兩漢士人群體性的獨立精神向超脫塵世的理想發展，從而逸出儒家以天下爲己任的經世致用思想，進而產生個體超逸的獨立精神；第二，士人持守儒家義理，據義而行，使其群體性的獨立精神向名士高行分散，以士人的尊嚴，逸出了君臣等級體制的精神籠罩，也產生出個體自守的獨立精神。

曹魏時期廣義界定下文學觀念的擴容，正是士人獨立精神自我選擇的體現。本文用曹丕、曹植兩兄弟截然不同的文學取向，例示了曹魏時期士人將文學之業泛用到自己好尚中的傾向。

士人在學術道統中，從群體自覺到個體自覺的獨立精神，與兩漢三國的皇權政治既有妥協合作的方面，亦有彼此衝突對抗之處。總體上講兩漢三國士人的學術道統是得到皇權政治承認和尊重的。雖然漢初劉邦諸人無「文學」，也曾經詈罵腐儒，折辱儒士。但儒學在國家安定時期發揮的教化有序的作用，使其學說道統還是得到了政權的尊重。漢高祖十二年封孔子後人爲奉祀君，開啓了古代祭祀孔子的先河。

傳習先王典籍的儒生，既有進入青紫仕途的機會，又廣受朝野敬重。雖然存在曲學以阿世的學術精神汩沒現象，但「先師垂典文，褒勵學者之功，篤矣切矣」的整體狀況，使得兩漢社會保持了較爲醇篤的世風民情。陳明先生說「文化是一個有著自己內在結構的系統，其核心是一套價值觀念體系」，「雖然它們在現實中的實現程度或許有限，但它們卻成爲人類生活的基本準則或者說所追求的共同理想」〔註2〕。儒學在兩漢三國便爲整個社會提供了較爲順應人情的基本準則和共同理想。

而且儒學這套基本準則和共同理想，把戰國時期曾經處於遊散狀態的士人，在意識形態上聚合起來，首先培養出了士人的群體自覺。兩漢士人在對政權直言極諫，以及士林自由輿論方面，體現出了群體自覺的強大力量。黨錮之禍中，士人群體輕權勢貴道義的精神至今亦令人震驚。而鴻都門文學事件也讓人看到士人在文學觀念上不肯與君主妥協的態度。

其次儒學本身的學術開放性，又給了士人個體自覺的空間。儒學學術與西方宗教個人皈依於一個強大的精神偶像之下的狀態不同。其組織形式也不是層級型的控制，即師權不同於宗教權。士人與先師聖賢爲學習景仰的關係。士君子之德的形成，是以儒家義理內化到個人精神世界爲途徑，因此給個人留下了巨大的發揮空間。孔子對先王典籍的闡釋，保留了詩性智慧的個人想像性。有了個人發揮的空間，曹丕可以把自己被欲望深深壓抑的生命力，通過文學遊戲的方式宣洩出來；而曹植亦可既認爲辭賦爲小道，又天性愛好，並藉此抒發現實中無法一騁的雄心壯志；劉楨性格中的耿介之氣能夠自由表達；陳琳亦能憑藉篇章之才受權門重視，易主而俱榮。

儒學給士人個體留下的自由空間，反過來也是儒學本身與時俱進、發展演化的動力。魏晉時期老莊玄學從根本上仍然是儒學的擴展。把儒學從經世致用的單一精神維度，豐富爲玄理幽冥的深度，爲後世宋明理學突破佛學預留了精神資源。同時，儒學的擴展力，又賦予了士人個體自覺更爲豐富的價值取向。

所以，如果沒有士人自主的學術道統，就不可能培養出士林的群體文化自覺和強大的輿論力量，也就無法從中分化出士人個體的文化自覺。前四史中，文學觀念生長、擴容的現實力量，便基於士人自主的學術道統，以及從中產生的士林群體文化自覺和分化出的個體獨立精神。本文從歷史文化視角，以廣義界定來研究兩漢三國文學觀念的意義也在於此。

〔註2〕陳明，《儒學的歷史文化功能》，中國社會科學出版社，2005年版，320頁。

第二節　廣義界定下前四史中文學觀念以儒學爲基礎的擴容

本文通過分析《史記》、《漢書》、《後漢書》、《三國志》中「文學」組詞含義的變遷，發現前四史中廣義界定下的文學觀念，從西漢中葉開始基本上是一個以儒學爲基礎、不斷向各種學說和文章之藝擴容的狀態。就文學觀念的歷史文化進展而言，儒學就像上古文化凝聚的一顆生命力頑強的種子。經秦火之後，在兩漢廣闊而溫和的土壤上，生長出心材堅固的參天大樹，使各種學術和文章在它粗壯的樹幹上枝條遠揚、花繁葉茂。

就兩漢三國文學觀念的形成而言，儒家的源頭——孔門文學有兩個影響深遠的特點：

其一，孔門文學通過傳承先王典籍，闡發先王文明之德，以堅守道統深遠的公義。自堯舜禹以來，先王之道的文明傳統通過王官之學世代傳習。春秋戰國時期，王官之學衰歇。然私門講學的儒家弟子，以平民之士的身份主動繼承了上古的聖人道統。余英時先生認爲「孔子的學的基本原則乃是要瞭解歷史文化的源流，然後再從其中推衍出一種正確的思想以指導未來社會演進的方向」〔註 3〕，是一種大本大源的教育方式。

孔門文學承前啓後、構築儒家文化道統的努力，與雅斯貝斯的軸心期理論正相符合。首先，在與過去的聯繫中，孔門所傳先王典籍中，堯舜禹諸聖人成爲崇拜的典範和對象，使人們保持著「與先前存在的事物的精神聯繫」，融化、吸收、淹沒了上古文明，即傳承韋伯所說「永恆的昨日的權威，通過源頭渺不可及的古人的承認和人們的習於遵從，而被神聖化了的習俗的權威」〔註 4〕；其次，面對東周禮崩樂壞、上古文明難以爲繼的現狀，孔子退而修詩書禮樂，從事於「爲天地立心，爲生民立命，爲往聖繼絕學，爲萬世開太平」的工作。儒家五經之學雖然沒有在當時普遍地傳播開來，但卻是一種解救當時文化危機的努力，即「人們明白自己面臨的災難，並感到要以改革、教育、洞察力來進行挽救」；最後，對於後世，儒家五經之學在兩漢三國成爲中國文化的主流話語體系和價值符號系統，並延續至晚清民國，爲國人提供精神動力，因爲「人類一直靠軸心期所產生、思考、創作的一切而生存，每一次新

〔註 3〕余英時，《文化評論與中國情懷（上）》，廣西師範大學出版社，17 頁。
〔註 4〕馬克斯・韋伯，《學術與政治》，三聯書店，56 頁。

的飛躍都回顧這一時期，並被它重燃火焰」〔註 5〕。因此孔門先王典籍意義的「文學」，構築了理想的永恆普遍性，形成傳承兩千多年的文化道統。

其二，孔門文學對先王典籍的闡發具有開放性。

首先孔子編定五經，本來就是用一種改變上古文化意義的眼光來看待。如余英時先生認爲「孔子明確提出仁爲禮的超越根據是一個最重要的貢獻。正是由於這一貢獻，他才能在古代禮樂的廢墟上創建了儒教。仁是禮的內在的精神基礎，禮是仁的內在的表現形式」〔註 6〕。

其次儒學的文化智慧用今天的眼光來看，既包括理性智慧，還有相當比例的詩性智慧，因此其話語符號結構內部便隱含著隨時可能自我差異化的傾向。在認識論中，理性智慧代表著與人類感性相對的、屬於概念、判斷和推理階段的認識活動以及認識能力。儒家重視人性，特別強調先王之道順乎人情的偉大之處。人情是難以用規則和邏輯來窮盡的，這就需要含情之理來靈活地理解和對待。

所謂詩性智慧原本是維柯用來指「異教世界的最初的智慧」，「是一種感覺到的想像出的玄學」，因爲「原始人沒有推理的能力，卻渾身是強旺的感覺力和生動的想像力」〔註 7〕。但孔門文學的詩性智慧並不是原始野蠻人宗教式的強烈直感，而是在充分具備理性智慧的基礎上，對事物比興式的直接領悟。即子夏從「素以爲絢兮」、「繪事後素」的詩句中，體會到「禮後乎」之言外含意的生發型感悟。

錢志熙先生在《魏晉詩歌藝術原論》中曾經提到士人「詩性精神的生發」，將詩性精神籠統地稱之爲「社會文化和個體精神氣質中適宜於詩歌發生的一些精神因素」〔註 8〕，並且將其來源定位在對儒家之外的文化傳統的冥搜遠紹上。事實上孔門文學本身所含的詩性智慧，就具有生發型的逸出精神。

理性智慧有達成共識的同一性要求。而詩性智慧以逸出精神爲最大特徵。兩漢三國的五經章句之學以理性智慧爲主，守師法、家法，不肯改易先師的定論；而那些精通五經、不好章句、善於屬文的學者往往富於詩性智慧，其人操筆爲文，見解和文辭皆有自己的獨特性。

〔註 5〕雅斯貝斯，《歷史的起源與目標》，華夏出版社 1989 年 6 月版，14 頁。

〔註 6〕余英時，《士與中國文化》，上海人民出版社，2003 年，129 頁。

〔註 7〕維柯，《新科學》，人民文學出版社，1986 年 5 月版，162 頁。

〔註 8〕錢志熙，《魏晉詩歌藝術原論》，北京大學出版社，1993 年版，19 頁。

然而孔門文學很早就把理性智慧與詩性智慧交融在一起，其典型體現就是儒家追求的文質彬彬的君子之德，融理性實用和感興豐富於一體。孔子曾告誡以文學著稱的弟子子夏：「女爲君子儒，無爲小人儒」，小人儒以實用性爲目的，而君子儒則兼具人情義理，在盡善處體悟盡美，盡美處感受盡善。

這種不能被理性邏輯規則所窮盡和限制的詩性智慧，保持著孔門文學對先王典籍闡釋的開放性。孔子自己在教授弟子的時候便體會到這一點。子貢問孔子貧富自處的問題。孔子先是指導子貢開闊視野，教其從貧而無諂、富而無驕的自然狀態昇華到貧而樂、富而好禮的自如狀態。子貢以《詩經》之言「如切如磋，如琢如磨」，來比況修道進德的艱難過程和美好結果。孔子欣喜地稱讚子貢「賜也，始可與言詩已矣！告諸往而知來者」。子貢並沒有順著孔子的教導，將貧富自處的問題繼續理性推導下去，而是發揮其對修德狀態的直接領悟，借助詩句表達出來，此即子貢聞一知二的詩性智慧。後來董仲舒言「所聞《詩》無達詁，《易》無達占，《春秋》無達辭」，亦體會到包含詩性智慧的五經之學所具有的開放性的一面。因此後世即使在儒家經學話語體系被權力所僵化的困境中，客觀上仍保持了對後人智慧的召喚與期待。

以上兩個特點：孔門文學傳承先王典籍的道統堅守與包含詩性智慧的典籍闡釋的開放性看似矛盾，實則孔門文學觀念的精髓即在此處：孔子對待先王典籍的態度，並非後世腐儒的泥古、執古。而是經由先王遺文，仰觀華夏文化先聖的文明之德，從其深德廣道中闡發出人之公義。此世之人皆非先聖，焉能止於一人之智、一己之思。因此孔子所崇敬的先聖廣德的主觀精神力量和語言從內部向外部世界開放的詩性智慧，決定了闡釋、傳授先王典籍必須保持論說的開放性。即「人能弘道，非道弘人」。由於孔子崇聖、尊經出於先聖文明之德中的公義精神，故而其言、其文本身絕非第一目的。所闡述發明的公義，才是孔子及其門人所珍視不忘的。孔子自文明公義一邊講，若義已明，則文無益；子貢自立言垂教一邊講，若無言文，如何傳授。此矛盾可見孔門文學對以傳承、履行先王文明之德爲己任普遍達成共識。孔門文學對於文之闡發、傳承，有「辭達而已矣」的基本要求。文辭能夠傳達先聖文德公義則足矣。所以孔門文學觀念含納了孔子對先王典籍闡釋傳授的開放性，其文學既有文德公義的重度，又有個人學思發揮的廣度，故而成爲後世文學的民族基石。

前四史中廣義界定下文學觀念的生長和擴容，經歷了西漢初年諸學並稱的混雜狀態，逐漸形成西漢中葉及其後文學觀念聚焦到儒學的獨尊狀態，以及東漢時期文學觀念擴展至以經學爲主體的博通狀態，最終在三國曹魏時期開始了學文並重的普遍泛化狀態。這四個階段的四種狀態，使得兩漢三國的文學觀念具有動態生發、含納愈廣的特質。與我們在狹義界定下，純文學觀念橫斷面式的驟生狀態不同。

《史記》中呈現的廣義界定下文學觀念的第一階段，是源生於先秦混雜的文學概念，以及受西漢初年政治文化實用主義原則影響所形成的。

因此在西漢中葉之前，司馬遷《史記》中「文學」一詞的含義較爲混雜。首先《史記》爲西漢以前「文學」一詞的含義變遷提供了一些材料，據此可以觀察到「文學」一詞首先在孔子授業中使用。孔子及其弟子把他們傳承和整理的先王典籍，即漢人所尊五經，作爲文學。孔子的弟子子夏、子游以教授孔子整理的先王典籍爲業，因此在孔門四科中被稱爲「文學」。到戰國時期，齊國稷下諸子在《史記》中也被稱爲「文學」。稷下學者包括儒、墨、道、法、陰陽諸子，他們在齊國國君的贊助下，自由地闡發學說，議論政事。根據稷下文學的材料，可以推測戰國時期「文學」一詞的含義，較之春秋末年孔門傳授先王典籍的「文學」含義，擴大了許多。秦始皇掃滅六國之後，焚禁諸子私學。然而秦庭也有文學博士，與其所用方術士一樣，都是御用待詔者。秦世的嚴法苛政使戰國諸子時期原本寬泛的「文學」含義，壓縮成御用之術。對於廣義界定的文學觀念而言，司馬遷《史記》所涉及的漢以前的「文學」含義無疑具有源頭意義。漢初五世、西漢中葉及其後、東漢、曹魏的「文學」含義及文學觀念都由此而源生。

漢初劉邦、惠帝、呂后、文帝、景帝五世時期，《史記》將出身市井、沒有學問的劉邦君臣稱爲無「文學」，而孔門儒家、刑名律法、縱橫游說之業則雜稱爲「文學」。從《史記》的材料看，漢初五世戰亂方寧、民生凋敝，且漢高祖劉邦及其大臣起自草野，信用清靜質樸、厚重養生的黃老之術，安於無「文學」的狀態，使得朝野上下缺乏統一的思想觀念。與此同時劉邦分封的同姓諸侯王在其封地各召臣屬、各自爲政。於是漢初政治和社會生活對文學學術領域的各取所需的實用態度，使漢初之人並沒有達成要把諸子思想統一起來的共識。因此孔門儒家、刑名律法、縱橫游說之業在民間雜然並進，共同形成漢初之人以及司馬遷所認可的文學觀念。

《漢書》中呈現的兩漢三國廣義界定下文學觀念的第二階段，是儒學全面佔據西漢中葉及其後的歷史文化舞臺的產物。

西漢中葉開始，孔門儒家、刑名律法、縱橫游說以及不重學問的黃老之術不再混同雜稱爲文學。首先是黃老之術因其無學而退出了國家政治學說，其次刑名律法、縱橫游說被漢武帝從賢良文學的選舉中斥退出去。

把孔子整理、教授的先王典籍從春秋末年一直傳承到西漢的儒生們，在戰國時沒有迷失於諸子的自由發揮，在暴秦時也沒有低頭成爲御用之術。儒家講誦不絕的精神和造育人才的修養，使其從漢初諸業並進的混雜狀態中脫穎而出，讓班固《漢書》裏西漢中葉及其後的「文學」一詞變成了儒家五經之學的專稱。

五經之學在西漢官學教育、選拔人才和官吏、制定朝廷典儀，甚至律法精神等方面成爲思想核心，從而形成了西漢獨尊儒術的文學觀念。西漢獨尊儒術的文學觀念改變了漢初思想混雜、文學缺乏根基的狀況，此後兩漢三國文學觀念都是以孔門先王典籍之學爲基礎。倘若無此根基，任文學觀念浮散不定的話，兩漢三國時期無論是哪種文學都難以有效影響世人、向後學傳承其文學之業、留給後世精彩的文學成就。

而且在獨尊儒術文學觀念話語體系中，亦有我們在狹義界定下純文學觀念研究所忽略的、強勁的文學生長力。因此有必要在儒家意識形態之內，來發掘文學和文學觀念發展的動力。

由儒學傳播引起的學術自由辯論之風，形成了士人依經立義、直言極諫的獨立精神品格。這種獨立精神品格無疑是文學賴以生長的基本心理要素。同時，儒學的興盛給原本質樸無文的西漢，帶來了漸趨廣泛的重文之風。一方面儒家的文章之藝成爲西漢行文篇章的楷模，另一方面戰國縱橫游說之術在西漢獨尊儒術的文學觀念影響下，也不得不在義理取向上依歸孔門文學，並將其表達豐沛的遊辯能力折進辭賦文章的鋪敘之中，以含納入五經之學爲根基的西漢重文之風。

《後漢書》中呈現的廣義界定下文學觀念的第三階段，是由西漢獨尊儒術文學觀念的收縮狀態，轉向博通擴容的開始。

東漢時期「文學」組詞仍然以五經之學爲核心。但是兩漢經學不同於以往的王官之學，雖立於官學，但並不完全由官方掌控。一方面五經之學各有自己傳承的師法和家法。西漢石渠閣會議、東漢白虎觀會議表面上由皇帝來評判學說的異同是非，但兩漢十四博士之學始終各守師法和家法，不爲權勢所改易；另一方面未立於官學的古文經學在朝、野的傳播更是隨學者所好。

在學術自主精神的支撐下，東漢士人的博通好學之風使今文經學與古文經學既相互爭議排斥，又漸融合兼併。而且其他學術也開始進入時人的視野，成爲他們博通好學的對象。東漢時期，隱逸之士的儒學修養和黃老之術往往二者兼習，清靜向道與義行修謹並行不悖，甚至將二者統一在儒學義理之中。同時，律法刑名之術被儒學之士納入自己的學說中，使循名責實、賞罰有度的名法成爲儒學大義的現實政治輔助手段。而且律法刑名的實用精神滲透在五經之學中，促使漢末儒家學術日漸向專業化過渡。此外東漢好學博通之風把學術大義與文章之藝融爲一體，使包含儒學義理宗旨和典雅辭令的篇章得到世人的普遍認可，納入東漢文學觀念之中，使人們將好尚文章、善於屬文的學者也稱爲文學之士。所以，東漢文學觀念走出了獨尊儒術的收合期，擴大爲經學兼通的意蘊。

《三國志》中呈現的廣義界定下文學觀念的第四階段，是儒學專業學術內縮，從文學觀念的中心位置轉爲文學的基礎，使士人得以學、文並重，將其學術素養普遍泛化至個人精神取向之中。

所以曹魏時期，「文學」組詞的含義發生了較大程度的變化，經籍學術與文章之藝開始並立。兩漢三國狹義界定下的純文學觀念研究對這一階段通行的說法是漢末儒學衰微，曹魏進入純文學的自覺時期。然而從《三國志》的史料來看，歷史文化語境中曹魏「文學」含義的變化，與兩漢以儒學爲主體的文學觀念並不是絕然對立。其實晚清民國時期持守文化傳統的學者，在提及曹魏士人重文傾向時，都是從其學術文化內部的變化來闡釋。

因爲曹魏政權承繼漢統，在其短暫的四十五年裏，首先是接受了東漢經學博通的文學觀念，其次是將以經學爲主要內涵的文學觀念泛化到社會生活的普遍應用之中。這個漸趨泛化的文學觀念是從東漢末年開始，一直向整個中古時期蔓延。

造成文學觀念從兩漢經學向社會生活應用泛化的原因，首先是漢末專業經學的規模開始內縮。兩漢今文經學十四博士的師法、家法與古文經學的《左傳》、《毛詩》諸經傳經過東漢學者的兼學融通，在漢末出現今文經學消融在古文經學之中的趨勢。而遍注群經的鄭玄、王肅章句更令學者義有宗歸，使得曾經龐大的經學專業規模內縮。學者有餘裕旁逸到《老》《易》玄談上別開生面。而且經過兩漢的經學教育培植，文學之業的應用開始普及泛化。五經之學成爲士人的基本學養，與個人特質相結合用在行文綴章等方面。因此《三國志》中荀彧稱讚曹操「外定武功，內興文學」是延續東漢經學博通的文學觀念，而曹丕與曹植「皆好文學」，則指曹魏漸趨泛化的文學觀念。

以上前四史中文學觀念的四個階段，符合牟宗三先生對中國文化生命大開大合從而更新的判斷。從先秦漢初諸學混雜的大開，到西漢中葉獨尊儒術的大合，再到東漢經學博通的漸開，最終演變成曹魏學問博通與著述能文俱開的華夏文化進程，使兩漢三國時期文學觀念的擴容兼具了根基深厚和多元繁茂的特點，而儒學的生命力和生發力亦於其中充分體現出來。

第三節　廣義文學界定下的歷史文化語境還原

本文所謂前四史中的文學觀念，首先指兩漢三國時期人們對文學的概念，即人們認爲什麼是文學，文學何謂；其次是這種文學概念的作用、影響，即人們用這種文學來作什麼，文學爲何。在中國學術界，對兩漢三國文學觀念的研究，自晚清民國中華文化開始更新時起，就是人文學術關注的問題之一。直到今日，與兩漢三國文學觀念相關的著述依然不斷湧現。

晚清民國作爲華夏文化的轉型期，學者們對兩漢三國文學觀念的研究往往各有特色。持守華夏文化傳統的老一輩學者，與開新現代文學觀念的「新青年」，以及融合中西學術文化的學者論說紛起，使得研究兩漢三國文學觀念大致有四種思潮：1、以章太炎爲代表的傳統學術傾向；2、以劉師培及梁啓超爲代表的美文傾向及文體研究；3、以魯迅爲代表的文學自覺說；4、以胡適爲代表平民文學傾向。這四種思潮中，美文傾向以及對文體變遷的重視被當今學界承繼下來，是兩漢三國文學觀念研究的大宗；文學自覺說被融入到美文傾向中，成爲兩漢三國文學觀念研究的基礎理論；平民文學傾向在建國後曾經取得壟斷性地位，學術成果卓著，今日仍然是兩漢三國文學觀念研究的一個重鎮；傳統學術傾向的兩漢三國文學觀念研究在建國後曾經枯萎凋零，幾乎退出學界。近年來對傳統學術文化的重視也很難改變目前其荒蕪乏力的現狀。

就前四史中的兩漢三國文學觀念而言，不同思潮的主要區別在於：是否強調發生了純文學觀念的獨立。

就傳統學術觀念來說，兩漢三國的重文傾向和文體變遷是其學術文化內部的變化消長，並不存在所謂文學自覺時期。這種觀點來自廣義文學界定的視野，即文學涵蓋經史子集。如章太炎、李源澄諸位先生把兩漢三國學術文風之變歸結爲時世的發展變化。

對於狹義文學界定下的審美文學觀念而言，其詩文藝術必須與傳統學術分庭抗禮。那麼兩漢三國的重文傾向和文體變遷便是一種獨立成形的表現，比如曹丕的文章意識。郭紹虞、羅根澤諸位先生的文學觀念演進論或突變論，都是獨立論的體現。

由於審美文學、平民文學研究在建國以後持續發展，其成果通過文學史教材已廣爲人知。而傳統學術派在兩漢三國文學範疇內的研究成果還有待發掘。就本文所見的一些專業問題如章太炎先生對魏晉世風、玄風的辯護，劉咸炘先生的漢末儒與辭賦博覽合流之說，劉永濟先生對東漢經賦文風合流的分析，龔道耕先生所論文章對今古文經學發展的影響，李源澄先生對三國法家的定性分析等都極有分量，引起了本文對重新研究兩漢三國文學觀念變遷的興趣。

當今人們對兩漢三國文學觀念的共識，緣自晚清民國華夏文化轉型時期的研究成果，特別是開新文化的美學思潮。文學作爲藝術審美的觀念在那個時期逐漸明晰起來，得到人們普遍的認同，由此奠定了兩漢三國文學及觀念理論研究的主要格局。

而且通過自晚清民國時起的兩漢三國文學及觀念理論研究，爲當今文學藝術獲得獨立價值找到了歷史文化依據，因此從文學作爲藝術審美的視角來看，可以說文學的藝術性是在三國時期開始獨立成長，而文學藝術的學科則是在民國時期獲得獨立價值。對於華夏文化的現代化更新，前輩所做的兩漢三國文學觀念研究貢獻良多。

然而今日是一個傾向於文化多元發展的時期。由於文學作爲藝術審美的觀念已然在人文學科中作爲基礎理論確立下來，所以對兩漢三國文學觀念的研究完全可以引入多重視角以豐富內涵。因此本文重新回到廣義文學界定的視角，以兩漢三國史書中的文學材料爲研究對象，進入兩漢三國歷史文化語境中追索未受後世審美思想影響的原生態文學觀念。

當然，歷史文化的原生態情境早已隨時間的消逝而不復存在。本文借助史書記載的材料去接近兩漢三國的時世，只是一種所見或然的嘗試，不過從中亦能得到很大的收穫：一旦回歸廣義文學界定的視角，前四史中兩漢三國士人文學觀念的歷史特殊性和華夏文化特質便呈現出來。因爲審美理論在對人的精神世界予以敞亮的同時，也會忽略、遮蔽住其他因素。而每個時期的人群都有自己特殊的歷史發展軌跡和賴以長期生存的精神文化特質。

生於今世，而要懸置當下最普遍的審美文學觀念，以便進入包容學術與篇章的廣義文學界定視角，這個要求在閱讀分析兩漢三國史書中的文學材料時，實施起來特別困難。因此本文以兩漢三國史書中「文學」、「文章」、「文辭」、「屬文」等一組指向當時世人文學觀念的詞語作爲切入角度，從而進入原生態的歷史文化語境，展開文學觀念的分析。

兩漢三國之人使用「文學」組詞所表達的含義與觀念，可以通過史料分析來大致確認。比如鼂錯作爲「文學之士」被舉用，可參見《史記》所載鼂錯的申韓之學及其對治國法術的議論文章，從而推論漢初刑律名法之學也被人當做文學。兩漢三國史書中「文學」組詞的含義，能夠導引出當時世人的歷史文化語境。因爲詞語的含義本來就是在其用於表達交流的歷史文化語境中產生和發揮作用的。追蹤「文學」組詞在其所處時代的含義，以及之後的變遷情況，可以避免用現代審美理論框架來分析運用兩漢三國的文學史料，以實現本文從廣義文學界定的角度來追蹤中古文學觀念的形成與發展變化。

假如不懸置狹義文學界定下的現代審美理論，代以寬泛的廣義文學界定，兩漢三國歷史文化中的文學概念、文學含義便會被自然而然地預設爲審美藝術的純文學，從而背離兩漢三國的歷史文化語境，失去探討的價值。詹姆遜認爲預設一個獨立的藝術領域具有相當大的欺騙性。而格林布拉特的新歷史主義文化詩學正是要抵制這種理論觀念預設的獨斷性。因爲現代文學批評理論對待豐富的文學現象往往採取獨白的態度，「使批評話語在邏輯上獲得合理性和可演繹性的某種既有的理論觀念」，導致對文學現象豐富多樣性的單向過濾和遮蔽。

前四史中兩漢三國文學觀念的形成和演化，不是某種文學理論所能單獨涵蓋，必須接受新歷史主義文化詩學泛文化視角的「話語振擺」。因爲對歷史遠端中的文學觀念進行研究，主要涉及的是那些曾經生活在此地的前人，而「不是依靠某種理論模式的運用」，只有「著眼於對獨特性、細節性和個體性的直接接觸」，亦即通過史書中的材料，努力接近兩漢三國時期人們生活的原貌，才能實現對歷史文化語境進行當代還原的研究價值和借鑒意義。

結　語

從廣義界定來看，前四史中的兩漢三國文學觀念無疑具有以儒學爲核心而漸次擴展的歷史文化形態。此爲華夏文化自身的獨特性，雖然其中利弊俱生，但卻是我們先人賴以生存的文化土壤。

自五四新文化運動之後，人們逐漸接納了與西方文學藝術理念對接的狹義界定下的純文學觀念。在中國古代文學中，學者們亦以此理念重新發掘前現代時期文學文本的審美價值，以及純文學觀念在其中的演進歷程，形成了今日人們對中國古典詩學研究中，純文學觀念維度被普遍接受的現狀。

尤其在兩漢三國文學觀念研究領域，由於受狹義界定的純文學觀念影響，普遍把兩漢當作純文學觀念的蒙昧草創期。直到曹魏時期，才以曹氏父子、建安諸子的詩賦篇章創作和曹丕專門的文論評述，爲純文學觀念自覺的標誌。這種研究路徑由於突破了中國前現代時期文化傳統的束縛，而成果博盛，至今已成爲中國文學史、文學批評史及相關領域的普遍共識。

然而在思想觀念多元開放的當下，文學觀念也面臨著重估多種價值的問題。我們完全聚焦於審美價值的純文學觀念不免受到文學邊緣化和審美泛化等現實困境的挑戰。同時，兩漢三國文學觀念研究領域，以曹魏爲純文學觀念自覺之起點的文學理論，對此前文本的歷史文化價值有所忽略，從而陷入單向度的視野遮蔽狀態。

因此當本文嘗試重新從晚清民國時期章太炎、林傳甲、龔道耕等學者的廣義文學界定角度，以文化詩學的視域，來審視兩漢三國時期文學觀念的形態時，發現在我們高度關注的純文學文本的蒙昧和生長期中，潛藏著儒學學術對文學觀念演化的推動。這種潛藏實際來自狹義文學界定的遮蔽，通過文體的限制、立意的限制、修辭的限制，讓兩漢三國時期文學觀念中的歷史文化維度消弭於純文學文本之中。

然而以文化詩學的視域，回到廣義的文學界定，暫時拋開文體、立意以及修辭的限制，以記載兩漢三國歷史文化的《史記》、《漢書》、《後漢書》、《三國志》為材料對象，則可以看到形成那些歷史時期文學觀念的更為廣闊的文化場景以及史料中意蘊豐富的細節。

撰著《史記》的西漢學者司馬遷，有著對漢初之事親耳聽聞、親眼所見、親身經歷的時代優勢，故其對漢初五世的文化面貌有著相當忠實的記述。本文據此感受到漢初之人對待文學的實用態度，以及依照實用原則對戰國以來的諸子之學混稱文學的質樸觀念。

而出身於世儒之家，且祖輩與西漢皇室關係密切的班固，受西漢意識形態和話語系統獨尊儒術傾向的影響，在《漢書》中多方面地呈現出西漢中葉及其後文學觀念的儒學中心化面貌。而且從《漢書》雄闊的歷史場景中，我們可以看到儒學自主的學術道統，及其所培養的、具有獨立精神的士林，通過西漢儒家或歸宗於儒家的文章之藝，推動了整個社會的重文之風。所以儒學的義理力量和文章表現，是不該被後世所遺忽的文學生長力。

在前四史中，成書最晚的《後漢書》編撰者范曄，顯然缺乏司馬遷、班固、陳壽諸位史家及見其世的時人修史優勢。然而范曄卻有著生於南朝劉宋時期從而能夠充分匯聚此前眾多史料的後發優勢。因此《後漢書》對東漢以儒學為中心、博通眾學的文學觀念擴展在篇幅上表現得相當充分。並且《後漢書》在史料中包蘊了東漢文學觀念擴展的士人主導性：記述了東漢士人在經學學術根基上的群體自覺力量所衍化的自由輿論之勢。東漢博通文學觀念的形成，讓我們在純文學的個人突破和自然演化圖景之外，看到了東漢士林影響歷史走向和文學狀貌的強大力量。

陳壽作為三國時期蜀漢大儒譙周的受業弟子，既親歷了魏蜀吳三國鼎立的歷史文化場景，又是東漢至曹魏時期文學觀念變化的銜接人物。陳壽本人偏重於以儒學為核心的、博通眾學的文學觀念，然其所面對的是一個儒學專業學術規模內縮，士人將文學之業泛用至個人好尚之中，從而使學術與文章並立的新時代。所以陳壽在《三國志》中雖然沒有立文苑傳〔註1〕，但將曹魏時期能文之士匯聚到王粲卷中，並對曹氏父子以及建安諸子各自的文學泛用

〔註1〕《三國志》無類傳的面貌，當然主要由於魏蜀吳三國志記並列體例的影響。

情況有較全面的記載。加上南朝劉宋時期裴松之爲《三國志》所作的、徵引豐富的注釋，我們甚至可以對曹魏諸人各自泛用文學的不同心理機制進行個案分析。

廣義界定下前四史中的文學觀念從漢初的諸學混雜，到西漢中葉的獨尊儒術，再到東漢博通眾學，最後發展到曹魏學文並重的泛化文學觀念，基本上是一個以儒學爲核心生長力的擴容過程。與狹義界定下的兩漢三國純文學觀念從兩漢蒙昧狀態到曹魏開始自覺成形的看似迥異，卻有本質上的相通性：無論廣義還是狹義的界定，文學觀念經過兩漢三國四百多年的演變，在形態上由儒學爲文學觀念的核心變爲學術與文章並立；在心理機制上從士人的群體性自覺走向了個體性自覺。

然而古代文學觀念廣義和狹義界定的最終不同處在於：學術與文章是分立而非分離，統而稱之皆爲文學，彼此分立則有學術之專門和文章之廣用。像晚清民國時的新派學者從西學現代性角度，立狹義界定的純文學爲核心觀念，則爲學術與文學的分道揚鑣。

能夠融通中西文學觀念的劉永濟先生認爲，文學觀念還是不能排斥學術，文學不受學術役使即可，但卻不能截然分離，「大抵學識以感化爲其英華，感化以學識爲其根本。無了悟與判斷之力，不足以感樂而慰苦。二者相需而各極其致，皆文學之最大作用」〔註 2〕。而且「文學者，民族精神之所表現，文化之總相，故常因文化之特性而異。今欲研究我國文學，不可不知我國文化之特性，故文化之研究至爲重要」〔註 3〕。

所以在從文化詩學的視域來看，廣義界定下前四史文學觀念四個階段的演進擴容，對兩晉南北朝文學觀念的進一步發展，亦即狹義界定下純文學觀念的興盛期，有直接的影響。到齊梁時期新變、復古、折中三種不同的文學觀念基本成型，其中都有兩漢三國文學觀念不同形態的滲透。

此外前四史中的兩漢三國文學觀念還對後世文學觀念的紛紜，提供了源頭性的範式，就像中國古代學術實爲今文經學和古文經學兩種基本治學路徑的消長更替一樣，文學觀念的學術傾向和文辭傾向也都源出同門。

〔註 2〕劉永濟，《文學論・默識錄》，中華書局，9 頁。
〔註 3〕《文學論・默識錄》，97 頁。

一、前四史中兩漢三國文學觀念的擴容對中古文學觀念多元化的影響

前四史中兩漢三國文學觀念從以儒學爲中心，發展到學術、文章並立的泛用狀態，以及士人學文自主的文化狀態，對此後兩晉南北朝文學觀念向多元化拓展有著積極的影響和作用。

首先，前四史中兩漢三國文學觀念向重文方向不斷擴容的趨勢，在兩晉之朝延續了下去。自從漢末魏晉儒家專業學術規模內縮，文學觀念上學術與文章並立，使得兩晉文學觀念亦向學問博通、著述能文並立的方向發展。兩晉在學術上逐漸擴展到儒玄並立的學術多元化狀態。儒學仍是兩晉的朝政以及社會禮俗的依據，玄學自魏末開始成爲名士的普遍喜好。

同時，隨著學術視野的擴大，以及曹魏以篇章才能品士風氣的影響，以文爲才、以文爲樂的士風士節普遍形成。兩晉時期，能文之士遍布史書，文章之技不再像靈帝時遭士人牴觸，文章名家輩出。劉勰《文心雕龍・時序》曰「然晉雖不文，人才實盛：茂先搖筆而散珠，太沖動墨而橫錦，岳湛曜聯璧之華，機雲摽二俊之采，應傅三張之徒，孫摯成公之屬，並結藻清英，流韻綺靡」。

而且隨著「魏晉之世，文籍逾廣」，文章總集開始出現。《隋書・經籍志》言「總集者，以建安之後，辭賦轉繁，眾家之集，日以滋廣，晉代摯虞苦覽者之勞倦，於是採摘孔翠，芟剪繁蕪，自詩賦下，各爲條貫，合而編之，謂爲《流別》。是後文集總鈔，作者繼軌，屬辭之士，以爲覃奧，而取則焉」。西晉摯虞的文章總集類聚區分古今文章，又「各爲之論，辭理愜當」，因此爲世所重。東晉李充亦作《翰林論》，「褒貶古今，斟酌利病」。《文心雕龍・序志》總結了兩晉文論的大致情況：「陸機《文賦》，仲治《流別》，弘範《翰林》，各照隅隙，鮮觀衢路」，「或泛舉雅俗之旨，或撮題篇章之意」。

其次，前四史中兩漢三國文學觀念擴容中的士人自主性，對此後士人篇章傾向的自我選擇權有重要的影響。雖然兩晉時期重視篇章是文學觀念的總體風氣，有文才成爲士人對自我的要求，但兩晉士人在學術文化傳統中，可以有自己對篇章取向的選擇。比如西晉專心於典籍的學者虞溥仍然保持著兩漢以儒學爲中心的文學觀念，在爲鄱陽內史時訓誥文學諸生：

「若乃含章舒藻，揮翰流離，稱述世務，探賾究奇，使楊班韜筆，仲舒結舌，亦惟才所居，固無常人也。然積一勺以成江河，累

微塵以崇峻極，匪至匪勤，理無由濟也。諸生若絕人間之務，心專親學，累一以貫之，積漸以進之，則亦或遲或速，或先或後耳，何滯而不通，何遠而不至邪」〔註4〕。

虞溥教導諸生因學而成文，而且其人心中的文學大家還是兩漢儒學文學觀念下士人崇敬的董仲舒的《春秋》之議、以及揚雄、班固的儒家著述。

西晉名臣傅玄、傅咸父子的著述，亦保持儒風。傅玄曾指責「魏文慕通達，而天下賤守節」，「百官子弟不修經藝而務交遊」，有很強的以天下爲己任的儒家情懷。傅玄著《傅子》一書，撰論經國九流及三史故事，評斷得失，各爲區例。王沈評論其書爲「言富理濟，經綸政體，存重儒教，足以塞楊、墨之流遁，齊孫、孟於往代」〔註5〕。其子傅咸亦是如此，「疾惡如仇，推賢樂善，常慕季文子、仲山甫之志」，將儒家義理品格內化到自己的性情之中。由於傅咸過於剛強，楊濟曾勸誡說「江海之流混混，故能成其深廣也。天下大器，非可稍了」，「想慮破頭，故具有白」，欲令傅咸隨世委婉，不要過於矯直。傅咸以正道拒之。所以傅咸雖然也喜好撰寫文章議論，但與專精文辭者不同，晉書稱其「綺麗不足，而言成規鑒」，爲此庾純歎息傅咸之文「近乎詩人之作矣」，將傅咸的文章宗旨與《詩經》諷諫之義相提並論。

兩漢所設諸王文學官職，原爲輔助諸王經藝之學，並顧問同遊，以長學問。到曹魏時期，曹丕、曹植身邊的文學侍從，既包括經學之士，更多的是有學而能爲詩賦文章的才藝之士。這種現象本身就是曹魏時期文學觀念擴容至學、文並立的結果。西晉時諸王文學之職多爲勢家子弟入仕之階，距學術愈遠，與遊戲漸近。因此閻纘在上書訟愍懷太子之冤時，重點抨擊了職爲文學而無文學的現象。

閻纘批評「歷觀諸王師友文學，皆豪族力能得者，率非龔遂、王陽，能以道訓」；所選諸人，「官以文學爲名，實不讀書，但共鮮衣好馬，縱酒高會，嬉遊博弈，豈有切磋，能相長益」。所以閻纘認爲「置遊談文學，皆選寒門孤宦以學行自立者，及取服勤更事、涉履艱難、事君事親、名行素聞者」。閻纘對文學官職才能品行的預期，還是保持了兩漢以儒學學術爲文學觀念中心的基本認識。

再次，前四史中兩漢三國文學觀念擴容中體現的士人取向自主分化，綿

〔註4〕《晉書》，1427頁。

〔註5〕《晉書》，873頁。

延至南北朝時期，出現了更加明顯的重學術和重文采的區別。在文學觀念上，南北朝士人大致分爲主張新變派、力圖復古派、以及折中今古派三大類型。

第一，文學觀念新變派延續三國時曹丕以文爲戲的重娛樂、尙輕豔的風氣，與兩漢以儒學義理爲宗旨的文學觀念，不僅有範圍疆界的迴異，而且在核心觀念上發生了本質的變化。新變派把抒發情性作爲文學觀念的根基，取代了先王典籍、儒學義理的位置，頗有「若無新變，不能代雄」的蓬勃朝氣。蕭子顯在《南齊書‧文學列傳》中具體地闡發了情性論文學觀念：「文章者，蓋情性之風標，神明之律呂也。蘊思含毫，遊心內運，放言落紙，氣韻天成，莫不稟以生靈，遷乎愛嗜，機見殊門，賞悟紛雜」，「屬文之道，事出神思，感召無象，變化不窮。俱五聲之音響，而出言異句；等萬物之情狀，而下筆殊形」〔註6〕。

蕭子顯從情性觀角度，不再提起文章經世致用、教化人心的原始價値，並批評謝靈運「典正可採，酷不入情」的矯情之作，以及傅咸諸人大量用典，借古語而申今情，使得文章「唯睹事例，頓失清采」，還有如鮑照「雕藻淫豔，傾炫心魂」之類紅紫俗調，推崇「不雅不俗，獨中胸懷」的切情之作。

鍾嶸《詩品》中的文學觀念也表現出以情性自娛來替代政教功能的傾向。

> 「若乃春風春鳥，秋月秋蟬，夏雲暑雨，冬月祁寒，斯四候之感諸詩者也。嘉會寄詩以親，離群託詩以怨。至於楚臣去境，漢妾辭宮；或骨橫朔野，或魂逐飛蓬；或負戈外戍，或殺氣雄邊；塞客衣單，霜閨淚盡。又士有解佩出朝，一去忘反；女有揚蛾入寵，再盼傾國。凡斯種種，感蕩心靈，非陳詩何以展其義，非長歌何以釋其情？故曰：『《詩》可以群，可以怨。』使窮賤易安，幽居靡悶，莫尚於詩矣」〔註7〕。

鍾嶸把詩的作用由孔門興、觀、群、怨四個方面，縮減到能夠體現「搖盪性情」的群、怨兩個角度，忽略掉用於政教的興、觀之效，使抒發情性、愉悅情性的作用、價值居於文學觀念的中心。

以宮體詩著稱的簡文帝蕭綱通過其作品和引領的士人群體創作風氣，把新變派情性論文學觀念落實到篇章寫作的實踐中，踐履了其本人所說的「立

〔註6〕《南齊書》，617頁。
〔註7〕《梁書》，480頁。

身先須謹重，文章且須放蕩」〔註 8〕的文學理念，眞正使詩賦文章的意義突破了儒學以禮節文的牽拘，從而成爲文學新變的典型人物。

而且蕭綱對自己的情性文學觀非常有信念，欲在士人中樹立起「性情卓絕，新致英奇」的文章面貌。因此蕭綱在理論上斥責了揚雄「辭賦小道，壯夫不爲」和曹植以爲文章辭賦「未足以揄揚大義，彰示來世」的觀點，認爲這樣的想法簡直「論之科刑，罪在不赦」，士人應該堅持「寓目寫心」、「近逐情深」的文章風格，並令近臣徐陵編輯《玉臺新詠》，專以感蕩情靈之詩爲樂事。

蕭綱並非不承認「詩以言志，政教之基」和文章「成孝敬於人倫，移風俗於王政」的道理。但像蕭綱這樣的南朝貴族，文化素養已經融儒、玄、釋於一體，其人的學和藝在行文中的融合有時達到天然無間的境界，再加上生活方面的享樂精緻化傾向，所以對生搬硬套五經的文體、語言，回歸漢代儒家著述質拙之風的篇章，深感厭惡。

蕭綱《與湘東王書》言：「比見京師文體，儒鈍殊常，競學浮疏，急爲闡緩。玄冬修夜，思所不得，既殊比興，正背《風》、《騷》。若夫六典三禮，所施則有地；吉凶嘉賓，用之則有所。未聞吟詠情性，反擬《內則》之篇；操筆寫志，更摹《酒誥》之作；遲遲春日，翻學《歸藏》；湛湛江水，遂同《大傳》」〔註 9〕，譏笑這種「質不宜慕」的生硬摹寫，恐怕紙墨都不堪忍受。

從整個學術素養和行文水準來看，文學新變派確實有自信的理由。「屬文好爲新變，不拘舊體」的徐摛與蕭綱同好宮體詩，從而名噪春坊，梁武帝蕭衍聽聞大怒，召徐摛來責斥。徐摛應對蕭衍所問的《五經》大義、歷代史事、百家雜說、釋教義學都應答如流，辭義可觀，讓原本盛怒的蕭衍不禁歎服。而徐摛之子徐陵曾被拘於北齊，以流暢達意的駢文致書北齊僕射楊遵彥，請求回梁。其文雖非娛情，然堪稱佳作。所以齊梁文學新變派雖然遠紹曹丕的文學遊戲精神，但其情性論較之曹丕的虛稱文學大義，更有眞情。像蕭綱幽縶時的題壁自序：「有梁正士蘭陵蕭世纘，立身行道，終始如一，風雨如晦，雞鳴不已。弗欺暗室，豈況三光，數至於此，命也如何」，確令人感傷。

然而新變派情性論文學觀念具有濃厚的貴族賞玩性質，在齊梁時期雖然「無邊光景一時新」，但在整體價值上，無法成爲人們普遍應用的文學觀念。

〔註 8〕《全梁文》，113 頁。
〔註 9〕《梁書》，478 頁。

第二，文學觀念復古派大概是由於新變派推倒德義限制、專於吟詠情性的一時橫行所反激出來的。在兩漢三國時期，文章含義理教化是人們普遍接受的觀念，即使到曹魏時期文學觀念開始泛化，學、文分立，篇章之藝也只是爭取了士人的個體表達權，並非遠離義理教化。建安諸子中徐幹的詩賦幾乎皆含儒家義理，並不影響徐幹獨立的發揮，曹植亦將士君子之德內化到自己的精神世界中，其篇章皆辭美義正。像南朝新變派的娛情篇章遠離義理的狀況，對於繼承儒家文化的學者確實是一種困惑。

所以裴子野在《雕蟲論》中針對當時篇章娛情而志弱的弊病提出了嚴正的批評。裴子野認爲詩篇是用來「形四方之氣，且彰君子之志」，而時人拋棄了篇章的基本旨歸，「擯落六藝，吟詠情性」，致使國家有「亂代之徵」。他在《宋略・樂志敘》中還指責權門富室對俳優歌妓「蕩心淫目」的喜好追求是傷風敗俗。

裴子野的批評在當時被當作迂闊的話，然而一方面裴子野本人堅守了自己的信念，「不尚麗靡之詞」，「人皆成於手，我獨成於心」〔註10〕，身化儒家仁義之道，爲縣令不行鞭罰，簡約自持，令人無可挑剔；另一方面雖然裴子野未及親見，但其後不久梁、陳相繼滅於北朝的事實確然體現出文尚娛情所造成的文化維繫力的減弱。

親見梁、陳覆滅的姚察父子在《梁書》、《陳書》中也闡發了自己回歸儒家義理的文學觀念。姚察在《梁書》中批評蕭綱「文則時以輕華爲累，君子所不取焉」，稱頌裴子野「憲章游夏，祖述回騫，體兼文行，於裴幾原見之矣」，保持了對「有行者多尚質樸，有文者少蹈規矩」〔註11〕的汲黯式的文學樸素觀。由於姚察以體例誡約其子姚思廉，所以姚思廉在《陳書》中以儒家「憲章典謨，裨贊王道」的文學觀念爲大，新變派「文理清正，申紓性靈」的觀念爲小，回歸孔門「文學者，蓋人倫之所基」的理念。

此外北朝前後諸國基本以兩漢儒家文學觀念爲主。北朝承五胡之亂而來，因此北朝初年朝野普遍文化程度低下，其文化的普及主要沿經史之途，故北朝士人多漢人之質樸，與同時期南朝士人已經達到普遍掌握儒玄及佛釋之學的高水準有所不同。但北朝士人通經史以致用，促使原本由鮮卑部落首領構成的北朝政權逐漸文明化、制度化，使文學重回兩漢的經世致用。

〔註10〕《梁書》，305 頁。
〔註11〕《梁書》，308 頁。

第三，文學觀念折中派所採取的折中相容的態度，在任何時期都是最務實的一途。南朝文風興盛，士人好尚吟詠，人們往往以文取才，社會生活中詩文樂事無處不在。在這種情況下，絕然以孔門文學觀念折以先王之道必然響應者寥寥。而且受兩漢三國文學觀念由士人自主的傳統影響，南朝對文事有深入思考的有識之士，往往對文學觀念新變派和復古派採取相容並包的折中態度，其中最典型的是劉勰的《文心雕龍》、蕭統的《昭明文選》。

劉勰是較早採用廣義文學界定的學者，羅宗強先生說「從文學觀念的角度考察，他似乎並無區分出一種純文學來的意向」，因爲劉勰的「『論文敘筆』，幾乎涉及一切文體」〔註 12〕。其傑作《文心雕龍》將孔門文學先王典籍之義與當時好尚文辭的傾向，以《原道》「心生而言立，言立而文明，自然之道」來融合爲一。劉勰認爲新變派的情性文學觀可以包統於儒家之義中，不必截然兩分，故《徵聖》曰「陶鑄性情，功在上哲，夫子文章，可得而聞，則聖人之情，見乎文辭矣」。

因此文章應該符合六義：「一則情深而不詭，二則風清而不雜，三則事信而不誕，四則義直而不回，五則體約而不蕪，六則文麗而不淫」，從而回歸有一定節制的文章之義，將泛化到義理與文辭截然對立的時代文學觀念調和回義滲透於文的典雅狀態。

但是其與復古派的區別在於劉勰並不否定情采麗辭的價值，不像裴子野「其製作多法古，與今文體異」。一方面劉勰的《文心雕龍》本身就是用今文駢體寫就；另一方面劉勰在《文心雕龍》「剖情析采」的下篇對於文章創作有相當多的論述和總結。所以晚清民國學者葉瀚說《文心雕龍》是「吾國修辭學之最古者」，「於文體流變、作家美疵，言之均深得其意」〔註 13〕。

而昭明太子蕭統令學者選編的文章總集《昭明文選》，在折中文學觀念方面發揮了更大的社會影響力，使「後進英髦，咸資準的」。蕭統在《文選序》中既追溯了文籍在上古時期的政教功能，又承認文事踵事增華、變本加厲的時代變化，而且也不否認文章悅目娛心的實際功效。

對於《文選》的選編原則人們往往注意蕭統「事出於深思，義歸乎翰藻」之言，認爲從狹義界定的純文學觀看是文學自有疆界的體現。但是南朝時期經史子集分目已久，蕭統及其文學之士在選編作品的時候，還是特別解釋了

〔註 12〕羅宗強，《魏晉南北朝文學思想史》，中華書局，277 頁。
〔註 13〕《文心雕龍匯評》，189 頁。

爲什麼不選取經、史、子三部的篇章。

因爲經部「姬公之籍，孔父之書」，「豈可重以芟夷」；子部「老、莊之作，管、孟之流，蓋以立意爲宗，不以能文爲本」；史部「褒貶是非，紀別異同，方之篇翰，亦已不同」。這些文字的存在反向說明經、史、子中的篇章是進入了蕭統諸人的文學視野，也顯示了漢末三國時期形成的學術與文章並立的文學觀念影響的深遠。

《昭明文選》所錄的名家名篇雖以有文采之作爲主，但包容了賦、詩、文諸多體式，表現出折中共存的混雜態度，而且在各類文體的品選中，綜合考慮了篇章的整體價值和歷史影響力，使得很多有儒家義理傾向的文章進入了《昭明文選》。比如京都賦以自覺諷諫而著稱的班固、張衡爲首，這樣的編排雖然是受「時代相次」的影響，但京都賦的雅正先於司馬相如、揚雄諸人「勸百諷一」的畋獵賦肯定是編選者的考慮之一。詩大類以束皙肄修鄉飲之禮所補《詩經》缺篇爲首的編排，也可以看出《昭明文選》雅正爲先的實際宗旨。特別在序類突破與經部的分隔，選錄了《毛詩序》、《尚書序》、以及《春秋左氏傳序》。

所謂折中派文學觀念，事實上是將兩漢文學觀念中重儒家義理的一面與南朝文學擴展泛化而辭藻縱橫的時風互通並美，使之延續兩漢三國文學觀念以學術爲根基，士人好尚爲取向的內在精神。

二、前四史中兩漢三國文學觀念對後世文學觀念的影響及對當下的啓迪作用

前四史中兩漢三國文學觀念所形成的學文並重的基本範式，對其後歷代文學觀念都是取則或突破的源頭對象，即黃人先生所說「時世者，相續而有相反者也，相反而又相因者也」〔註14〕。

郭紹虞先生在《中國文學批評史》中，從狹義界定的純文學角度整體考察了中國古代文學觀念的變化，認爲「自周、秦以迄南北朝爲文學觀念演進期。自隋唐以迄北宋，爲文學觀念復古期」。而在此之後，文學觀念開始豐富、普遍，「善於調劑融合種種不同的理論而匯於一以集其大成」〔註15〕。郭紹虞先生的研究成果雖然是以狹義界定下的純文學爲主要考察對象所取得的，但

〔註14〕《黃人評傳》，64頁。
〔註15〕郭紹虞，《中國文學批評史》，4頁。

郭紹虞先生對古代文化和文本的貼近性，使其還是把中國古代沒有脫離廣義文學觀念的事實用自己的方式表述了出來。

然而無論廣義還是狹義的文學觀念研究，都可以看到中國古代文學的自性——「使服從之文學變爲自由之文學」。古代士人不能不生活在武力皇權的統治之下，但在兩漢三國時期形成的以學術爲自主之根基，士人獨立精神之輿論共識爲導向的觀念形態支持下，文學成爲歷代士人「言語思想自由之代表」，能夠擁有相當大的文學自主權以對抗專制政權。當然其中混雜雅頌鄭衛，甚至泥沙俱下。比如黃人先生說文學之初，對於武人政治的專權，學人「遂別出一術以隱爲抵抗，或挾最高之天權，或挾最尊之師權，或挾最信仰之鬼神權，上與君主分席」，「而君主之黠者反利用之，以爲粉飾太平之具」〔註 16〕。所以文學之變往往出於矯妄之用，但日久又陷於虛妄之中，必須本諸學術義理的根基、士人自主開創的精神，去抉障翳、漉糟粕。

秦始皇欲統文學學術於專一吏教，被漢初諸學混雜的實用精神所矯正；而漢初混雜無擇的文化格局又爲獨尊儒術的話語系統所收束；東漢變西漢獨守一經的固陋爲博通眾學之風；曹魏則更進一步將文學觀念泛化至學、文並立的局面；兩晉學術由儒學擴展到儒玄釋並立且文多玄理，故南朝矯以情性論文學觀念，與學術分途馳騁；中唐古文運動則矯正駢四儷六的淫靡文風，爲學術重歸六藝之道打通文字表達的途徑。此後士人文學權與君主政治權，始終在合作中自存骨鯁，四處開新。

清末八股取士被廢，黃人先生評議「三百年來之言語思想，抑壓於驕橫政體之下，如水之在陂，火之在突，其乘隙而欲奔突以出者，非八股所能特限之，而亦非八股所能盡受之也」〔註 17〕。亦即文學的體貌形式並不是特別重要，因爲文學是人們生存實踐的體現之一，人的生命活動把文學帶到哪裏，文學就呈現出什麼樣貌。

然而真正重要的是，文學觀念是怎樣建立的，到底是什麼樣的力量在推動文學觀念的成形和發展變化。因爲這些力量多數時候是潛藏在文學以及文學觀念之中，人們日用而不知，受其籠罩而不覺的。這些力量決定文學是什麼，以及文學還可以是什麼。

〔註 16〕《黃人評傳》，44 頁。
〔註 17〕《黃人評傳》，58 頁。

新歷史主義的文化詩學正是這種追根溯源的研究方式，它從歷史文化語境上尋找蛛絲馬蹟，用於豐富我們對文學本質的理解，賦予文學歷史文化重度與力量。然而在當今文學娛樂消費化的狂潮之中，伊格爾頓自嘲地說「文化被留下來幹那些擺不脫的苦差事。部分是因爲文化周圍的其他學科已逃之夭夭」，並且「如果文化具有批評性，部分原因也許是它顯得日漸不重要，可以允許它提出不起作用的異議」。這是我們不得不接受的文化現實。

所以重新探究文學觀念的形成力量，哪怕是遠隔千年的兩漢三國文學觀念的形成分析也具有一種歷史的重度，以對抗當下文學不能承受之輕。對於整體文化更新之後的我們來說，兩漢三國文學觀念變遷的歷史經驗，仍然有借鑒作用，能夠豐富我們的文學視野，增強我們的文學信心。

首先，文學與政治有互動性。西漢中葉獨尊儒術文學觀念的形成是儒生與政府合作的結果。西漢廣義文學的核心——儒學以其感染人心的力量從先秦諸子中脫穎而出，獲得了民間有學之士的普遍認同，以及政府實行文治過程中的高度重視。依此前提，儒生參與國家政治活動，以世代自主傳承的學說爲憑據，進入政府的文教學術系統、官吏組織系統、典章制度系統、刑法治理系統等，發揮儒學經世致用的功能，從此改變了西漢初年政府沿襲秦制，缺乏系統的治國理念的狀態。徐復觀先生在《兩漢思想史》中指出「漢代政治思想，在漢武以前多偏重原則性建設方面。昭、宣以後，則多偏在具體性補救方面」，所謂漢初原則性建設，多爲蕭何、張蒼、叔孫通諸人對秦制的變通繼承，而西漢中葉之後的具體性補救，多爲儒家的王道政治主張。

同時西漢皇權政治對以儒學爲核心的廣義文學也產生了塑造性的影響。原本分散在民間傳播的儒學進入官學文教系統，被朝廷所認可的十四博士之學成爲顯學，從而獲得更多的官方支持和民間關注。而且在朝廷獎以青紫之仕途的誘惑下，一方面解釋經文的章句之學大盛，另外一方面與政治活動相關的文本，如詔書章奏甚至詩賦，都因普遍的儒家義理化的傾向而受到人們的重視。

所以在中國歷史上，文學既能夠影響國家政治取向，政治也對文學的發展變化具有極大的塑造力。近代新文化運動提倡審美化、平民化的文學觀念，事實上也是晚清民國時期的學者通過文學，向國家政治取向施加影響力。然而建國以後的蘇化極權傾向，使得文學完全淪爲政治宣傳的工具。文學沒有自己獨立的立場，反而導致文學與政治之間的良性互動終結。因此在文革之後，中國的文學和文學觀念開始遠離政治，去尋找自己審美的、人性的領域。

反觀前四史中兩漢三國文學觀念的形成和演變，以儒學爲核心的廣義文學觀念並沒有因爲深度參與政治而喪失其自主性。文學觀念在學術自主的前提下由士人的好尚推動而不斷擴容，到三國曹魏時期既保持了文學學術的經世致用性又拓展出自由的審美精神。

因此文學不必迴避政治，只要保持學術傳承發展獨立自主的前提，文學應該參與政治，以獲得良性的現實影響力。比如陶東風先生在博客中評論莫言表現計劃生育的小說《蛙》，雖然寫得撕心裂肺、驚心動魄，但是卻「沒有追問造成這一切的社會歷史根源，從而把一個政治悲劇或社會歷史悲劇寫成了命運悲劇：沒有人對這個悲劇負責，好像它就是人人難以逃避的宿命」。

這是因爲我們當今的文學雖然關注人性，具有悲天憫人的人文精神，然而遠離政治太久。我們雖然執著於「文學永遠是人性重塑的心靈史」，卻沒有參與到眞正塑造人性的政治之中。使得缺乏現實塑造力和影響力的文學與文學觀念在娛樂至死的消費狂潮中不堪一擊。

沒有徐樂向漢武帝直言「臣聞天下之患，在於土崩，不在瓦解，古今一也」的震撼，沒有崔琦《外戚箴》中「履道者固，杖勢者危。微臣司戚，敢告在斯」的耿直，沒有曹植詩篇中「撫劍西南望，思欲赴太山。弦急悲聲發，聆我慷慨言」的壯懷，沒有兩漢三國時期士人在文章詩賦中對國家政治的思索與批評，文學便難以擁有像中古文學那樣普遍的影響力。

其次，文學參與社會意識形態和話語系統的建構和解構。文學是在歷史語境中塑造人性最精妙部分的文化力量，一種重塑每個自我以致整個人類思想的符號系統。以儒學價值符號體系爲框架的兩漢三國社會意識形態和話語系統的形成，正是借助了以儒學爲文學的整體社會認同力量。

在線性史觀的意識形態利益論中，兩漢三國儒家意識形態和話語系統是統治者的證明其合法性的面具，與禁錮士人的思想武器。伊格爾頓辨析了這種觀點的簡單性，「意識形態並不像某種歷史主義的馬克思主義所認爲的那樣，其本身即是社會統一的建構原則，而是，意識形態在奮力抵抗政治阻力的過程中，力圖在想像的層面上重建社會統一」，「意識形態話語和社會利益之間的關係是錯綜複雜、多種多樣的」〔註18〕。

〔註18〕特利・伊格爾頓，《意識形態導論：結語》，宋偉傑譯。

西漢從劉邦軍功集團實用原則的「無爲而治」，到西漢中葉儒家意識形態和話語系統的初步形成，其本身具有相當的合理性。陳明先生在《儒學的歷史文化功能》一書中指出「宗法社會的組織結構狀況決定了儒學修身、齊家、治國、平天下的政治模式在正當性和有效性方面有著其他理論無法比擬的優勢，這才是問題的實質」〔註 19〕。

而儒家文章之藝在這個意識形態和話語系統被普遍認可的歷史文化進程中發揮了巨大的作用。比如董仲舒上漢武帝《天人三策》之文即被認爲是西漢開始獨尊儒術的標誌。所謂「天人三策」，其關注重心實聚焦於國家政教，是「將政治秩序統攝於文化秩序，以文化價值原則指導政治運作過程，正是先秦儒家的基本精神」〔註 20〕。自西漢中葉起，士人的篇章便起到了將儒家普遍性形式的意識與個人的意識交融起來的作用，使儒學的普遍意志集結於士人自身，形成士人文化意識的群體自覺。而且兩漢三國時期的士人在學術文化自主性的支持下，以士林共識的方式拓展出博通的文學觀念，從而超越儒學與皇權合作的經世致用和君臣尊卑等級，產生了士人的個體自覺，對社會意識形態發生解構式的作用。

海德格爾把人的生存狀態分爲沉淪態、拋置態和生存態。人們在惶惑不安、缺乏信念的混亂中是一種陷於恐懼與畏的心理狀態；而人們的日常生活則往往拋置於閒談狀態。這兩種狀態下，人對社會意識形態和話語系統只有被動地接受。但人的生命力的眞正煥發是在對過去的經歷進行回顧與解釋、對現在的處境加以分析與抉擇、對未來的期許採取相應的態度。兩漢三國時期士人在撰文言志的文學傳統中，就表現出敢於正視儒學的積弊、對現實進行剖析，並形成自己態度和立場的強勁生存狀態，比如王充、徐幹諸人對耽於章句的腐儒以及社會政治缺失的有力批評。

對今人而言，文學雖然現代化爲以審美精神爲核心，然而文學同樣對社會意識形態和話語系統有著建構和解構的巨大作用。中國自晚清民國時起的文化現代化歷程中，文學對於我們擺脫帝制觀念、產生民主意識，建立現代化的精神文明狀態曾經起過開風氣之先的導向作用。而在改革開放之後的三十年裏，對於之前僵化的蘇式觀念，富於審美精神的文學文本也起到了解構宏大敘事、回歸人性多樣化的效果。

〔註 19〕《儒學的歷史文化功能》，39 頁。
〔註 20〕《儒學的歷史文化功能》，42 頁。

文學內部不斷反思和期待的生存態強力使其既參與社會意識形態的建構，又同時展開對社會意識形態深層固化的解構。這種生存態強力還是以學術自主性爲憑依，並且能夠反過來增強其自主性的社會普遍公認。

再次，文學對權力具有輿論性的制衡作用。從王莽以儒學學術和篇章助其篡漢之事，一方面可以看到文學被權力利用的可操控性，另一方面也能看到文學本身作爲話語權力的輿論導向作用。文學本身具有一種基於共識的公共權力，所以劉咸炘先生曾經說過文學只有學與不學的階級之分，因爲文學並不是一種壟斷性的權力。文學的傳播闡釋和欣賞，都必須在開放空間裏以自主自願的方式進行。王莽儘管借儒家經典、周公模式來蠱惑人心，但通經達義的學者們還是分化爲支持與反對的不同狀態。到東漢桓靈之世，士林基於文學權的公共輿論所發揮出的社會效應更令人矚目。所以文學是人們對抗專制權勢的良性力量。即使是在政治文明不完善的歷史階段，文學也能體現人們理想的永恆普遍性。羅根澤先生認爲「阻止文學獨立，壓抑文學價值的，是道德觀念與事功觀念」〔註 21〕。在純文學理論的視域中也許道德和事功會分散人們對藝術美的關注，但是如果認爲道德和事功是文學的對立面，從或遠或近的歷史情境看，恐怕都屬於找錯了仇家。眞正阻止文學獨立，壓抑文學價值的是權力對思想的專制。眞善美合一的文學能夠喚醒人們自由感受的心靈，破除專制權力對人們精神的宰制和蒙蔽，形成自主自願基礎上的文明共識。

通過以廣義文學界定來打開純文學觀念視域的途徑，我們可以看到，在無法變皇權專制爲公平之制的兩漢三國時期，以學術自主、士人公議爲力量的文學觀念在堅守義理、造就人才、維護世風方面有著難以估量的作用和價值。這種前現代的文明力量不應該被忽視。對於我們今人而言，無論文學是什麼或者還會是什麼，都應該建立在不受政治體制、經濟力量控制的公共知識基礎上，通過多元對話和辯論，來形成普遍的共識，產生社會影響力。如果我們走上那樣的良性發展道路，文學才可能保持永恆活力。

倘若能夠吸納全球之良法美制，以民族公義爲國之根基，以普遍民權爲政治力量，改變以暴易暴的專制體制循環，兩漢三國時期以學術自主、士人公議爲力量的文學觀念作爲文化多元融合之一支，仍然可以在堅守義理、造就人才、維護世風方面發揮重大的作用。

〔註 21〕羅根澤，《中國文學批評史》，126 頁。

因爲每個人心中都有自己的中國夢，只有匯聚自主自願的人心共識，才能發揮出巨大的社會力量。而自主自願的人心共識在文學領域，需要我們的文學觀念有強健的核心力量，來保障如兩漢士人所擁有的自由辯論、自由評議的權利和風尚。所以本文從前四史中兩漢三國文學觀念形成的歷史經驗中得到的啓迪是：無論什麼時代，思想領域一定要保持民間力量的主導性。

參考文獻

一、古代文獻資料

1. 《史記》、《漢書》、《後漢書》、《三國志》、《晉書》、《宋書》、《南齊書》、《梁書》、《陳書》、《魏書》，皆爲中華書局 1992 年簡體字本。
2. 《文選》，梁，昭明太子撰，李善注，中華書局，1977 年影印。
3. 《玉臺新詠》，梁，徐陵撰，上海古籍出版社，2007 年版。
4. 《文心雕龍》，梁，劉勰撰，中華書局，2000 年，黃叔琳注，李詳補注。
5. 《詩品集注》，梁，鍾嶸撰，曹旭注，上海古籍出版社，1994 年。
6. 《全上古三代秦漢三國六朝文》，嚴可均，商務印書館，1999 年版。
7. 《先秦漢魏晉南北朝詩》，逯欽立，中華書局，1983 年版。
8. 《魏六朝筆記小說大觀》，上海古籍出版社編，1999 年版。
9. 《中國歷史地圖集・第三冊》，中國地圖出版社，1982 年版。
10. 《中國歷史地圖集・第四冊》，中國地圖出版社，1982 年版。

二、近現代文獻資料

1. 《國故論衡》，章太炎，上海古籍出版社，2003 年版。
2. 《訄書詳注》，章太炎，上海古籍出版社，2000 年版。
3. 《章太炎的白話文》，章太炎，遼寧教育出版社，2003 年版。
4. 《劉申叔遺書補遺》，劉師培，廣陵書社，2008 年版。
5. 《中國中古文學史講義》，劉師培，上海古籍出版社，2000 年版。
6. 《文心雕龍箚記》，黃侃，上海古籍出版社，2000 年版。
7. 《文選平點》，黃侃，中華書局，2006 年版。
8. 《魏晉風度及其他》，魯迅，上海古籍出版社，2000 年版。

9. 《中古文學史論》，王瑤，北京大學出版社，1998 年版。
10. 《中國文學批評通史》，王運熙、顧易生，上海古籍出版社，1996 年版。
11. 《中古文論要義十講》，王運熙，復旦大學出版社，2004 年版。
12. 《中古文學理論範疇》，詹福瑞，中華書局，2005 年版。
13. 《南朝詩歌思潮》，詹福瑞，河北大學出版社，2005 年版。
14. 《漢魏六朝文學論集》，詹福瑞，河北大學出版社，2001 年版。
15. 《魏晉南北朝文學思想史》，羅宗強，中華書局，2006 年版。
16. 《玄學與魏晉士人心態》，羅宗強，天津教育出版社，2005 年版。
17. 《審美之維與文化語境》，陶水平，江西高校出版社，1999 年版。
18. 《船山詩學研究》，陶水平，中國社會科學出版社，2001 年版。
19. 《現代性視域中的文藝美學》，陶水平，江西高校出版社，2008 年版。
20 《兩漢經學與中國文學》，劉松來，百花洲文藝出版社，2001 年版。
21. 《魏晉詩歌藝術原論》，錢志熙，北京大學出版社，2005 年版。
22. 《漢唐文學辨思錄》，楊明，上海古籍出版社，2005 年版。
23. 《童慶炳談文學觀念》，童慶炳，河南大學出版社，2008 年版。
24. 《道家美學與魏晉文化》，李春青，中國電影出版社，2008 年版。
25. 《先秦兩漢文學史》，聶石樵，中華書局，2007 年。
26. 《魏晉南北朝文學史》，聶石樵，中華書局，2007 年。
27. 《中國文學批評史》，陳鍾凡，江蘇文藝出版社，2008 年版。
28. 《中國文學批評史》，郭紹虞，百花文藝出版社，1999 年版。
29. 《中國文學批評史》，羅根澤，上海書店出版社，2003 年版。
30. 《中國文學批評史大綱》，朱東潤，上海古籍出版社，2001 年版。
31. 《佛經傳譯與中古文學思潮》，蔣述卓，江西人民出版社，1990 年版。
32. 《齊梁詩歌研究》，閻采平，北京大學出版社，1994 年版。
33. 《魏晉南北朝文體學》，李士彪，上海古籍出版社，2004 年版。
34. 《漢末魏晉文人群落與文學變遷——關於中國古代「文學自覺」的歷史闡釋》，張朝富，巴蜀書社，2008 年版。
35. 《東晉文藝綜合研究》，張可禮，山東大學出版社，2009 年版。
36. 《八代詩史》，葛曉音，中華書局，2007 年版。
37. 《魏晉南北朝詩歌史論》，傅剛，吉林教育出版社，1995 年版。
38. 《漢代文人與文學觀念的演進》，于迎春，東方出版社，1997 年版。
39. 《六朝駢文形式及其文化意蘊》，鍾濤，東方出版社，1997 年版。
40. 《北朝文化特質與文學進程》，吳先寧，東方出版社，1997 年版。

41. 《魏晉南北朝文學史》，胡國瑞，上海文藝出版社，2004 年版。
42. 《姚永樸文史講義》，姚永樸，鳳凰出版社，2008 年版。
43. 《梁啓超學術論著集·文學卷》，梁啓超，華東師範大學出版社，1998 年版。
44. 《劉咸炘學術論集·文學講義編》，劉咸炘，廣西師範大學出版社，2007 年版。
45. 《劉咸炘學術論集·哲學編》，劉咸炘，廣西師範大學出版社，2010 年版。
46. 《文心雕龍校釋》，劉永濟，中華書局，2007 年版。
47. 《十四朝文學要略》，劉永濟，中華書局，2007 年版。
48. 《文學論 默識錄》，劉永濟，中華書局，2010 年版。
49. 《龔道耕儒學論集》，龔道耕，四川大學出版社，2010 年版。
50. 《李源澄儒學論集》，李源澄，四川大學出版社，2010 年版。
51. 《觀堂集林》，王國維，河北教育出版社，2003 年版。
52. 《士與中國文化》，余英時，上海人民出版社，2003 年版。
53. 《魏晉玄學論稿》，湯用彤，上海古籍出版社，2001 年版。
54. 《漢魏兩晉南北朝佛教史》，湯用彤，東方出版社，2006 年版。
55. 《魏晉南北朝的社會》，蒙思明，上海人民出版社，2007 年版。
56. 《東晉門閥政治》，田餘慶，北京大學出版社，2005 年版。
57. 《簡明中國儒學史》，李申，中國人民大學出版社，2009 年版。
58. 《儒學的歷史文化功能——以中古士族現象爲個案》，陳明，中國社會科學出版社，2005 年版。
59. 《中古文學文獻學》，劉躍進，江蘇古籍出版社，1997 年版。
60. 《魏晉南北朝文學史料述略》，穆克宏，中華書局，1997 年版。
61. 《中國文學批評文獻學》，孫立，廣東人民出版社，2000 年版。
62. 《魏晉南北朝文論選》，郁沅，張明高，人民文學出版社，1996 年版。
63. 《兩漢魏晉南北朝文學批評資料彙編》，柯慶明、曾永義，(臺灣) 成文出版社，民國六十七年九月版。
64. 《漢晉學術編年》，劉汝霖，華東師範大學出版社，2010 年版。
65. 《東晉南北朝學術編年》，劉汝霖，華東師範大學出版社，2010 年版。
66. 《中古文學系年》，陸侃如，人民文學出版社，1998 年版。
67. 《南北朝文學編年史》，曹道衡、劉躍進，人民文學出版社，2000 年版。
68. 《建康蘭陵六朝陵墓圖考》，朱偰，中華書局，2006 年版。

69. 《五朝門第》，王伊同，中華書局，2006 年版。
70. 《中國史學通論・中國文學史》，朱希祖，林傳甲，時代文藝出版社，2009 年版。
71. 《黃人評傳・作品選》，黃人，中國文史出版社，1998 年版。
72. 《蕭山來氏中國文學史稿》，來裕恂，嶽麓書社，2008 年版。
73. 《中國大文學史》，柳存仁等，上海書店出版社，2001 年版。
74. 《中國文學史》，錢基博，東方出版中心，2008 年版。
75. 《中國中古思想史長編》，胡適，安徽教育出版社，2006 年版。
76. 《白話文學史》，胡適，上海古籍出版社，1999 年版。
77. 《中國古代文學史講義》，傅斯年，時代文藝出版社，2009 年版。
78. 《胡雲翼重寫文學史》，華東師範大學出版社，2004 年版。
79. 《中國純文學史》，劉經庵，江蘇文藝出版社，2008 年版。
80. 《中國駢文史》，劉麟生，上海書店影印，1984 年版。
81. 《樂府文學史》，羅根澤，東方出版社，1996 年版。
82. 《中國散文史》，陳柱，商務印書館影印，1998 年版。
83. 《中國韻文史》，龍榆生，上海古籍出版社，2002 年版。
84. 《中國文學七論》，劉麟生、方孝岳等，廣西師範大學出版社，2007 年版。
85. 《中國文學簡史》，林庚，北京大學出版社，1995 年版。
86. 《史微》，張爾田，上海書店出版社，2006 年版。
87. 《中國制度史》，呂思勉，上海三聯書店，2009 年版。
88. 《中國學術思想大綱》，林尹，華東師範大學出版社，2006 年版。
89. 《中國通史要略》，繆鳳林，東方出版社，2008 年版。
90. 《中國哲學史》，馮友蘭，華東師範大學出版社。
91. 《中國哲學史》，鍾泰，東方出版社，2008 年版。
92. 《中國學術史講話》，楊東蓴，江蘇教育出版社，2005 年版。
93. 《文學與國策》，森有禮，上海書店出版社，2002 年版。
94. 《中國學術思想史論叢・卷三》，錢穆，安徽教育出版社，2004 年版。

外文中譯本文獻：

1. 《新科學》，【意】，維柯，人民文學出版社，1986 年版。
2. 《杜威五大演講》，【美】，杜威，安徽教育出版社，2005 年版。
3. 《學術與政治》，【德】，馬克斯・韋伯，三聯書店，2005 年版。

4. 《二十世紀西方文學理論》，【英】，特里・伊格爾頓，北京大學出版社，2007 年版。
5. 《理論之後》，【英】，特里・伊格爾頓，商務印書館，2009 年版。
6. 《人文主義與民主批評》，【美】，愛德華・W・薩義德，新星出版社，2006 年版。
7. 《自由》，【英】，澤格蒙特・鮑曼，吉林人民出版社，2005 年版。
8. 《歷史的起源與目標》，【德】，雅斯貝斯，華夏出版社，1989 年版。

三、學術論文

博士學位論文

1. 胡旭，《漢魏文學嬗變研究》，駱玉明教授指導，復旦大學，2003 年。
2. 張振龍，《建安文人的文學活動與文學觀念》，霍松林教授指導，陝西師範大學，2003 年。
3. 張恩普，《儒道融合與中古文論的自覺演進》，李炳海教授指導，東北師範大學，2004 年。
4. 孫寶，《魏晉文學與儒學關係研究》，林家驪教授指導，浙江大學，2008 年。

期刊論文

1. 《「五四」前我國文學觀念的論爭和現代化之首演》，錢中文，《陝西師範大學學報：哲社版》，200404。
2. 《「魏晉文學自覺說」反思》，趙敏俐，《中國社會科學》，200502。
3. 《徘徊與突破——20 世紀先唐文學史論著概觀》，劉躍進，《西安交通大學學報：社科版》，200301。
4. 《從文學自覺到文學過熱——兼談《典論・論文》和《文心雕龍》的時代性》，李壯鷹，《社會科學評論》，200301。
5. 《中國古代三大文學觀侷限分析》，吳炫，《文藝研究》，200501。

致　謝

連叔曾經譏笑肩吾「瞽者無以與乎文章之觀，聾者無以與乎鐘鼓之聲，豈唯形骸有聾盲哉，夫知亦有之」。而迷迷糊糊的我也像肩吾一樣有很多傻乎乎的疑惑和短視之處，幸虧在讀碩士研究生時遇到陶水平師，往往能夠給予我醍醐灌頂式的訓導，因此讓我十分嚮往跟從陶師繼續學習。莊子沒有寫肩吾對於連叔意味深長的點撥有何感受，留給我們一個無限可能的想像空白。據我受陶師所教的體會，肩吾應該非常感激連叔，有如漢賦中那些最終心悅臣服的問難之客。但是感激的情緒是很難直接表達的，所以班固在《兩都賦》中讓賓者採用了子路質樸的方法，「小子狂簡，不知所裁。既聞正道，請終身而誦之」。陶師所給予我的學術訓導以及啓發我思考的問題，雖未完全領會，卻已成爲我不能忘懷的沉思內容。本文從選擇題目、尋找文獻、草擬綱要到行文綴篇的過程中，陶師皆諸多匡正與解惑，使我獲益匪淺。

此外，文學院傅修延老師廣博的學識、靈活的思路，賴大仁老師篤實的學風，顏敏老師精彩的演繹，劉松來老師深厚的古學功底，都讓我在論文的寫作過程中深受教益。對於老師們給予本書的具體指導，我在此致以誠摯的感謝。

我讀碩士學位時的導師胡耀震先生也對我的繼續讀博予以了關心和督促，並幫助我深入理解了許多中古文學的重要問題。碩士階段教授我《史記》和《漢書》研究的鄒然老師通過漢唐目錄學的講授鼓勵我將古代文學知識與文藝學理論結合起來，使論文中的虛、實各得其所。

獨學無友則見識鄙，同門劉衍軍、楊拓、夏剛、徐麗鵑以及同學倪愛珍等都給予了我很大的幫助和啓發。此外南開大學博士杜力經常向我講述她的歐洲中世紀作者身份意識研究，直接觸發我思考中、西文化孕育期的複雜性。

必須承認，我並不是一個好學生。可是身邊一直有幫助我的同學，所以在我的學校生涯終於結束的時刻，必須向她們認眞表示感謝：萬雯同學以其充滿活力的青春陪伴我度過了瘋狂翹課的高中階段；曹紅英同學的質樸、正直引導我在壓抑且無聊的電力技校眞正地長大成人；華東理工大學的同學韓丹雖然自己不肯讀書，而且無數次譏笑我能讀碩讀博是如何地老天爺沒有長眼，卻在一切她能幫助我的事情上盡心盡力；英語夜校同學兼表妹許蓓，在 2005 年的一個早晨如果不是她一腳把我從溫暖的床上踢下去，迫使我在冰凍的天氣裏去參加碩士生考試，今天的一切都不會發生；而與「社會大學」同學趙莉的患難與共大概是我特別堅強的原因之一，最近他們家遭到困厄，可是連他們的孩子李邦媛都能夠堅強勇敢地面對不公平的命運；羅斯年同學溫婉的淑女氣質多少讓草野性情的我有所收斂，她在去年剛剛生下小寶寶余玄嘉，讓我們共同體會到世間最純眞的美好。

最後要感謝的是縱容我賴在家裏讀了四年書的 husband 李胖子，他雖然對我所學的文學理論沒有分毫興趣，卻在十多年裏支持了我想做的一切。

人生每逢蒼茫暮色自遠而至的時候，只有人與人之間的仁善之心和溫暖的情感才能消除孤獨和悵惘。所以在對世風和時政極度失望的同時，我反而堅信人性之善、理想之美會將我們帶出泥沼。

在本論文寫作結束的時候，我們迎來了令人欣喜的小生命。全世界我最愛的人——女兒李豐年出生了。我想爲她來到的這個世界，增添微弱的一點希望：重新尋找學術獨立的文化傳統。後來我改爲帶領她探索浩瀚的宇宙。雖然人類是宇宙中極爲微小的短暫存在，但我還是爲宇宙能夠創造出如此美麗精怪的小生命，而時刻感到驕傲。願這個世界配得上我可愛的女兒！